点亮孩子心灵的智慧故事

奇智篇

陈文道 编著

金盾出版社

内容提要

点亮孩子心灵的智慧故事，分为“奇智篇”、“奇巧篇”两册。奇智篇详细讲述了历史名将、诗人、著名学者等人物与恶势力斗智斗勇的传奇经历，都是一些短小精悍的名人故事。阅读此书可点亮孩子心灵的智慧，是青少年最佳的课外文学读物。

图书在版编目(CIP)数据

点亮孩子心灵的智慧故事・奇智篇/陈文道编著. -- 北京 ：金盾出版社，2011.10
ISBN 978-7-5082-7089-0

Ⅰ.①点… Ⅱ.①陈… Ⅲ.①故事—作品集—世界 Ⅳ.①I14

中国版本图书馆 CIP 数据核字(2011)第 128044 号

金盾出版社出版、总发行
北京太平路 5 号(地铁万寿路站往南)
邮政编码:100036 电话:68214039 83219215
传真:68276683 网址:www.jdcbs.cn
封面印刷:北京印刷一厂
正文印刷:北京天宇星印刷厂
装订:北京天宇星印刷厂
各地新华书店经销
开本:787×1092 1/16 印张:12.375 字数:270 千字
2011 年 10 月第 1 版第 1 次印刷
印数:1～8 000 册 定价:25.00 元

从历史中汲取智慧

青少年成才的过程是不断积蓄智能和不断释放智能的过程。

智慧照亮人生岁月。

人生的高度靠智慧来支撑。

人只有让智慧来武装心灵，人生的价值才能升华。

漫漫人生路，一旦张开智慧的翅膀，便托起成功的辉煌。

智慧靠知识涵养。

启迪智慧是人类的最高目的。

只有心灵的改善，才能启迪真正的智慧。

智慧不仅是生命的手段，更是生命的崇高意义。用智慧来浸润生命，指导人生，会使理想更崇高，意志更坚定，精神更振奋，爱情更纯真，青春更美丽，社会更合谐，前途更光明。

历史是人类智慧的源泉。

恢弘的历史是人类智慧的再现。

中华民族历来是长于思辨、善于筹谋的智慧民族。祖先们的卓越智慧成为中国历史不可多得的财富。

从历史中汲取智慧是青少年的必修课。

历史从昨天走近今天，不会在今天驻足，它将走向未来。

今天是昨天的未来，今天又是明天的昨天。谁希望获得崭新的未来，谁就不能定格在瞬时即逝的今天；谁希望有沉甸甸的历史，谁就不能没有金灿灿的今天。

昨天的事实要在历史的篇章上写上一笔，需要以创造作为浓墨；今天的努力要在史册上画上一笔，也需要以创造作为色彩。

才能不是出自天才，而是出于智慧。

智慧不是出于模仿，而是出于创造。

才能和智慧为一个人对社会作出贡献提供了充分的条件，又是一个人自我完善、提高自我价值的最好体现。

为了帮助青少年在成长的过程中掌握智慧，参照中学语文、历史、政治课本中所出现的历史名人、历史事件及有关教辅材料，以“智慧”内涵中奇巧和奇智为两翼，择精择要地将历史上著名人物以智取胜、以巧斗法、以计显能的精彩故事汇为大观，集中展示历史名人们在治国安民、领军用兵、断案决讼、为人处事等方面如何运用智慧的各种范例。目的在于让青少年阅读这些历史故事的同时，帮助其了解这些具有重大影响的历史人物的精神实质，分享他们的处世智慧和成功的人生经验，以便在以心智为主体的实践中增强聪明才智，把自己从平庸的人群中分离出来，步入杰出人物的行列。

智慧永远是青翠欲滴、绿意盎然的。

只有拥有人生智慧，生命的绚丽由此闪耀光彩；只有锻造出智慧的人生，生命的乐章才会激起美妙的旋律。

要让智慧给生命注入灵动的魂魄，做到真正精神上的超越，拥有《点亮孩子心灵的智慧故事》一书是聪明的选择。

目录

智责禁令

春秋时期，楚庄王朝中有个宫廷伶优优孟，十分出名。他之所以能够以布衣身份出宫入室，晋见楚国国君楚庄王，这与他高超的琴艺分不开。

优孟的祖父是楚国宫廷中著名的俳优，也是当时誉满荆楚的古琴演奏家。楚文王迁都郢城时，他由于年高老迈，便辞职回到故乡阜山南麓渔村，与渔子、樵夫琴歌互酬，安度晚年。

优孟年纪很小时，父亲就已亡故。祖父为实现以琴曲教化万民的宏愿，就潜心传艺于优孟。

优孟苦练琴艺。十年之中，他谛听松竹草木之音，分辨飞禽走兽之语，玩味溪流波涛之声，体察天地造化之道。从师于华山，访友于南海，足迹遍历名山大川，行踪出没穷乡僻壤，历尽了人世沧桑，备尝了民间疾苦。遇有渔歌牧唱、猎吟樵咏，均不耻下问，将曲子记录于简片。回村入室，顾不上吃饭睡觉，总是先调弦弄管，反复演习。真是功夫不负有心人，优孟到了弱冠之年，琴艺不仅胜过祖父，而且超凡脱俗，别具一格，冠盖荆楚，名噪九州。于是，三教九流、仕子黎庶，慕名来访者络绎不绝。

优孟在广泛的交游中，结识了不少志士仁人，终日里煮酒豪谈，纵论国家兴亡，品评诸侯功过。对于三年不理朝政的楚庄王，大家都感到不可思议，无法理解。为什么英武睿智的一代储君，即位后，就变成了声色犬马的昏庸之主呢？难道他真的会甘心让威震四海的楚国衰落吗？于是，故都丹阳的父老，推举优孟进京晋见庄王，面奏百姓们的忠谏，希望他能翻然悔悟，重振朝纲，中兴楚国。

优孟肩负重托，携琴进京。谁知他一打听，楚庄王早已出京，围猎龙山。

优孟只好折身到龙山寻机晋见楚庄王。他来到山口，只听官差阵阵鸣锣通知：王宫传下封山大令！七日之内，龙山一带禁止采石伐木，打猎砍樵，捕鱼采桑！过往行人一律绕道而行！有违令者，严惩不贷！他见条条山道都布置了御林军，就扮成樵夫模样，柴篓中藏着琴弦，偷偷潜入禁区，在密林中踽踽而行。

突然，前面丛林中群鸟惊飞，几只野象仓皇逃奔。紧接着传来急骤的马蹄声。优孟隐身于岩石之后，放眼望去，只见为首之人头戴冲天王冠，身着衮龙战袍，英俊潇洒、含威不露。

“庄王！一定是庄王！”优孟几乎脱口而出。但见庄王弓开如满月，箭发似流星。飞奔在深谷中的一只鹿，早已中箭倒地。

随后，响起一片欢呼声。

优孟确认此人正是庄王无疑，便飞身下岩，跟踪过去。转过山坳，眼前豁然开朗。好一处幽深的山谷！四面绝壁悬崖，飞瀑流泉，异常壮观。谷中央是一片芳草萋萋的草地。但见庄王正在草地上舞剑，优孟惊叹不已。他心想：就凭这路剑法、这派英姿，庄王并非平庸之辈。他看着看着，心头一亮，何不趁此良机，以琴相邀呢？于是，他端坐在一块岩石上，操起了手中的古琴。

琴声泄出，犹如山泉叩石、珠落玉盘，音调铿锵，音色清奇。

琴声吸引得楚庄王收剑站立，举目四望，却又不见人影，禁不住心中纳闷：这是哪里来的琴音？莫非是天上传来的神曲仙乐？他一阵惊喜，更加兴奋地舞起了手中的宝剑。随着他的剑法套路，那琴音一时犹如灵猿扑涧，轻捷敏快，一时犹如猛虎下山，气势威壮。随着剑路收紧，琴音便由清奇幽长转向雄浑激越，终至如金石迸裂，千军迸发。整个琴曲和整个剑法契合如一。

楚庄王听罢，禁不住心潮澎湃。他定了定神，插剑入鞘，整整王冠，迈开虎步，朝着琴声传出的岩石走去。

一曲舒缓的琴音如袅袅山风飘出。

楚庄王循声来到山坳，抬头一看，只见岩石虬松树下，一位面目清秀的少年樵夫，正席地端坐，置琴于膝，悠然操琴。

庄王不忍打断琴趣，一直等到琴曲终了，才喊道："这一樵夫，为何擅入围猎禁地，你就不怕庄王的封山大令吗？"

优孟弃琴起身，拱手为礼道："小民以为，此令绝非庄王所颁！"

"何以见得？"

"以庄王之贤，岂肯只顾自己游乐开心而置黎民之疾苦于不顾！"

庄王听了此言，心头一热，如遇知音。然一转念，故作恼怒道："大胆樵夫！此令正是孤王所颁！难道你竟不怕斧钺之诛吗？"

优孟泰然自若地答道："臣当忠君，民当爱国。小民深信大王乃仁德之君，绝非暴戾之主。所以敢负故都丹阳民众之望，冒违令之嫌，潜入禁地，以琴相邀，当众转达民众之意，使大王知民心，晓民意，投袂而起，重振朝纲，中兴社稷。能如此，则小民因违令而饮恨黄泉也无遗憾！"

"你是何人？"楚庄王见这一樵夫举止言谈不凡，琴艺十分惊人，急切地问道。

"小民优孟，乃故都丹阳宫中俳优的后人。适才见大王寄情于剑，顿见肝胆，故特以琴相邀，以期晋见，亦不负百姓之托、万民之望。"

楚庄王想了想，恍然大悟，道："哦，想必卿之祖父是先朝首席乐师吧！"

"正是。"优孟接着道，"小民听祖父常说古代圣帝，功成之后，都先作乐；乐成之后，以祀上帝，一致嘉祥。如今大王蓄精养锐三年，肯定会不鸣则已，一鸣惊人，何不先作乐呢？"

楚庄王笑道："适才琴剑合契，已觅知音，还是你了解我的心思。不过要作乐，必须先要有精于乐理的人，自我即位以来，苦苦寻觅，未得其人。没想到龙山围猎遇到胜任之人。卿速随我回京，制乐以振朝纲、扬国威。"

这样，优孟便留在楚国王宫内担任首席乐师，伴随在楚庄王左右。由于他满腹经纶，演技也很高，深得楚庄王的赏识。

楚庄王有一匹心爱的马，平时养在漂亮的马厩里，披着丝绸绣衣，吃着上等饲料。后来，这匹马死了。楚庄王竟然要按大夫的礼遇为它安葬，并要大臣们为它守丧哭灵。大臣们纷纷劝阻，楚庄王竟勃然大怒。这下子，谁也不敢劝谏了。

优孟听说楚庄王一意孤行，心生一计。他披头散发，奔入宫中，在死马面前拨弄琴弦，托寄哀思。那琴音悲凉凄凉、如泣如诉。

楚庄王闻讯赶来，听到这哀伤的琴曲，潸然垂泪。

优孟随之放声大哭起来。

楚庄王见优孟这个样子，就惊奇地问是怎么回事？

优孟道："这匹马是大王心爱之物，我见大王悲痛，作臣子的当然更伤心。想我楚国是个堂堂大国，办事要够气派。这匹宝马只按大夫的礼遇安葬，太不够了，我请求用国君的礼遇安葬它！"

楚庄王愣了一下，问："那……该怎么弄？"

优孟道："请大王准备宝玉纹饰的棺椁，用上等的木料围穴，派士兵挖墓运土，再封给这匹马万户的食邑，并让它在太庙里受祭祀。这样，就可以让天下人都知道，我楚国的国君轻视国人，看重畜牲！"

优孟一席话，说得楚庄王面红耳赤。他感慨地说："若不是卿弦外之音提醒本王，我真要犯下大罪过了。请问该怎样来处置这匹马呢？"

优孟见楚庄王已经悔悟，便说道："请大王按六畜的礼遇处置它；用灶作椁，用锅作棺，加上佐料升火祭祀，然后把它'安葬'在大家的肚子里。我再弹出哀乐，那宝马岂不荣耀！"

楚庄王于是收回原来的命令，马上吩咐手下人把马烹煮了，召来大臣们分食，以示悔过。

大臣们吃着鲜美的马肉，聆听着美妙的琴音，都从心底里称赞优孟的诙谐和机智。

☆ 优孟：春秋时期著名伶优，被誉为中国幽默的鼻祖。

智谏国王

公元前 356 年，齐恒公死后，由他的儿子齐威王即位。

齐威王继承王位后，得意忘形，狂纵无度，每天吃喝玩乐，对于朝政大事不闻不问。尤其迷恋弹琴，经常独自关在后宫内抚琴自娱。一晃九年过去了，国家日趋衰败，百姓贫困不堪。周边国家看到齐威王如此荒唐，接连起兵进犯。齐国连吃败仗，边防线上不断报警，齐威王仗着国大业大，根本不予理睬。

文武大臣见齐国江河日下，纷纷上书劝谏，齐威王都当作耳边风。到后来，齐威王见劝谏的大臣妨碍自己的雅兴，索性下令不准进谏的人进王宫，如有违者，立即赐死。

大臣们担心国家的安危，心急如焚，但见齐威王根本不听劝谏，又下了死命令，一个个只好缄默其口。就这样，齐国的国势越来越糟了。

一天，有个名叫邹忌的齐国人，自称是位高明的琴师，走进王宫，对侍臣说："听说大王爱弹琴，我特地前来拜见，为大王抚琴。"

侍臣禀报齐威王，齐威王一听很高兴，立即召见邹忌。

邹忌近前，听齐威王弹琴。他听后，连声称赞道："好琴艺呀！好琴艺……"

齐威王不等邹忌称赞声落音，连忙问道："那么你说一说，我的琴艺好在哪里？"

邹忌躬身一拜道："我听大王那大弦弹出来的声音十分庄重，就像一位明君的形象；我听大王从那小弦弹出来的声音是那么清晰明朗，就像一位贤相的形象；大王运用的指法十分精湛纯熟，弹出来的个个音符都十分和谐动听，该深沉的深沉，该舒展的舒展，既灵活多变，又相互协调，就像一个国家明智的政令一样。听到这悦耳的琴声，怎么不令我叫好呢！"

齐威王听完，吩咐左右摆上桌子，将琴安放好。

邹忌坐在琴前，熟练地调弦定音之后，把两只手放在琴弦上，半天动也不动。

齐威王很奇怪，问道："你怎么不弹起来呢？"

邹忌一笑说："我这是学大王您的样子呀！"

齐威王惶惑不解。

邹忌干脆把琴往旁边一推，说："琴好弹而理难解呀！"

齐威王说："有何讲究？"

邹忌道："古时候，伏羲做的琴，长三尺三寸六分，好像一年三百六十日；上圆下方，犹如以法规治理天下。弹琴本为陶冶性情，杜绝淫邪之念，乃休身养性之乐事。"

齐威王听着，似有所悟地点点头。

邹忌接着侃侃而谈："弹琴和治理国家一样，必须专心致志。五根琴弦，好似君臣之道，大弦音似春风浩荡，犹如君也；小弦音如山涧溪水，像众臣也；应弹哪根弦就认真地去弹，不应该弹的弦就不要弹，这如同国家政令一样，五弦配合协调，才能弹奏出美妙的乐曲，这正如君臣各尽其责，才能国富民强、政通人和。弹琴和治国的道理是一样呀！"

齐威王听邹忌以琴喻政，不耐烦地说："先生将琴理说得这么玄，那只不过是空谈，我倒要见识你弹琴的真本领，请弹一曲让我听听吧！"

邹忌离开琴位，两手轻轻舞动，只摆出弹琴的架势，却并没真的去弹。

齐威王见邹忌如此这般，恼怒地指责道："你为何只摆空架子不去真弹琴呢？难道你欺君不成？"

邹忌笑道："大王请息怒！我弹琴自娱想成高手，所以成天琢磨弹琴的道理，大王身居王位，掌握着整个国家的命运，不管国家大事，这跟我摆着琴不弹有什么两样呢？我摆着琴不弹，大王很不高兴。大王面前摆着齐国这架大琴，即位九年了却不去弹它，一切国事都让下臣去做，连敌国屡屡进犯，打算瓜分齐国的军国大事大王也不放在心上，恐怕齐国的大臣、百姓们也不会高兴吧？"

齐威王一怔，这才意识到邹忌的来意不寻常，连忙问道："先生莫非另有见教？"

邹忌躬身再拜道："岂敢！我只知道琴声也是心声。琴不弹则不鸣，国不治则不强。"

齐威王道："先生说得对！你以琴谏寡人，使我耳目一新。九年积重难返，我该怎么做才好呢？"

邹忌说："这个嘛，说难也不难，大王应该像你每天勤于弹琴那样，当务之急是把国家大事先弹起来。”

齐威王问：“这个我能做到。可是，从哪方面着手呢？”

邹忌指着五根琴弦说：“大王可以从选贤任能、兴利除弊、不近声色、整顿军马、关心百姓五个方面协调着手，何愁齐国这架大琴不奏出妙曲哩！”

齐威王明白了：这位自称“琴师”的邹忌原本是个具有治国平天下的能人。于是，他请邹忌做相国，采取上述五大措施，使齐国逐渐强盛起来，一时被楚、魏、赵、韩、燕五国公推为霸主。于是，贤臣弹琴智谏齐王的故事传为美谈。

☆ 邹忌：春秋时期著名的琴师。

智胜阎王

王莽摄政还不到三年，就篡汉自立，改国号为新。

王莽改朝换代后，就拿刘氏皇族宗亲开刀。

刘良被削去官职，只好领着刘秀兄妹们回春陵白水乡度日。

刘良对刘秀兄妹们就跟对待自己的亲生儿女一样。可是，增加了几口人，一向两袖清风的刘良家中十分拮据，一副生活重担压得他经常唉声叹气。

刘秀见叔父愁眉不展的样子，就央求外出帮工，以缓家急。

刘良一生清廉，两袖清风，回故里过着清贫的日子，他见刘秀聪慧，常常面授诗书，想让他长大后重振门风，见他要去帮工，道：“养家糊口有叔父，你安心读书吧！”

真是祸不单行，久旱无雨，庄稼干枯了。

刘良家省吃俭用，还是吃了上顿没下顿。刘秀为了糊口，只好到外号叫“活阎王”的一个财主家去放牛。

这“活阎王”是方圆几十里头一号的富户，可他却是个榨人血汗不眨眼的家伙。他想趁天灾之际，找些会说话的牲畜，鬼主意打到了刘秀的头上。

一天，活阎王唤过刘秀，道：“你人小活又干得少，我管你早晨和晌午两顿饭就行了，晚上一顿饭就免了。”

刘秀初来乍到，心里觉得东家太抠门了，嘴里不好说，只喃喃地道：“这……这……。”

活阎王一见刘秀那不乐意的样子，马上换了副笑脸道：“我这也是为你好。看在你叔父刘良的份上，我才答应你过来帮工，晚上人小吃饭吃压了食，我不好向你叔父交待啊！就这样定了，你放牛去吧！”

刘秀起早贪黑放牧一群牛，只吃两顿饭，一到晚上，饿得十分难受。

一位好心的长工见刘秀挨饿的样儿，对他说：“我们这位东家是个吃人不吐骨头的家伙，想尽办法克扣帮工的，常挨饿也不是个方法，得想个主意，让活阎王一天起码要管三顿饭。”

长工的话激起了刘秀心里阵阵不平：自己干的牛马活，却要饿肚子，我咋不想想法子治治他呢？他想呀想，很快想出一个妙计来。

天一黑，刘秀将牛赶进牛棚里，就把笼嘴往牛嘴上一套，绑得紧紧的，让牛吃不成夜草。

眼看农忙快到了，活阎王见牛不仅没起膘，还瘦得皮包骨头。他忧心如焚，半夜亲自去给牛喂精料。他见所有的牛嘴都被笼头套得紧紧的，心里明白了：原来以为是刘秀十分卖力，白天放牛让牛吃得很饱，晚上省下料，谁知晚上根本没让牛吃草，难怪牛起不了膘啊！

活阎王顿时火冒三丈，到长工房里找到刘秀，怒冲冲地责问道："就指望牛吃点儿夜草上膘，你笼住它们的嘴做啥子？"

刘秀道："东家交待我不吃晚饭，怕吃晚饭压了食，我想人畜一样，它们晚上吃压了食我怎么向东家交待呢？这样，我只好每晚辛苦一点儿，用笼头把它们的嘴套住，这也是为东家好啊！"

活阎王脸上红一阵白一阵，道："好，好，你快去把笼头取了，今后晚上让它们吃夜草，我晚上照样也管你吃的。"

活阎王事后一想，莫看刘秀人小，心眼鬼着哩！扣了他一顿饭，他却饿坏我一群牛，非要想个点子治治他不可，让他知道马王爷有三只眼。等到了农忙季节，活阎王借口活多，长工们忙不过来，又指派刘秀放牛时再放猪。

刘秀累死累活地忙到了歇工，到活阎王处领工钱好回家去。

活阎王皮笑肉不笑地说："放牛娃，人家都说你出身帝王家，有一颗聪明玲珑心，你敢不敢跟我打个赌呢？赌赢了，我给你双倍的工钱；赌输了，你明年再来干活我就不给工钱了。"

刘秀见活阎王亲自来打赌，肯定是黄鼠狼给鸡拜年——没安好心！他警觉起来。为了摸清活阎王的底细，他装作漫不经心的样子反问道："你想跟我打什么赌啊？"

活阎王道："以三天为限，你若有本事不惊动我，将我米柜里三石新米弄走，就算作你全年的工钱。这可是你全年工钱的三倍啊！敢不敢赌？"

刘秀道："敢是敢赌，只是怕……"

活阎王见刘秀说了半截话，忙问："怕什么？"

"我怕你说话不算数！"

"真是笑话！"活阎王嘿嘿冷笑道，"我们可以立字为证。"

"只要东家敢立字为证，又不怕吃亏，赌就赌呗！"

当即，活阎王和刘秀立下字据，各执一张分了手。

第一夜，活阎王将前后房门亲自关好，盘腿坐在米柜旁，自斟自饮，悠闲自在地直到五更大天亮，没见一点儿动静。

第二夜，仍没一点儿动静。

第三夜，活阎王照例守到五更天，见没有什么动静，心里好不得意，心想：哈哈，小毛孩子栽到我手心里了，来年又可不费工钱白赚一个放牛娃啦！

活阎王正在高兴，忽然，听得门外传来了刘秀的声音："东家，东家！难为你送给我三石米，我已请几位大叔帮着挑回家了，谢谢！"

活阎王简直不相信自家的耳朵，慌忙揭开米柜盖子，一看，傻眼了！柜里已颗粒无存，只见靠墙角的柜底下有一个通明透亮的洞口。他真没有想到刘秀从墙外用割草的刀撬下了两块砖，又伸进烧红的铁钎把柜底烧了个洞，柜里的米顺着根掏空的竹竿就无声无息地流到外面去了。

活阎王原想到刘秀的叔父虽说家道中落，可也是侯门之后，瘦死的骆驼比马大，为了不赊本，就在刘秀身上想鬼点子，好让刘秀出差错，他好找刘良讨银子。谁知自以为得计，反倒蚀了三石米。这像剜了活阎王的心头肉一般，他总想把折的三石米捞回来。他见一时半会儿难从刘秀身上榨出油来，便冥思苦想，又转向附近的庄户人家打主意。

活阎王四处转悠，他见几十户人家靠一条小河水浇灌久旱的庄稼，大多数田块和自己的田块搭界，断了水就断了庄稼的命脉，只要卡住庄户人家的脖子就能来钱，就命人在上游筑起一道河坝，放进鱼苗，做起发财梦。那些靠河生靠河长的庄户被卡了脖子。

刘秀放牛到此，一看"活阎王"竟如此霸道，气不打一处来，转身就要去找那些放牛的小伙伴们将河坝给毁了，可转念一想，那"活阎王"肯定会不依不饶，得想个法子治治他才行。刘秀急得直抓头皮，忽见河里有鱼儿一蹿一跃地弄出阵阵水花，于是，他眼睛一亮，便有了主意。

不一会儿，刘秀领着一群放牛的小伙伴们来到河堤边，比比画画交待一番就只身去找"活阎王"。

且说"活阎王"正在闭目养神，见刘秀不在外边放牛，却跑回来，气咻咻地吼道："天这么早，你跑回来干什么？"

刘秀凑上前说："我有要事禀报。"

"一个放牛娃子有啥要事禀告？"

刘秀说："我好心好意来禀报要事，你不听，就算了，当心大祸临门！"

"活阎王"见刘秀神秘的样子，只得屈身相问："什么要事，快说！"

刘秀说："我在河坝上放牛，听一位过路的风水先生说，不知谁筑坝断水，惹怒了河神。河神调来蟹兵鳖将正在水坝中大闹，不疏通河水，谁筑的坝谁倒霉！我为东家好，才赶回来禀告。"

"活阎王"一听，忙着向河坝去看真假。他不看则已，一看吓直了眼，只见河坝中水花四溅，一条条黑影在水中来回穿梭。

刘秀见"活阎王"傻了眼，又说："东家呀，那风水先生还说，要想不惹怒河神，要么天天往河里抛肉倒酒，要么将河堤扒掉，让河水疏通。"

"活阎王"想到天天抛肉倒酒，那不知要花多少银子哩！他想还是扒坝划得来，就转身请附近的庄户们将河坝扒去了。

你当那河里黑影来回穿梭是怎么回事？原来是刘秀让他那伙小伙伴们头圈树枝，身缠野草，口含长长的麦秆儿，扎在水里搅来荡去，吓杀了那"活阎王"。

事后，"活阎王"知道是刘秀出的主意，使自己损失了鱼苗，扒坝放走了河水，便宜了庄户们，气得把刘秀赶出了家门。

庄户们有了河水浇灌庄稼，终于度过了荒年。人们一传十，十传百，将刘秀三番用计斗阎王传得神乎其神，使他小小年纪便闻名乡里。

☆ 刘秀：东汉光武中兴的明君。

智斗郡守

转眼没过两年，王莽通过钻营，被策封为安汉公。他的爪牙甄阜也因拍马屁有功，被升为南阳郡守兼大将军，统兵十万。这伙人狼狈为奸，对皇室宗亲加紧迫害。

刘秀这一宗脉，属他季父刘敞官最大，拜为春陵侯。王莽和甄阜见一时找不到小小南屯令刘钦的岔子，又打上了刘秀季父刘敞的鬼主意，假传圣旨说春陵一带富饶无比，为了填补国库空虚，提前3年按一分土地交纳三分捐税，少一个子儿，以抗旨论罪。

刘秀的季父刘敞见辖地遭旱灾，河水干涸，田地龟裂，蝗虫成群结队，遮天盖地，眼睁睁看着大片大片绿油油的稻苗被虫吃了、枯死了，心里像刀绞一般！偏偏这个时候，那个不顾百姓死活的瘟神郡守甄阜发出告示，要加征新税。他心里明白这是王莽一伙人故意想借天灾来制造人祸，急得没办法，找到刘钦进行商议。

老哥俩想来想去，没有丁点儿应急的主意，愁得连饭都咽不下。

刘秀从两位长辈嘴里听清楚了事情的来龙去脉，见大人们一筹莫展，趁献茶的时候对季父说："直接向朝廷禀告灾情不就得啦！"

刘敞摇头直叹气："唉，到底还是小孩子，如今王莽一伙人把持天下，圣上年幼，直接向朝廷禀告还不是禀告到王莽那里，万一他做下手脚，治个欺君之罪，我们就会被满门抄斩啊！"

刘秀道："那季父就率灾民到南阳郡去呈请灾情，请求免去新税吧！"

刘敞又道："那甄阜是杀人如麻的刽子手，一天不见血手就痒。他如果谎称聚众造反，大开杀戒，那不是白白送死吗？"

刘钦挥挥手道："小孩子莫在这里瞎岔大人们的事！"

刘秀说："父亲没听说过一首民谣吗？"

刘钦不解地问："什么民谣？"

刘秀道："春陵一带遭灾，到处都流传着'火龙造孽，青虎行凶；颗粒无收，十室九空；收捐逼税，天塌窟窿'的民谣哩！"

刘钦的脑瓜还没转过弯儿来。

刘敞多次听到这首民谣，问道："贤侄，这首民谣跟那捐税有什么瓜葛？"

刘秀嘿嘿一笑，道："季父真是个实心人，您仔细想一想，那民谣说灾情十分严重，再收捐逼税，连天都要塌窟窿，王莽一伙派风俗采访使，不是到处搜集顺天的民谣吗？这要是传到京城里，那不是自己打自己的嘴巴吗？甄阜手握刀把子，激起灾民造反，他也担当不起！只有当众呈请灾情，谅他也不敢怎么样！"

刘敞思虑了半天，道："贤侄一番话启发了我，眼下只有想办法让甄阜自己收回成命才能解围啊！"

刘钦直摆头："要那屠夫收回成命，谈何容易！"

刘敞道："刚才贤侄说的那首民谣太妙了！我将此民谣奏明皇上，请求减去春陵的那些捐税，再当面向甄阜呈请灾情，想办法让王莽一伙的奸计落空。"

刘钦道："靠首民谣去斗奸臣，太玄啊！"

刘敞道："我思虑再三，虽说王莽权倾朝野，皇上年幼，金殿之上没有皇帝发话，谁也奈何不了我这位侯爷！况且这民谣其实是首儿歌，年幼的皇上一听就懂，我将这民谣一式两份，一份奏明圣上，一份奏明王太后，就是王莽进馋言，没有王太后懿旨，王莽也不敢砍下我的脑袋。"

"那甄阜那边如何处置？"刘钦问。

刘敞道："我想借那首民谣，来个反面文章正面做，施计讨得郡守批文，将他催捐逼税的布告抵消掉。"

刘钦问："有何妙计？"

刘敞道："甄阜贪财如命，我装着送礼的样子，与他巧妙周旋，只要公文讨在手，再呈明灾情，晓以厉害，他就是翻脸不认人，已给他造成说不清的口实，到时候既好为自己辩解也好参他一本，让他脱不了干系！"

刘钦道："这是去老虎头上捋须啊！"

刘敞道："刀都架到脖子上了，就是龙潭虎穴也得去闯一闯！况且我堂堂一个春陵侯，他也只能在暗中使坏，明里抓不住错处也不敢把我怎样！"

"还是小心为好！"

"我想个堂皇的理由，率众去宛城，会会那甄阜。"

刘秀长这么大，还不知道南阳郡首府宛城是什么样子，当下央求道："季父带我一起去好吗？"

刘钦喝道："你季父这次去宛城，凶多吉少，你凑的哪门子热闹？"

刘敞想到刘秀年少脑瓜灵光，就对刘钦道："就让小三子和我一起进宛城吧，一来开开眼界，二来大小也是个帮手。"

刘钦忧虑道："此行非同小可，不是儿戏，一个小孩子只怕帮不了什么，还要添乱哩！"

"小三子既能施计落水救百姓，也能斗败郡守助季父啊！"

刘钦想到刘秀毁掉南阳功曹"那子民册"的那档子事，就答应刘秀随季父进宛城。

刘敞怕刘秀一人孤单，就找来外孙朱福前来结伴。

刘敞选在六月初六龙晒衣的日子，率众以向龙王求雨的名义，秉香拿烛，扯旗放炮、敲锣打鼓向宛城进发。

临行前，刘敞找来十几个壮汉，随队挑着鼓鼓囊囊的麻袋。刘秀和朱福也搬来两个箱子。

刘敞问："这箱中装的何物？"

"是我们逮的一些蝗虫。"

"你们搬这些蝗虫干什么？"

刘秀不慌不忙地说："季父尽管放心，这献蝗虫也是在帮春陵减捐税哩！"

“莫瞎闹！”

“郡守要是怪罪下来，你就说我和朱福哥是你的马僮，全赖在我一个小孩子身上。”

刘敞揣着颗忐忑不安的心，率众上了路。

刘秀和朱福扶着两箱子蝗虫紧随其后。

郡守衙门内，还没等刘敞向甄阜施礼，甄阜劈头就问：“春陵侯，你今日是来交捐税的吗？”

刘敞道：“交捐税还没到期，我是率众求雨，特借郡守大驾领头祭天，以求甘霖，二是亲自禀告春陵一带原先稻苗确是长得很旺，只因火龙造孽，青龙行凶，于今收成难保，特备薄礼，请郡守主持公道，全免旧欠，取消新征，严惩凶顽，以佑子民。”

甄阜两眼直瞄着堆在大堂下的几十只麻袋和两只箱子，心里乐滋滋的。他心想，你刘敞还算识相，送了这么多的礼物就暂且放你一马，立马唤过功曹，道：“传本郡守的话，速速捉拿火龙、青虎归案，新旧捐税暂收，就依春陵侯所请。”

甄阜一边说，书办一边记。

甄阜说完，书办也写完，上堂盖了郡守大印，交给了春陵侯刘敞。

甄阜当即又吩咐功曹，将礼物验验，收入仓库。

功曹打开几只麻袋，里面全是晒枯的稻苗，捏捏其他麻袋，莫不过此物，急忙向甄阜禀告。

甄阜一听，气得七窍生烟，指着鼻子斥责刘敞道：“你仗着皇室宗亲，竟敢戏弄本官！我这几天没杀人手痒，你撞在我手里休得走脱！左右，把春陵侯拉到十字街口斩首示众！”

郡守衙内兵丁们一拥而上，把刘敞捆绑起来。

刘敞心想：这下子可完了！终究逃不脱王莽奸贼的魔爪！自己这样死去也就罢了，那小侄儿刘秀和外孙朱福该怎么办呢？

此时，衙门外传到一阵子吵闹声。

把门的兵丁跑进来禀报道：“启禀郡守大人，现有春陵侯的两位马僮在外大喊冤枉，还要面见大人，请定夺！”

甄阜感到奇怪：“小小的马僮，竟敢闯郡守衙门，胆子真不小啊！抓住他们的把柄，就可将春陵侯三族齐灭！”他想到这里，就发话道：“将他们带进衙来！”

守门的兵丁将两个马僮带进大堂，功曹一看，那马僮正是和自己同时落水的刘秀和一个不认识的孩子。他连忙向甄阜禀报道：“启禀大人，来人其中一个是春陵侯的亲侄子，他冒充马僮，又在欺骗大人，请一并拿下。”

刘秀说：“大堂之上，我是替季父喊冤的。不晓得我季父身犯何罪，要被斩首？”

甄阜说：“只因刘敞戏弄朝廷命官。”他就把前面发生的事说了一遍。

刘秀听罢，指着朱福说：“我季父是前来恳请郡守大人以佑百姓的，他为呈明灾情，才让百姓挑来大量枯死的稻苗以作佐证，哪是有心欺骗大人呢？”

“为何他声称送礼？”

刘秀道：“春陵遭灾，我季父虽贵为侯门，却连个马僮都请不起，来向郡守禀告，只好让我这侄儿和他外孙来牵马，那百姓过的是什么日子就可想而知了！眼下到处都流传着‘火龙造孽，青虎行凶；颗粒无收，十室九空；催捐逼税，天塌窟窿’的民谣。我季父怕‘天塌窟窿’，才率众请郡守一同求雨的，何罪之有？”

甄阜见小刘秀侃侃而谈，替刘敞辩解，急忙喝道：“你叔侄俩，我看是一路货色！你季父慌报灾情罪不可赦！我问你，那‘火龙造孽，青虎行凶’是什么意思？”

刘秀道：“我季父前番控告火龙、青虎，郡守大人不是批了文书要严惩吗？那枯苗本是火龙所害，青虎就是蝗虫呀！我季父说送礼，送的就是凶手和罪证。现有了罪证还没惩办凶手，郡守大人就不问青红皂白地治我季父的罪！实话告诉你，我季父已将上述民谣和凶手罪证用八百里加急向当今圣上和王太后禀报了，你不惩凶，当心朝廷怪罪下来难收场！”

甄阜被挫了气焰，忙吩咐兵丁：“将凶顽带上来！”

兵丁们将刘秀和朱福带的两只箱子抬进大堂，打开箱子，那些饿急的蝗虫忽闪闪地朝外钻，转眼工夫，大堂上下蝗虫乱飞。

甄阜满头满身全是蝗虫。

功曹被蝗虫咬了耳朵，钻进了公案。

一班兵丁连打带赶，好不容易才将蝗虫驱散。

甄阜亲见枯死的稻苗和厉害的蝗虫，想到刘敞又将民谣上报给了朝廷，这事逼急了，刁民一造反，局面收拾不了，反而影响了自己的前程，只得传令释放春陵侯刘敞。当堂斥责刘敞道：“我现在才明白，你绕着弯子向我报灾情，还用上报朝廷来压我。本郡守念你爵位在身，为戒今后，着春陵一带提前半年交齐新税。”

刘敞拍拍胸脯，道：“郡守大人的批文在此，你说话哪能不算数？”

甄阜这才知道中了刘敞反面文章正面做之计，后悔不迭，但一时又无办法，只得让兵丁将刘敞一干人驱出宛城。

事后，甄阜将此事禀告了王莽，王莽也正为刘敞向皇上和王太后用民谣报告了灾情而恼怒，借机春陵侯无功于社稷，奏请夺去侯爵，降为子爵，食孤卿禄！

小皇帝慑于王莽权势，只好将刘敞降为子爵。

刘敞见刘秀急中生智，危难中敢挺身而出，从此以后，更加钟爱这位小侄子了。

朱福经过郡守衙门那阵势，对刘秀十分佩服，事后对刘秀提道：“那天在大堂上，那个满脸横肉的郡守还辩不过你哩，更有那个帮凶功曹，我瞧见他一见你就心虚，不知何故？”

刘秀打趣道：“那个甄阜是个只知杀人胸无点墨的草包，谈他就恶心。至于那功曹嘛，我早就把他要得有苦说不出，若将他的事抖落出来，那顶官帽早就被摘了，焉能不心虚！我倒是见你平日里十分灵光，到了节骨眼上咋没词了！你要是见机生情，在功曹钻桌子时学几声狗叫，羞侮他一顿才好玩哩！”

朱福一指刘秀的脑门：“为兄痴长几岁，哪有你这小脑袋瓜灵活哩！”

刘秀得意地抱住朱福笑成一团。

☆ 刘秀：东汉光武中兴的明君。

智戏权贵

刚刚到了元始三年，继位不久的汉平帝聘王莽的女儿为皇后。

王莽成了当今皇帝的岳丈。

这年正月，有塞外蛮人入朝朝贡，自称越裳氏，特进白雉。王莽奏报太皇太后，将白雉荐于宗庙。史载在周成王时代，越裳氏曾经来朝，进献白雉。王莽想要自比周公，暗使人买通塞外蛮夷，冒充越裳氏入朝贡雉。以示大汉朝由他主政，四夷来朝。王莽的爪牙们便秉其意，借机纷纷奏请加封他为安汉公。

汉平帝不懂国政，太皇太后已是风烛残年，虽是临朝称制，却心有余而力不足，只得策命加安汉公王莽以九锡。

刘钦看王莽一切作为都围绕着篡汉自立的轴心转，当今皇帝只不过是个傀儡，见太皇太后已被架空，朝政大事统归王莽裁决，忧心成疾，不久就病逝了。

刘秀兄弟们无依无靠，他九岁那年，由叔父刘良领养。

刘良在萧县任县令，他就让刘秀继续到官办学馆读书。

在学馆里，刘秀好学不倦，不懂就问，力求弄懂弄通，并有自己的见解和体会，受到先生的青睐。

一天，刘秀从先生处借了一本《晏子春秋》，只读了一遍，就能背诵如流，一时在先生和学生中传为美谈。

刘秀还常常主动帮助学友们，在学友中有很高的威信。

学馆里面，有个叫王盛的学僮，依仗其父是当朝王莽的红人，爷爷是王莽没出五服的三爷，骄横不法，浪荡成性，经常用恶作剧欺辱学友。

王盛的爷爷更是盛气凌人，住在萧县，不论军民官吏，见到他骑马路过都要拱手作揖，若不这样做，这个老东西就指挥家丁揍人。

刘秀看在眼里，恨在心头，总想找机会嘲弄这横行霸道的爷孙一番，为大家出口气。

王盛的爷爷听说县令刘良的侄儿刘秀比自己孙子学得好，在学馆里出类拔萃，心里酸溜溜的，要寻机会耍弄一番。这天，他特打发家丁请刘秀过府赴宴。

刘良见王三爷突然请小刘秀赴宴，知道来者不善，又不敢驳他的面子，只得千叮咛万嘱托要加倍小心。

刘秀也正寻思怎样能嘲弄这个老家伙，见机会送上门来，便大摇大摆来到王府。

王三爷请刘秀过府赴宴，却故意把桌子架得高高的，使刘秀既看不见酒菜，也够不上去吃，以使刘秀出丑。

刘秀进来了之后，看着这架式和老家伙皮笑肉不笑的模样，心里明白了，坐下后便用随身带的小刀慢慢地修起了筷子。

王三爷见刘秀上座无动于衷，便假惺惺地说："三公子请多吃菜，饿着肚子回家，晚上温习功课会头昏眼花的。"

刘秀很有礼貌地答道："既然三爷如此盛情，晚生就不客气了。"他说完，便跳到椅子上，用削尖的筷子在每个菜盘戳将起来，将戳来的菜堆满面前的碗。

王三爷见此，嘲笑道："三公子怕是三天没吃饭吧？"

王盛接口道："看样子不是三天没吃饭，而是从饿牢里拉出来的一般！"

刘秀微笑着回答："我仅用了一根筷子戳菜，就像三天没吃饭的样子和从饿牢里拉出来的一般，那你们用两根筷子不晓得吃了多少哩！你们要不是把桌子架高，我早就见到你们那饿死鬼相了！"

王家爷孙弄了个大红脸。

刘秀津津有味地吃了起来。待吃饱后，刘秀躬身作揖道："圣人说过，'有来无往非礼也！'今日多谢了三爷的美餐，我有件大事要禀告哩！"

"什么大事情？"

刘秀道："我早晨听叔父讲如今盗贼兴起，天天夜里有人被偷盗，已贴出告示让家家户户养狗，以守门户防盗哩！"

王三爷想到自己万贯家财十分招风，早养了两只狼狗守门户，听到刘秀这么一说，哈哈大笑道："我还以为是什么了不起的大事呢？原来是养狗防盗，你看我们王府的看家狗是何等的精壮！"他边说边抛出两根骨头，便跑来两只凶猛的大狼狗。

刘秀一看，不以为然地道："偌大一个王府养了这么两只没用的东西！俺家养的那狗可是天下少有的哟！再胆大的贼子见了也胆寒！"

"你家养的狗是什么模样？"

"不说别的，我家养的狗和其他狗连叫声都不一样。"

"你家的狗怎么个叫法？"

刘秀说："是唧唧唧地叫。"

王三爷一听，笑道："你别吹了！你家那狗不算好狗，好狗的叫声很大。"

刘秀问："好狗怎么个叫法？"

王盛卖弄聪明道："亏你还是学业尖子呢！连好狗的叫法都不懂！好狗是这样叫的——"他边说边双手放在耳朵旁上下舞动，汪汪汪地叫了起来！

门外两只狼狗听到狗叫声，也一齐狂吠起来。

刘秀拍手道："啊！我知道了！好狗就这么叫的！那赶明日照这样叫的狗我再给你们捉一只！"

王三爷虽觉孙子王盛有失体统，又从刘秀的举止言行中挑不出任何毛病，只得皮笑肉不笑地将刘秀送出府门。

学友们听说堂堂王府请刘秀赴宴，便问究竟。刘秀便把如何嘲弄王家爷孙的前后经过一说，大伙儿笑得前仰后合。

刘秀道："前番嘲弄王家爷孙说不定他们还不明白哩！下一回再看我的！"

"怎么办？"

刘秀胸有成竹地说："既然能叫王盛乖乖地学狗叫，也能叫他白白孝敬我们一顿美餐；既然他爷爷摆宴席捉弄我，我也捉弄他去嘴啃泥！"

"说说看，如何行事？"

刘秀故作神秘地对学友们道："天机不可泄露，到时候和我一齐行事去看好戏吧！"

这天，王盛下学后，又像往常一样臂上架着鹞鹰在街上横冲直撞。刘秀率一帮学友迎上去，十分恭敬地请教道："王学兄，你臂上架的是什么鸟呀？"

王盛趾高气扬地说："刘秀呀刘秀，别看你能够多认几个字，多背几篇文章，连这是啥鸟都不知道，真笨！"

"不知为不知嘛！不耻下问不叫笨！"

王盛藐视地说："不笨？连这鸟叫鹞鹰都不知道，还好意思来问我！"

刘秀不气不恼，接着问："玩这鹞鹰有啥用处？"

王盛得意地夸耀道："它可以帮我抓鹌鹑和鸽子吃，遇到不顺眼的人，还可以啄他的眼睛。这是我爷爷花一千两银子买给我玩的，怎么样，整个学馆谁个有？"

刘秀仔细地盯着王盛肩头的鹞鹰，故作惊讶地说："哎呀，原先不知道这鸟如此贵重，要是知道就好了。王学兄你有所不知，城外万山树林里有一窝这样的鸟，每年都要孵出十几只，前几天，我去踏青时见有几只快会飞了。这样吧！我带你捉去。"

王盛摇摇头，表示不信。

刘秀对同来的学友们说："他不信算了，反正你们都看见过的，走，我们去捉去。"

王盛见此，说："我也一道去！"

刘秀见王盛信以为真，就道："我们也不会玩鸟，还不是为你好！你要去捉那鸟也行，下学后我们还没吃饭哩！等吃了饭再说吧！"

王盛一看天色已晚，忙说："只要能捕捉到鹞鹰，走，我请你们！"

刘秀道："怕天黑赶不回来了，你如果存心要捉那鹞鹰，看在同窗的份上，就给我们每人买份好吃的，边走边吃不误事。"

王盛捉鸟心切，就买上美食，让一帮同窗饱餐一顿。

刘秀领着王盛和一帮学友来到一片树林里，指着一棵树上的鸟窝道："那鸟就在上面，谁抓着了归谁！"

王盛气呼呼地道："刘小三，我管了你们美吃了一餐，说话咋不算数？要抓，我得先上去抓！"

刘秀道："鸟窝那么高，谁上去也不保险不摔下来，你先上去抓也行，摔下来你爷爷可别找我们的事哟？"

"我抓鹞鹰上树，我爷爷会找你们啥事？"王盛边说着，边爬树去掏鸟窝。

刘秀和学友们存心戏弄这个官少爷，早在鸟窝里放了几只青蛙。

王盛手触鸟窝，几只青蛙乱蹦，他吓得一个跟头摔下来。

窝里鸟飞了。

刘秀跺脚对王盛怨道："你看你，抢着要上去抓鸟，结果把鸟惊飞了，人也摔伤了。"

王盛看到自己养的鹞鹰也惊飞了，连声喊道："快帮我抓鹞鹰啊！"

有几位学童去追鹞鹰。

刘秀喊道："王盛摔得鼻青脸肿，救人要紧，去追的哪门子鹞鹰！"

天色渐晚，刘秀一伙人搀着摔伤的王盛回到城里，径直送进王府。

王盛的爷爷见孙子摔成这个样子，忙问何故。

刘秀抢着说："王盛放学走在路上背书不小心被绊倒摔成这个样子的！"

王盛怕爷爷责怪，连声嘟囔："是呀！是呀！"

王盛的爷爷半信半疑，问前来的学童："真是这样吗？"

前来的学童在刘秀的眼色下，都说是的。

王盛的爷爷无奈，交待孙子在府中好好养伤。

第二天，刘秀又率几位学友去王府，正遇着王盛的爷爷骑马给王盛请郎中，见着后，他们昂首挺立，不去打恭作揖。

王盛的爷爷一见，火了，训道："在这里，谁人见我骑马都打恭作揖，你们这伙毛童怎么不知礼数呢？"

刘秀忙上前道："回王爷，不是我们这些学童不给您作揖，只是怕您受用不起。"

王盛的爷爷嘿嘿一笑道："本人洪福齐天，还受不了你们这帮毛童一揖？"

刘秀正颜道："好，我们一定照例见您骑马作揖。不过，丑话说在头里，如果您受用不起，从马上摔下的话，那就莫怪我们啰！"

王盛的爷爷冷笑一声："真是笑话！"拍马扬长而去。

从那以后，刘秀率学友以帮王盛补功课为名，轮流跑到王府马厩里，对着王盛的爷爷骑的马，作一个揖，狠狠地打一顿棒子，再作一个揖，再狠狠地打一顿棒子。这样连续多次，那马一见刘秀和学友们作揖，便吓得乱蹦乱跳起来。

一天，刘秀打听到王盛的爷爷骑马又去庄园催租，就率学友们在路上等着。等到马儿走近了，刘秀领头上前，说了声"晚生给您请安"就打恭作揖。

那马一见学童们作揖，以为又要挨打，便乱蹦乱跳起来。

王盛的爷爷没有一点儿准备，便被摔了下来，跌得浑身是伤。

王家爷孙都躺倒了，萧县城平静了不少日子。

学友们见刘秀几次三番智戏了横行霸道的权贵，并叫他们有苦难言，打心眼里佩服他天资聪明。

☆ 刘秀：东汉光武中兴的明君。

智救伯文

刘秀的伯父刘子章自春陵府失去金印和封地之后，满肚子窝火，整日借酒浇愁。

这一天，刘子章酒至半酣时，釜亭侯亭长陈玉前来催赋税。

刘子章圆睁醉眼，道："赋税交不出来。"

"皇赋国税，你敢抗交？"

"不交就不交，要命有一条！"刘子章平时见亭长陈玉助虐害民，常向新朝献媚，将春陵府一举一动都添油加醋进行密报，对这只朝廷鹰犬十分仇恨，见他今日狐假虎威的样子，气就不打一处来，一把扯开衣服，用手掌将胸脯拍得嘣嘣响。

陈玉见此，指着刘子章的鼻子道："现在非你刘氏天下，张狂个啥？不好好夹着尾巴服从我管束，掉了你的狗头不算，当心满门抄斩！"

"你刚才说啥？"

"我说你若不服管束，掉了你的狗头不算，当心满门抄斩！"

刘子章一阵冷笑，抽剑猛向亭长陈玉刺去，骂道："当斩的是你们这些王八蛋！"

刘子章刺死了亭长，惊动了朝廷。王莽为了杀鸡给猴看，下旨捕获了刘子章，押到京城处斩。

棘阳县令得到圣旨，特派了四个身强力壮的役卒推囚车，又派了典狱率了八个精兵一路押送。

刘子章的妻子惊恐万状，慌忙过府找族弟刘良想办法。

刘良思虑再三，搓着双手道："家兄图一时愤恨杀了朝廷命官，虽为我们出了口恶气，可也为王莽老贼赶尽杀绝我刘氏宗室提供了口实。家兄系朝廷钦犯，花尽钱财，没有王莽下旨，谁人也不敢疏通留下活命。若是我们前去夺人，朝廷正好对我们灭门九族。真想不出任何法子救家兄啊！"

刘子章的妻子一听，号啕大哭："既然玄儿他爹必死无疑，我还有什么活头呀！不如一死一了百了。"她哭着哭着，就要撞墙。

刘秀荷锄归来，见伯母寻死，急忙上前拽住，安慰道："伯母不要过分悲伤，伯父之事我们几个堂兄弟已商量过，不要叔父出头，我们自有安排！"

刘良知道侄儿胆识过人，凡遇大事有独谋，但事关重大，叮咛道："秀儿千万不要莽撞！若没有万全之策，千万别去飞蛾扑火！丢了你伯父的性命不算，还要招来灭我九族的横祸呢！"

刘秀道："叔父放心，我早就计划妥当，保证万无一失将伯父救下，请快让婶婶扶伯母歇息吧！"

刘良待刘子章妻子下堂后，详细询问了刘秀救伯父的办法。

刘秀对他耳语一阵，刘良听过，一拍大腿道："智劫囚车为上！你们上路吧！家里自有我安排！"

这天，押送刘子章的囚车快出新野地界，已是日落时分，典狱率兵觅店住宿。等他们刚漱洗完毕，从外面进来一个小伙子要求见典狱。

典狱一见来了位不速之客，板起脸孔正想发作，忽见来者取出一大包银子，递到面前，又很礼貌地说："不成敬意，给你们官差打点儿酒喝。"

一见白花花的银子，典狱顿时换了副笑模样，道："素不相识，你这是做什么？"

小伙子彬彬有礼地答道："我是做粮食生意的，正往洛阳贩谷子。"他指着囚车继续说："实不相瞒，这个囚犯是我大伯父。我从小死了爹妈，寄养在叔父家中，大伯父也时常周济，才使我长大成人。他犯了死罪，罪有应得！不过，我看到大伯父整日卡在囚车里，坐不下，站不直，又满身受刑落伤，这样下去，不等到京城，就要死了。不把活人带到京城，大人难以交差，就连我这个作晚辈的看到这模样心里实在不安。为尽孝心，请大人行个方便，夜里打开囚车，让我伯父能睡一下觉，不知可否？”

典狱一行人望着小伙子手中的一大包银子，眼睛都直了。

典狱迟疑了一下，问道：“你叫什么名字？家长是谁？”

小伙子说：“我家父原为南屯令，早已过世，寄养在告老还乡萧县县令刘良叔叔家里，小的名叫刘秀，家人都唤我小三子，跟大伯父刘子章仅一府之隔。”

“就你一个人来的？”

“只我一个。还是贩谷半路上闻讯而来的哩！”

典狱故作难为情的样子道：“难得你一片孝心。虽说你有名有姓，有门有户，我们也不怕你做出不轨之事！只不过还有王法，我做不得主呀！”他说罢，向兵丁们丢下一个眼色。

班头一看典狱的眼色，忙接口道：“在这三不管之地，什么王法不王法！只要银子多，我们轮流值夜，一定出不了事！”

典狱虽脸上加重了难色，但双眼像磁石一样盯着刘秀手中的银子。

刘秀见状，明在心里，一面奉承班头说：“还是这位解官说得对。我大伯父如此模样，绝不会逃跑。”一面双手捧上银子，央求典狱道：“请大人行个方便，我真是感激不尽！”

典狱故意皱皱眉头。

班头一把接过刘秀的银子道：“刘公子，这事包在我身上！上司追查下来，与典狱官无干系就是了！”他边说边向每个兵丁抛去一锭银子。

兵丁们接过银子，不等典狱开口，就打开了囚车，放出刘子章，让他睡在床上。

刘秀又单独向典狱塞了一大包银子，得到允许，跟随囚车照顾刘子章。每到一地，由他请客，典狱一行一路上有好吃好喝的，非常高兴。

囚车过了白水河，便是崎岖不平的山路。长途跋涉，押解的官差们累得筋疲力尽。刘秀总是尽量购来好吃的一讨欢心。

押解的官差们渐渐放松了警惕，刘秀便瞅空子将劫囚车的计划悄悄地告诉了伯父。

囚车到来一个三岔路口，刘秀对典狱说：“承蒙方便，很是感激。囚车押到京城就要行刑，我要先赶过去，给他置办后事。就此告别，望多行方便！”他说罢，又捧出银子递过去。

典狱道：“刘公子放心，我们京城再见。”

刘秀拱手辞别，向京城方向而去。

囚车在山峦中推行。

日暮时分，囚车推至山腰，遇到又陡又长的石级，根本不能通行。典狱就下令放出刘子章，让役卒轮流抬着囚车向山岭攀去。一行人花了九牛二虎之力，好不容易上了山岭，见有宽宽的几块大青石，不由分说便坐下去喘口气。

这时，有四个乞丐正坐在石头上喝水，对囚车和官兵的到来，看也不看一眼。

典狱打量着这四个乞丐，见都非常年轻，有点儿不放心起来，瞪眼喝道：“你们给我走远点儿！不走远点儿，当心我这大刀不认人！”

四个乞丐见典狱挥起大刀，悻悻地离开大青石，蹲在一旁又喝起了水。

典狱见四个乞丐离开了，才放心地敞开衣巾敞敞汗。

不一会儿，上来一个小贩，提着满满一篮子瓜果，对着散坐在大青石上的官兵道："新鲜瓜果，请买点儿尝尝味道吧！"

典狱见这小贩十分精壮，便喝道："你不要在这里叫卖！不然，我就踢你的篮子！"他便说边推小贩。

小贩嘟囔道："买卖不成仁义在！你不买算了，推的哪门子人？"

刘子章见官兵役卒们想买不敢买，眼睛只盯着篮子，按照刘秀的交待，对着被推搡的小贩喊道："我已是死到临头的人了，请赏个果子尝尝，也不至于做饿死鬼了！"

小贩顺手扔过去一个大鲜桃。

刘子章接到手啃得津津有味。

班头掏出碎银子，要买下那篮瓜果。

一个乞丐抢过瓜果篮子，说："我们先要了！"

小贩板起脸孔说："那快交银子！"

抢篮子的乞丐指着刘子章道："你能孝敬那个死囚，就不能孝敬爷们，要的哪门子银子！"他边说，抓起瓜果向乞丐和官兵们抛去。

小贩怒火顿起，挥拳就打。

四个乞丐一拥而上，一同对付小贩。

小贩不是对手，连忙跑到典狱身后，抓住大刀把，高叫："请大人救我！"

四个乞丐忽地一声，冲向大青石，架起刘子章就走。

典狱自知中计，慌忙抽刀迎击。无奈小贩猛按刀柄，一脚踢去，将典狱踢下山崖。

班头见情况有变，率兵扑杀过来。

小贩一声忽哨，从四周冲出 20 几个精壮汉子。

班头见这拨精壮汉子头勒黄巾，手持兵刃，号衣上都绣着一个"绿"字，知道遇到了连朝廷也奈何不得的绿林义军，顿时吓瘫在地，求饶不止。

领头劫囚车的用大刀指着班头说："我们专与朝廷作对！凡朝廷钦犯都是我绿林盟友。今天不杀你们，回去告诉你们的主子，要钦犯就问我这大刀答应不答应！"

班头头如捣蒜，瑟瑟发抖，连声求饶，不敢正眼一瞧。

那押送囚车的兵丁和役卒更是吓得抱头鼠窜。

小贩见乞丐架着刘子章已消失在山林中，又一声忽哨，穿绿林号衣的人摔下一面旗帜，对押解的官兵们道："免得你们主子要你们的脑袋，就拿这面旗帜去交差吧！"说完，拐进了山林。

原来刘秀听说伯父刘子章被押向京城处斩的消息，几位堂兄准备铤而走险要劫囚车救出家父，才出主意打着绿林的旗号去智劫囚车，以免连累刘氏家族蒙难。并自告奋勇以贩谷为由，用重金贿赂押解官兵，尾随囚车，让刘子章少吃囚禁之苦，并对劫囚车做心中有数，到时必经绿林出没之地，劫下刘子章，让官府抓不住把柄，又奈何不得。

刘子章的两个儿子刘显、刘赐依刘秀之计行事，在约好之处救下家父。

刘子章听自己的儿子们说自己能死里逃生，全靠族侄谋划，交待道："小三子救父之恩你们今生一定要回报啊!”

所以,后来刘玄登基当上皇帝后,受人唆使杀了刘秀的长兄刘寅要株连刘秀时,是刘显、刘赐两位弟弟不忘智劫囚车救家父的大恩,再三恳请,才使刘秀未受其害,这是后话。

☆ 刘秀:东汉光武中兴的明君。

智退强敌

刘氏兄弟白水起事后,势如破竹,一鼓作气就攻下了棘阳城。

驻守在宛城的王莽心腹甄阜、梁立赐得到急报,他们紧急商议后,亲统十万大军,浩浩荡荡杀向棘阳。

义军探子探明了敌情,火速报给刘寅:“都统,大事不好,甄阜和梁立赐各率五万大军分两路直逼棘阳,现已过溧河。过河后将桥全部拆掉,声称有进无退,有胜无败,要血洗棘阳城。”

听到这消息,刘寅大叫一声:“气死我也!这些贼兵胆敢来捋虎须,不与他们血战到底,誓不为人!”

叔父刘良急劝道:“敌人锐气正盛,十万人马会把棘阳夷为平地,硬拼那是以卵击石,还是另想办法吧!”

刘寅道:“兵来将挡,水来土掩,现只有拼死一战,还有何法?”他一边披挂一边下令道:“全体披挂,出城迎战!”

这时,二弟刘仲闯了进来,对众人道:“大哥,情况不妙呀!满城百姓听说十万莽军攻城,像蜂子乱了似的,纷纷要求开城出逃。我看,这棘阳城会不攻自破啊!”

众人听去,四街八巷弥漫着一片含混不清的嘈杂声,间或还有狂喊号哭。

妹妹伯姬热汗水流地跑进来禀告道:“城内百姓我们安抚不了啊!大哥,散伙吧,我们这几千人哪有力量去迎击强敌,待以后时机成熟再举义旗吧!”

见此,有人建议:“南方绿林势大,我们去投奔他们吧!不能在这里白等死。”

刘寅听了众人的话心中窝火,怒斥道:“我们是高帝子孙,举旗起兵是为了恢复汉室的千秋功业,不成功便成仁,咋能散伙去投奔他人!”

刘良指着门外携老扶幼的百姓道:“棘阳不保,玉石俱焚,如何是好?”

“强敌压城,我们该怎么办?”众人问。

刘寅眉头紧蹙,失去了主意。

正在一筹莫展的时候,一个人闯了进来。

众人抬头望去,只见刘秀浑身铠甲,腰悬宝剑,外披大红兜风,头戴金盔,雄纠纠气昂昂地闯了进来。

刘良见刘秀在强敌压城之际如此镇定自若,忙请他速拿个主意。

众人见刘秀一改以往见敌怯阵的模样,都暗暗称奇,围拢过去要他拿主意。

刘秀道:“我也正是为此事来找大哥商议的。眼下不保住棘阳,等于卷起了起兵大旗；要是硬拼，全棘阳的军民会血流成河。依我看，首要是安抚民心，共同保城，再施巧计退敌才为上策。”

刘良道：“快说说你的方略！”

刘秀道：“现我春陵义军旗甲鲜明地上城作御敌准备，再派伯姬率女兵晓喻城中百姓，以安民心。待到夜深人静，由叔父带上金银速去绿林，联络绿林义军出兵破贼，再由大哥率精兵埋伏在贼兵过往的隘口，由我守军拖敌，一待敌疲而退，我们三管齐下，甄阜、梁立赐两路强敌有何惧哉！”

众人听刘秀说得头头是道，对刘寅说：“都统，三将军说得有理，快下令行事吧！”

刘寅沉默了片刻，道：“三弟所说可行，只是联合绿林，但不知会不会……”

刘良知道刘寅顾虑绿林这些草莽英雄一旦联合起来，会不会捅娄子，便道：“俗话说，孤树难成林，单丝不成线，只要大家反王莽，两军可以联合。眼下只要绿林义军和我们一齐破敌，就是捅王莽的娄子，侄儿不必顾虑。”

刘秀也道：“咱族兄刘玄投奔绿林后，人们叫他更始将军，我好友马武投奔绿林，也做了前哨官，他们对棘阳一带十分熟悉，只要叔父携重金游说联合成功，等于我们凭添了一支生力军，何愁敌兵不退！”

众人议来议去，都道：“我们看只有三管齐下才能保棘阳，退贼兵！”

刘寅到了此时，也只好依刘秀所出的主意行事。

等刘寅分派停当，王莽的兵马前锋已到棘阳城下。

刘秀和妹妹伯姬镇守棘阳城。

甄阜、梁立赐仗着人多势众，将棘阳城围得滴水不漏，妄图不战而下，把义军困死城内，到时粮草断绝，来个瓮中捉鳖。

刘秀为了拖住敌军，不暴露主力移到城外去打埋伏，他首先让士兵把毛驴牵到城墙上，用喂马的草扎成草人，绑在驴背上，然后在草人身上插上旗帜，让毛驴在城墙上来回走动，装着巡逻的士兵，迷惑敌人。然后又让妹妹伯姬带人找来许多只羊，把它们一只只倒悬着，下面放上战鼓，让羊的前蹄抵在鼓面上。羊被倒悬，两只前蹄不停地乱动，把鼓擂得“咚咚”直响。

甄阜、梁立赐见棘阳城内旗帜不乱，鼓声不断，十分得意，在中军帐内饮酒作乐。

参军对甄阜说：“叛逆悉数在城内，大帅何不进攻呢？”

甄阜道：“我人强马壮，弹丸小城，谅他刘氏兄弟难持几日，只要他们断了粮草，那旗帜就会成为他们的招魂幡！”

参军对梁立赐说：“乘势攻城，可擒拿全部春陵叛逆，大将军何不发兵呢？”

梁立赐也道：“区区叛逆在我十万大军压城之际，何足挂齿，只要日夜围守，不出几日不战他们也会前来投降！别听城内战鼓咚咚响，那可是他们自己的报丧鼓！”

甄阜、梁立赐知道自己剿灭了义军，高官厚禄伸手可取。眼下大军压城，义军纵有回天之力，区区数千人也在劫难逃，便得意地日夜承欢。

这一晚，甄阜正和美妾在温柔梦乡之中，谁料中军火急火燎地闯入帐中，结结巴巴地说：“大……大帅，大，大……大事不好！”

甄阜勃然变色道:“何事,这样惊慌!”

中军叩禀道:“细作冒死归报,绿林贼兵倾巢下山,劫入梁将军营中,梁将军已逃,全军覆没,棘阳城内兵马已冲出城外,正向我们杀来!”

甄阜一听,脸色大变,慌忙披挂,下令退兵。

刘秀见甄阜乱了营,就命数百个粗喉大嗓的士兵站在棘阳城头上齐声大喊:“梁立赐全军覆没,降者免死!”

甄阜军营中早见梁立赐营中火光冲天,杀声四起,现在又听到守军呼喊,他们料知是实,人人自慌,又见大帅引马先逃,兵将们随后落荒而逃。

刘秀率部冲到城外追杀。

甄阜马不停蹄,率部向老巢宛城奔去。转眼来到三岔路口,军前小校禀报:“去宛城官道绝无人马足迹,小道之上人马足迹纷沓,何去何从,请令定夺!”

甄阜向将校们吼声“走,随老子到前面看看!”策马来到三岔路口,下马来回细看。他就着火把在官道上一看,路面上有清扫的痕迹,再往一旁搜寻,道沟上掩着一堆新鲜粪便;又到小道上一看,有无数蹄印逶迤向前,他哈哈一笑,“区区草寇,怎敢与我斗智!今日从小道而归!”

参军道:“贼兵若在前面隘口处埋伏,如何是好?”

甄阜道:“你们见梁立赐那个没用的东西败了就吓破了胆。春陵兵被我们围在棘阳城内,难道他们是天神,能分身设伏?我担心是绿林贼兵和刘氏叛逆沿官道追来,只要我们大军过后,将小道上的痕迹扫掉,在官道上弄上马蹄印,就能迷惑他们不知所往。”

众将连连拍马屁道:“大帅用兵如神,小小叛逆哪在眼下。”

甄阜传令大军疾走山野小道。

刘秀率部急追甄阜。他来到三岔路口,下马细看,只见官道上马蹄纷沓,小道上有清扫的痕迹,那树梢草叶上挂有不少马毛,笑道:“任你甄阜老儿狡诈,聪明反被聪明误!看来已进了大哥布下的打狼的口袋了!看你还往哪里逃!”他下令义军急向小道追杀。

甄阜走到隘口,两侧峰峦层迭,阴森险峻。

小校来报:“春陵兵马在后面紧追哩!”

甄阜听后,不禁哈哈大笑起来。

将校们惊问:“大帅为何发笑?”

甄阜道:“刘氏贼首终是草贼,不知兵法者也!他们若在这里埋下伏兵,我们必然九死一生!今晚怕本大帅行军孤单,在后面凑热闹,看来擒贼大功可得!快传令前队变后队,回师扑灭叛军!”

正在甄阜传命间,突然传来一阵阵滚雷似的战鼓声。随着战鼓声,两面山崖上抛下无数火球、火把,把地下的干柴、枯草点燃,顿时隘口小道成为火海,更加上礌石滚木疾如雨下,甄阜大军乱作一团。

刘寅率伏兵直冲“甄”字纛而下,贼兵们见大纛倒下,一哄而溃。

刘秀率部下追杀过来,乘胜追击。

贼兵四散逃跑,义军也就分头追杀。

甄阜在众将拼死掩护下，才带千把多人的残兵败将逃了出来。

清晨，刘氏兄弟押着大批的战利品凯旋归城，和绿林义军共庆胜利。

庆功宴上，春陵诸将纷纷给刘秀敬酒，都道："三将军临危施计退强敌，才有今日棘阳城内庆功宴啊！"

绿林义军首领们见今日大获王莽贼兵全赖看似文弱书生的三将军刘秀，齐刷刷投去钦佩的目光。

☆ 刘秀：东汉光武中兴的明君。

智保粮仓

刘秀临危施计三管齐下打退了强敌后，春陵义军声势大振。为了扩大战果，刘寅兄弟联合义军共同出兵，又一鼓作气接连攻下了几个重镇，平日作威作福、欺压百姓的官兵，被打得落花流水。义军决心乘胜攻打宛城，去掏王莽的肺叶子。

王莽听到汉室宗室刘寅、刘秀起兵反叛，声势不小，来头很猛，心急如焚。他知道"卯金刀"的号召力不同凡响，如果不马上剿灭他们，后果将不堪设想。于是，他又增派人马，令甄阜、梁立赐死守宛城，尽早将起义军镇压掉。

甄阜和梁立赐吃了轻敌的大亏，他们紧急商议后，决定采取"围魏救赵"的战略，专挑义军要害处下手，由甄阜去阻截进攻宛城的义军，梁立赐去踏平义军囤粮的白水村。

义军探子探明敌情，火速报告统帅刘寅。

刘寅见事关重大，便派二弟刘仲回白水村告诉刘秀军情。

刘秀对刘仲道："我知道粮草乃义军命脉，只要我在，保证万无一失，请二哥速去大哥处助战，只要打败了甄阜，梁立赐就会胆寒退兵。"

刘仲道："大哥再三叮咛，要保住粮仓。只要粮草充足，何愁不能克敌制胜哩！"

刘秀道："兵来将挡，水来土掩，此处有我守着，他梁立赐就是有三头六臂也奈何不得，请二位兄长放心！"

刘仲回报刘寅。

刘寅为保证万无一失，又派妹妹伯姬回军增援白水村。

没出半晌，梁立赐率领数万人马如潮水般杀向白水村。

刘秀见贼兵蜂拥而至，便点齐乡勇，将白水村四周的吊桥拉起，四处的壕沟埋着铁蒺藜、三角刀等锐器，各个垛口埋伏着强弓硬弩，又吩咐妹妹伯姬动员村内妇女老幼用湿衣被遍盖粮囤，以防贼兵火攻。自己仗剑在四周巡查。

梁立赐的先锋官手执大刀，跃马来到壕边，诈唬道："官军至此，速速开门投降！不然惹得老子动火，冲进村来，不分男女老幼，一并杀死！"

刘秀不予理睬。

先锋官气得火冒三丈，将大刀一挥，命令官兵下水过壕，强攻村寨。

跳下壕沟的官兵不是被铁蒺藜刺得皮开肉绽，就是被三角刀等锐利划得血肉模糊，一个个哭爹喊妈哀声一片。

白水村的乡勇,拍手大笑。

先锋官暴跳如雷,又令官兵运土填壕。

刘秀把剑一挥,登时万弩齐发,冲在前面的官兵纷纷毙命。

先锋官见无计可施,只好向主帅梁立赐禀告。

梁立赐一听,顿时火冒三丈,大骂先锋官:“小小一个白水村,弹丸之地,我数万官兵一个人一口唾沫也把它淹掉,久攻不下,还有何面目来见我!”他骂完,将手中的剑往先锋官面前一丢,喝道:“你还需我亲自动手?”

先锋官只好自杀谢罪。

梁立赐盛怒之下,命令将士轮番进攻,无奈刘秀坚守不出,用纷飞的乱箭打退了官兵的一次次进攻。

刘秀身不解甲,日夜在壕墙上巡视。这天,傍晚时分,他刚眯上眼睛休息了一会儿,妹妹伯姬急匆匆进来报告:“三哥,我们的箭快用完了。”

刘秀圆睁布满血丝的大眼问:“尚存多少?”

“军械库里早空了,就剩下守村乡勇手上的了。”

刘秀一听,疲倦一扫而光。他想到没有箭,守村就十分困难了。他焦急得来回踱步寻思着良策。还没等他想出个道道来,只见白水村上空火箭林立,纷乱火球直射粮囤。

原来梁立赐见强攻不能得手,就在壕沟外架起高架,用火箭进攻,企图一举烧毁粮囤。

刘秀见束束火箭在湿衣湿被上化作缕缕青烟,顿时眼前一亮,他速召来妹妹伯姬,让她组织人连夜扎出千个稻草人,以备军用。

第二天拂晓前,梁立赐的瞭望哨借着晨雾,发现有上千个穿着黑衣的乡勇沿着绳索爬下壕墙,慌忙跑进中军大帐向梁立赐报告。

梁立赐一听,断定是刘秀在搞偷袭,下令放箭。

霎时,万箭齐放。

吊在绳索的“乡勇”不躲不闪。

梁立赐等到红日东升仔细一看,全是穿着乡勇服装的稻草人,他气得咬牙跺脚:“刘秀你个乳臭未干的毛头小儿,竟用稻草人赚我几十万支箭哩!待我踏平白水村,非用这些乱箭穿遍你的全身不可!”

梁立赐恼羞成怒,又强攻了一天。待到太阳落山,前沿上的官兵拾起几支奇怪的箭呈上去。他一看,一阵狂喜:“这高粱秆削的箭,能奈铁甲几何?”想那刘秀小儿一会儿稻草人借箭,一会儿用高粱秆削箭,看来,村内快没箭了,命令部下围而不攻。

过了几晚,刘秀又从壕墙上放下绳索,垂系着几百个黑糊糊的人影。

梁立赐的部下觉得好笑,就向梁立赐报告。

梁立赐道:“刘秀小儿要如此儿戏,故技重演,不必理他!吃好睡好养足精神好去瓮中捉鳖。”

这天夜里三更,白水村又垂黑影,瞭望哨只当仍是稻草人,不作理会。谁知,这一次垂下来的千名乡勇，借着夜色掩护，趁官兵麻痹大意之际，突然向梁立赐的中军大营进行袭击。

梁立赐毫无戒备，被打个措手不及，只好慌忙逃跑。

围剿白水村的数万官兵，见中军大营遭袭击，群龙无首，黑夜中自相践踏，乱作一团，四处逃命。

刘秀见乡勇们得手，洞开四门，率众掩杀，把数万官兵打得落花流水，溃不成军。

人们看到刘秀智勇双全打退了数万官兵，保住了义军的粮仓，从此，对他刮目相看了。

☆ 刘秀：东汉光武中兴的明君。

智袭兰乡

王莽听说甄阜、梁立赐的十万精兵被春陵义军打败，恼羞成怒，又速令驻守在育阳的大将军严尤和陈茂再率十万大军前去征剿。

严尤和陈茂吸取官兵棘阳兵败的教训，先备足粮秣，步步为营，采用撵鸡子上笼的战法来消灭春陵义军。

刘寅见严尤和陈茂步步紧逼，已切断了自己和绿林义军的联系，很焦急，便找来诸将前来商议。

叔父刘良道："今日看这兵马大不一样，似乎先占外围，孤立棘阳，要来重点征杀哩！"

二弟刘仲接着也道："叔父说得好，那严尤命陈茂在兰乡囤积了大量粮秣，作好了长期和我们作战的准备，看来又免不了一场艰苦的血战啊！"

诸将道："大敌当前，我们不能坐以待毙呀！请都统速拿破敌方略！"

刘寅道："我看只有出其不意，攻其不备才能打破围剿！"

刘秀接口道："大哥说得对！要攻击就得打敌人的要害。"

刘寅见前番刘秀临危施计退敌强后，便对他刮目相看。一听他附和自己的主张，就询问道："三弟，快说说你的想法！"

刘秀道："自古都是'兵马未到，粮秣先行'，若是我们以其人之道还治其人之身，能打下莽军囤积粮秣的兰乡，那严尤和陈茂便不战自溃。"

刘寅道："我也曾细谋过此事。自打我们兵败甄阜、梁立赐后，那严尤令陈茂防守兰乡十分严密。我是怕强攻不成还弄巧成拙，故尔作罢。"

刘良插话道："强攻不成，能不能智取？"

刘寅道："那陈茂是个精猴子，兰乡之地，里三层外三层驻有重兵，没有关防印符，任何人不得进入其内。要想进入其内，只有老鼠、麻雀能行！要智取谈何容易。"

众人正在无计可施之际，伯姬闯进来，向刘寅禀告道："大哥，我们在城外巡查，抓了一个严尤的使者，拉入老林中杀了，从他身上搜出一封信，请过目。"

刘寅接过看罢，呵呵笑道："那严尤要去犒劳陈茂哩！这是礼单，看来我们又能得到这份厚礼哩！小妹，速去设伏，截获严尤犒劳陈茂的礼物，以赏我们三军！"

刘寅说罢，便要去撕那信。

刘秀急忙制止。

刘寅盯着刘秀问道："如此废物，要它何用？"

刘秀把那信一晃，对众人道："奇袭兰乡有门道了。"

众人急问："如何奇袭兰乡？"

刘秀道："就靠这纸书信。"

刘寅不解地问："靠一纸书信能行？"

刘秀道："就凭严尤这封亲笔信，就可以闯入兰乡，再将那送犒劳品的兵将抓获，派个精细之人加以冒充，来个里应外合，不愁兰乡不破。"

刘寅把案一拍，呼道："此计甚妙！这奇袭兰乡断粮秣的大任就由三弟来挑吧！"

"那我还得有个帮手。"

"这三军之内任你挑选。"

刘秀得令后，就笑嘻嘻地拉过号称"腾云龙"的邓禹道："那就请仲华学兄助我一臂之力啊！"

邓禹道："事关重大，你让我如何动作？"

刘秀道："你还记得我们当年坐车遇见江夏使者的事吗？"

"怎么不记得！不想给那狗官让道，我扮作新野相国，你扮作跟班闯过去，结果被认出来，差点儿蹲大牢！"

"这次你再扮严尤特使，有亲笔信和犒劳物品，那陈茂就是神仙，也难知你底细。我俩再来一次里应外合，不愁那兰乡不破。"

"我们如何下手？"

刘秀拽起邓禹，道："快走！同我伯姬妹去截获严尤的使者后，咱俩再细议。"

在预期的日子里，严尤的使者被刘秀截获，他会同邓禹仔细审问严尤的使者，弄清了军情内幕，两人心中十分高兴，以酒助兴。

酒至半酣，刘秀问邓禹道："仲华兄，现在你我对敌情了如指掌，你看怎么去攻兰乡？"

邓禹道："文叔老弟早已成竹在胸，你说说怎么去攻兰乡？"

"你先说。"

"不！还是你先说。"

刘秀和邓禹相互推让。

刘秀道："我们各出一个字如何？"

"好。"

刘秀和邓禹各张开右掌心，左手沾酒，同时在对方掌心中写着一个"火"字。

二人相视，哈哈大笑。相互耳语一阵，第二天便分头行动。

刘秀率了一哨人马化装成百姓，来到兰乡城下转了一圈，对城内外的地形仔细观察，并暗暗记下城内囤粮秣的方位，即回营传令："全营士兵、军校，每人一日之内要交三只老鼠、五只麻雀，超过的有赏，违者重罚不贷！"

这道命令一下，士兵、将校们都怔住了，打仗交锋，只有磨刀擦枪的理，要捉老鼠抓麻雀干什么？但大家知道三将军一向军令森严，所以谁也不敢违令，只好四处去逮老鼠捉麻雀交数。

邓禹此时，挑出十几个精明士兵，扮成官军模样，抬着犒劳品进行演练。

刘秀见已抓来数千只老鼠和麻雀，又下令兵士扮成百姓的模样去兰乡城外拾草割柴，将有叶、有子之物尽数弄光。

一笼笼的老鼠、麻雀放在军营内，饿得吱吱直叫，众士兵看了，感到纳闷，猜不出刘秀葫芦里卖的什么药。

这天，突然刮起了大风，吹得树叶沙沙作响。刘秀送邓禹一行向兰乡进发。

一辆漂亮的使者轺车奔向兰乡城门。刚到城门口，唰的一声，被守城门的护兵挡住去路。

邓禹身着使者服饰，端坐车中，一侍从呈上严尤的亲笔信，指着一字排开的犒劳物品对护兵道："奉严大将军之命，专程来兰乡犒劳三军，还不快去报告陈将军！"

护兵将严尤的亲笔信交给头目。头目看印鉴无误，又见大批犒劳品，立刻摒退兵丁，躬身道："得罪，得罪！严大将军特使前来劳军，我速去禀告陈将军。"

邓禹也不答话，略将头一点，车夫把鞭一扬，一行人进入兰乡城内。

陈茂闻听严大将军派使者前来劳军，不敢怠慢，传出中军大帐有请。

邓禹率人来到中军大帐前，只见两行持刀荷戈的卫士林立两旁，戒备森严。他心中暗暗吃惊，却镇定自若地昂首站在帐外。

陈茂见使者板着面孔，不卑不亢立在帐外，忙出帐赔笑道："不知使者驾到，失礼！失礼！"

邓禹扫了扫侍立在两旁的卫士，道："本使奉严大将军之命，特送犒劳品前往慰劳，承蒙陈将军两厢卫士欢迎，可算行了大礼哩！"

陈茂恐其中有诈，便把卫士列以两旁，以防不测。经过举止言行观察，使者没有破绽，他自觉失礼，忙打圆场道："我与严将军共领皇上御旨共讨春陵反贼，军旅之中以猛士列队欢迎乃是盛情。既然使者不领这番美意，请进帐，以酒陪罪。"他边说边挥手，那侍立在中军帐内外的卫士统统撤走了。

邓禹见此，躬身一拜，道："严大将军深感陈将军率部在兰乡守粮秣劳苦功高，特差末将送来美酒十坛、牛、羊肉数担，白银千两，一表慰劳，万望笑纳。"

陈茂见摆着一大排犒劳品，忙换副笑脸道："我与严大将军同奉圣命剿灭叛贼，受苦受累实乃本分。严大将军如此厚意，末将受之有愧！"

邓禹道："陈将军何必过谦，严大将军说这次剿灭春陵叛贼，成败与否，全仗陈将军能让兰乡粮秣万无一失。待到擒贼庆功时，严大将军还要在皇上面前给你请功哩！现奉上些酒肉银两理所应当。"他边说边命侍从抬过一坛酒，放在陈茂面前，上前恭恭敬敬地说："此酒为皇上御赐，严大将军不敢独饮，特以送到陈将军帐中。"

陈茂听说送来的是宫廷御酒，不禁喉咙发痒。他亲自把封泥打开，顿时醇香袭人，高兴地道："特使这道而来，让我们来共同品尝这御酒吧！"

邓禹谦让道："我一区区牙将，怎敢与将军同席饮皇上恩赐的御酒哩。"

陈茂拉起邓禹的手，道："严大将军不敢独饮这御酒，难道我陈茂独饮就过意得去吗？来，来，来，你就代表严大将军，今日来个开怀畅饮，一醉方休。"

邓禹假意推辞道："兰乡是我军辎重要地，须时时提防偷袭，不可饮酒误事。"

陈茂哈哈笑道："过虑了！过虑了！我防范得如铁桶一般，谁人胆敢偷袭，还不是白白送死！来！本将军今日借御酒来为你们一行接风。"他说着，喊来两个侍从，摆上菜肴，和邓禹一行人狂饮起来。

二更时分，两罐子酒早已见底。邓禹见陈茂和两个侍卫已酒醉如泥，就使眼色让一个随行人员去举火为号，自己亲自带人将陈茂和两个侍卫杀死。

早已埋伏在城外的刘秀见邓禹得手，发出信号，他就令士兵将系着硫黄、火药的那些饥饿的老鼠和麻雀点燃火头后全部开笼放掉。

这些老鼠和麻雀见兰乡城外草叶尽光，又有伏兵，就一齐扑向城内。成群的麻雀飞到城内粮草堆上，边啄边吃边跳跃，便将火药、硫黄抖落在粮堆草垛上。那些老鼠上下乱窜，被点燃的香火一碰上火药、硫黄，立刻引起熊熊烈火。加上风助火势，火仗风威，兰乡城顿时成了一片火海。

困在城内的官兵一见突然起火，也弄不清这火是怎么来的，一时乱成一锅粥。

邓禹趁兰乡城内慌乱之际，盗来陈茂的印符，赚开城门。

刘秀率兵攻入城内。

城内官兵自顾不暇，一个个惊慌失措，纷纷逃命，兰乡很快就被刘秀拿下。

严尤闻报兰乡失手，捶胸顿足，道："此番擒拿舂陵叛逆又化成泡影了！"他只好卷旗收兵，向王莽去告急。

刘寅和众将士在庆功时都说："奇袭兰乡断粮秣，全靠刘秀妙计啊！"

刘秀道："那是仲华兄这次扮演使者的功劳啊！"

邓禹打趣道："要说功劳，那老鼠、麻雀应记头功！没有它们放火，我和文叔无论怎样里应外合也奈何不了那戒备森严的兰乡啊！"

这席风趣的话，激起一片笑声。

☆ 刘秀：东汉光武中兴的明君。

智汲井水

烈日炎炎，中州大地塘干堰枯，连大嘴蛤蟆也躲在阴凉处喘着粗气。刘秀一伙人在王莽的士兵追赶下，拼命逃跑，浑身汗流如注也不敢有片刻的歇息。谁知那马像得了大病，口中冒着白沫，任急鞭猛抽，死也不肯走了。

马一停蹄，人觉得干渴得更厉害。大将军马武跨下马来，埋怨道："这下可好了，没战死却要渴死，只好束手就擒了。"说罢，身子一歪就势躺在地上。部下将士见大将军悲观失望，一个个像末日到来一般垂头丧气。

刘秀虽说渴得喉咙里直冒烟，但并未绝望。他见马武和众将官那副颓丧的样儿，心中觉得像针扎，扯起马武说："活人怎能让尿憋死，别自暴自弃躺倒，快想想办法鼓舞士气，以免遭到灭顶之灾！"

马武听到一个"尿"字，顿时有了主意。他抓起了皮囊，从这匹马的胯下接到那匹马的胯下，忙乎来忙乎去，想不到连一滴马尿也没接着。他又绝望了，无可奈何地对刘秀说："连马尿都喝不上，看来非渴死不可了。"说罢，一屁股坐在地上，一点儿气力也没有了。

刘秀见大敌当前，士气低落，深感可怕。只好自己强打精神，提刀找水。走到一片树林里，见有几堵墙，他想，有墙就有人，有人就有水。急步上前，果然发现了一眼井。他急忙喊马武："子张兄，快，快起来，这里有眼井！"

两人来到井旁，眼对眼地愣了神：没有汲水工具。四下望望，没人。这可怎么办？深深的井水如何才能到口？

马武扒着井台朝下望，一股凉气袭来，沁心入肺。他舔了一下干裂的嘴唇，算是望井止渴吧。他在残墙内外找来找去，找不到汲水工具，急得团团转。

刘秀趴到井口上，仔细察看，发现这眼井井壁倾斜，水面上不断冒气泡。再一瞧，那水打着旋儿向东流去。他盯着东边井壁一看，一切都明白了：原来这是眼活水井，一股清泉像从高坎上泻下来，穿过井壁上的一个洞口又流入地下。他想，若把那个洞堵上，水不再流走，越积越多，不就水满自溢了吗？这样，人喝马饮，不用汲水工具便唾手可得了。

他马上从残墙上拆下一块大石头，照着那洞口掷去，恰好将那洞口堵住了。

不一会儿，水就慢慢升上来，直溢出井口。马武高兴得手舞足蹈。刘秀一把扯住他说："士气可鼓而不可泄。刚才你带头泄了气，现在可要在这汲水上做番文章，把大伙儿的劲儿再鼓起来，如果士气鼓不起来，恐怕大家都死无葬身之地哟！"

马武见清水溢出井口，饱饮过后，拍拍肚皮说："请文叔兄放心，到时候看我的！"他高喉咙大嗓子喊过随军人员牵马饮用。

众将官有甘泉落肚，话就多起来，只听有人问："马将军，这斜井自然冒水，不用汲水工具就能饮用，想必是你力大无穷把井搬倒的吧？"

马武连连摆手，说："哪是我呀！你们要知此井怎样被搬倒出水的，还是问文叔兄吧！"

众人惊异地问刘秀。他借题发挥说："有道是得道者多助，失道者寡助。别看王莽老贼眼下气势汹汹，我们兵弱将寡，只要到了节骨眼上，连天神都会来助我们的！大家就别问这井水如何自然冒出来的了，只要大伙提了神，坐骑来了劲儿，甩掉王莽的追兵，最后的胜利定是我们的。"

众人见斜井水不用汲自出地面，人喝足了，马痛饮够了，一时精神倍增。特别是听到刘秀的一番话，更是振奋。于是，拥着刘秀欢呼雀跃，士气高昂，终于甩掉了王莽的追兵。

☆ 刘秀：东汉光武中兴的明君。

智救伙伴

在黄家湾空旷的草地上，黄月英正和一群小伙伴看两头牛抵架。只见两头牯牛拼得两眼冒火，战了不少回合后，其中一头牯牛终于败下阵来，落荒而逃，另一头牯牛紧追不放。小伙伴们正看得兴高采烈，忽然听到放牛人喊道："孩子们，牛斗红眼了！小心！小心！"

随着泥浆四溅，一头牯牛朝孩子们狂奔过来。眼看离他们只有几十步远了，孩子们猝不及防，惊慌失措，几个年龄小的吓得大哭起来。

黄月英一见大事不好，心里怦怦直跳，但她想了想，便急速离开伙伴们，一边脱着身上的红裙子，一边向受惊的牯牛奔去。

一个小伙伴惊叫："黄月英，危险！快回来！发疯的牛会踩死人的！"

可这时黄月英已经跑到牯牛跟前了。她故意把手上的红裙子高高挥舞着。那发疯的牯牛被这显眼的目标吸引住了，直向黄月英冲来。

黄月英立刻向左拐了一个弯，引诱发疯的牛向自己跑的路线奔过来，大约跑了二十几步，听到牛蹄声就快到背后了，她瞅准了一个土坎，突然扑倒在土坎下面，那两头斗架的牯牛一前一后跃过土坎，向前直奔，不见目标，也便散下劲儿来，各自散去。于是，一场灾祸避免了。

小伙伴们非常佩服黄月英的胆量和智慧，把她围在中间，你一句我一句地问个不停。

"这斗架的牛像发了疯一样，你怎么不怕它呢？"一个小伙伴问。

黄月英说："我听父亲说，发性子的牛见红就扑。一旦目标没有了，它也就会平静下来。我在读书台多次见到这种情景哩！"

这时，有个小伙伴指着远处的一股浓烟，对黄月英说："你快看，那边烧山，我们过去看看，你说好吗？"

黄月英带着小伙伴们翻过一个山坡，在坡上看到一块枯草地。黄月英脑筋一动，说："我们也来烧山。好吗？"

"好的，好的！"一片附和声。

可是没有火种怎么烧呢？一个头脑灵活的孩子忽然说："有了，我去借火去！"他随手扯了一大把枯草，向烧山的方向奔去。不多一会儿，火种借来了。可很快就烧着手了，他连忙把点燃的干草往地上一丢。地上的枯草立刻燃烧起来，熊熊大火借着风势向孩子们扑来。孩子们急忙向下风处逃去。

他们跑了一段路，最后那个年纪最小的孩子被荆棘绊倒了，火头扑上来，他的棉衣被烧着了。这孩子吓得直喊"救命！"

黄月英听到哭喊声，回头一看，远处火焰中地上还趴着一个小伙伴，她慌忙返身奔到那个小伙伴身边，一把把那小伙伴拖到无火的湿地上，喊道："快！快打滚！快打滚！"

那孩子被吓呆了，一时没有弄懂什么意思，傻愣着。

黄月英只好使尽力气，抱着小伙伴的身体一起翻滚。

那孩子这才明白，自己打起滚来，一来二去，棉衣上的火便被压灭了。

黄月英把他搀扶起来，慢慢向黄家湾走去。

那孩子的父亲听逃回来的孩子说那边起了山火，而不见自己的儿子回来，焦急地前去搭救，半路上却见黄月英扶着儿子回来了。孩子的父亲见儿子安全脱离了火海，十分感激地说："月英，真该谢谢你啊！"

黄月英听了觉得十分惭愧，因为这场祸是自己带头闯出来的。她说出了起火的原因，认了错，然后说道："老伯不必谢我，这反而使我心中不安。至于扑救身上火苗的方法，还是您老伯教我的哩！"

"老伯可记得竹篓着火的事吗？"黄月英接下去说，"我前些日子取暖的竹篓不慎着火了，是您看到后，立即用棍子把它推倒在地，使它不停地翻来翻去，火苗很快就被压灭了，我今儿就借用这个方法扑灭你家哥哥身上的火苗的。"

这孩子的父亲听后，轻轻揪了一下黄月英的小脸蛋，称赞说："识文练字的丫头就是聪明啊！"

☆ 黄月英：三国时荆州才女，黄承彦之女，诸葛亮之妻，诸葛瞻之母。

智逐恶霸

一天，皮日休从学堂回来，路过一个山坳，看见白发苍苍的李寡妇抱着一个小娃子，坐在一块红薯地里号啕大哭。旁边有人在骂地保黑心烂肝，欺负人家无依无靠的奶孙俩。

原来这地保是心狠手辣的山村恶霸，平日仗势欺人，敲诈勒索，横行乡里，无恶不作。人们背地里都叫他"山老虎"。

山老虎要为自己百年之后选块墓地，特地请了个阴阳先生看风水。那阴阳先生从东山看到西山，却偏偏看中了李寡妇这块红薯地，说这里是荫子庇孙的凤凰宝地。山老虎放出风声，就要择吉日破土造坟。

李寡妇二十几岁死了丈夫，风里来雨里去，好不容易把独儿子拉大，谁知去年在地保家当长工，又被活活折磨死了，年轻的媳妇丢下刚断奶的娃子改了嫁，剩下奶孙两人相依为命。这块红薯地是她们的命根子。若是被地保霸占去，她俩只有等着饿死。

这天，李寡妇抱着孙女跪求山老虎高抬贵手，给她俩留一条活路。

谁知，山老虎一听，"腾"地一脚，把李寡妇奶孙二人踢倒，骂道："谁不识相，谁就别想在这安身！"

李寡妇叫天天不应，喊地地不灵，只得来到红薯地里哭得死去活来。

皮日休见状，气愤地说："这太欺负人了！"

有位老汉叹气道："唉！这山老虎吃人不吐骨头，谁敢惹他？"

一个小娃子插嘴骂道："呸！这狗娘养的，要断子绝孙！"

老汉忙捂住小娃子的嘴巴说："山老虎最忌别人骂他'断子绝孙'，若是让他听见了，说不定会打断你的腿呢！"

皮日休问："为什么？"

老汉说："山老虎属狗，老年得子，生了个瘸腿的儿子也属狗，他怕这活宝讨不到媳妇，香火传不下去呢！"

"属狗？"皮日休一听，心想，这下有办法保住李寡妇这块地了。

几天后，山老虎带了一伙人，气势汹汹上山挖地筑坟。他走到李寡妇这块地旁，忽见地头上竖着块木板，木板上贴着黄纸黑字，横额是"狗坟"两个字。左右有副对子："孤女寡妇正愁恨天天不应，断子绝孙倒喜入地地有门。"木板旁边，还躺着一条癞皮死狗。

地保一看，汗毛直竖，连叫："晦气，晦气！"

这时，皮日休领着一群小娃子上山来了，齐块呐喊："做狗坟罗！做狗坟罗！"

地保气得翻起白眼，发作不得，只好放弃原来的打算，灰溜溜地走了。

☆皮日休：晚唐诗人，以参加黄巢农民起义而闻名。

智胜天师

麒麟谷道观里的张天师，平日里自称前知八百年，后晓一千年。听说黄家湾里一个黄毛丫头竟使张果老折服，哪里肯服气，便想比试比试。

一天，张天师让地保带信给黄承彦，要他明日给道观送膳食，不得有误！

第二天，黄承彦按时将膳食送往道观。他一脚刚进道观门，猛听"喵呜"一声，低头细看，将一只小花猫给踩死了。

张天师闻声走出来，装着十分痛心的样子，说："哎呀，这是怎么搞的呀？"

黄承彦忙上前赔笑脸，说："天师，只怪老朽不小心。不妨事，我家里有好几只猫。明日赔道观两只吧！"

"赔？你有金山还是银海？我这只猫是太上老君送的，叫行天虎，又名夜游神。多少人找到道观，给我五千五百五十五两银子和三百二十七斤干豆腐钱我都没卖，你一介穷儒拿什么赔？"

黄承彦一听，心里知道这是张天师危言耸听，可短处捏在人家手里，连连叹气。

张天师见黄承彦这副模样，心里暗自得意，便改口道："我谅你一时拿不出这么多银子来，看在你是多年施主的份上，你将你女儿送到道观来服三年苦役就算两清了。若明天不作答复，我就要报官了。"

黄承彦知道张天师有意在算计自己，可背了理，只得怏怏地回到家里。

黄月英见父亲闷闷不乐，忙上前问缘由。

黄承彦便把踩死张天师的猫，张天师索赔的事说了。

黄月英听罢，想了想，劝道："爹爹，麻雀飞来有竹竿，野狼闯来有弓箭。您明日就约张天师来领人，我包赔他个清清白白。"

黄承彦叹道："那张天师修炼多年，自称天上的事知道一半，地上的事全知。今日所为，全为出咱们的丑。你进了那道观，哪会有好果子吃？"

黄月英胸有成竹地说："爹爹尽管放心，女儿定叫他偷鸡不成反蚀一把米。

有道是：知子莫如父。黄承彦看到女儿自信的样儿，第二天一大早就去约张天师。

黄月英在家里焚香点烛，又悄悄地把一个新瓜瓢放在门槛下。正当她准备停当时，张天师得意扬扬地朝屋内走来。

黄月英迎上前去，施礼道："天师驾到，快请到屋里坐。"

张天师昂着头踏脚进门，只听"叭"的一声，正巧踩在瓜瓢上。

黄月英故作惊讶地叫道："哎呀！不得了啊！天师把我家祖传的聚宝盆给踩破啦！"

张天师看了看现场，毫不在乎地说："一个不值钱的瓜瓢，回头赔你几个就是了。"

黄月英接过话头："赔？你区区道观赔得起吗？我家这瓜瓢是如来佛亲自相赠，叫小乾坤，又名聚宝盆。多少王公大臣找上门，给我家六千六百六十六两黄金和四百七十二斤干腊肉都舍不得卖。我们乃积善人家，减去赔你小花猫的价钱，罚你在我家扫地三天就算两清了。"

张天师偷鸡不成，反蚀了一把米。他觉得自恃聪明无比，与黄家姑娘相比，还差十万八千里，羞愧难当，溜回道观，掩面不出。

至今，你到道观里去看，张天师的神像面孔上总罩着一块布，不知内情的人说是真神不露相，其实哩，是与黄月英比试后没脸见人。所以，据说那遮脸的布叫遮羞布。

☆ 黄月英：三国时荆州才女，黄承彦之女，诸葛亮之妻，诸葛瞻之母。

智除恶贼

诸葛亮十四岁的时候，乱世英雄曹操为报杀父之仇，兴兵数万攻打徐州。徐州立即被兵荒马乱践踏得鸡犬不宁，百姓流离失所，诸葛氏一家也受到战火的波及。诸葛玄为保一家平安，便带着诸葛亮兄弟姐妹远离故土，向南方逃难。

他们一家先赶往豫章，无奈军阀混战，诸葛玄的太守职位被赶雀夺窝，他只好带领家人前往荆州去投靠荆州牧刘表。

诸葛氏一家溯江而上，又踏上了颠沛流离之路。

他们搭乘的船进入了汉水，发现了有艘水贼船在追踪他们。船上的人顿时惊慌失措，就是见过风浪的船老大也没了主意："这可怎么办呢？我们手无寸铁，无论如何是对付不了无恶不作的水贼的，带的钱非被他们洗劫一空不可。"

这时，诸葛亮站出来道："你们快把钱都集中到我身上来，每人口袋里只留下一些零钱，一切都按我的办法来进行。"

诸葛玄知道自己的侄儿脑瓜子灵，心中有计谋，就将身上的盘缠藏在诸葛亮身上。其他人急得毫无办法，只能照此办理，将希望寄托在诸葛亮的身上。

诸葛亮套起件大破衣服，对着叔父诸葛玄耳语一阵。

诸葛玄便将破衣烂衫的诸葛亮五花大绑在船桅杆上，不一会儿水贼船靠近了，水贼们手持刀枪跳上船来，喝道："快把钱交出来。"

船上的人哀求道："我们都是逃难的，身边没带什么钱。请好汉放过我们吧！"

水贼哪里肯信，他们分头去搜查，就在这时，水贼头目发现有一半拉小子被捆绑在桅杆上，一脸苦相，奇怪地问："这是怎么回事？"

诸葛玄装出一副害怕的样子答道："这个小叫花子一上船就想偷我们的钱，幸亏被我们发现了，所以要好好地惩罚他一下。"

水贼不阴不阳地对诸葛亮道："嘀，你这小子比我们动手还早啊！是不是这么回事？"

诸葛亮哭丧着脸说："是的，我一路行乞，想找钱买干粮填饱肚子，所以就伸手了，谁知道遇到了一帮穷鬼，我没偷到钱，反倒被他们抓住了，念在我们是同道的份上，快救救我吧！"

水贼们没有心思去理会诸葛亮，他们分头挨个去搜船上所有人的身。谁知每人的口袋里只有一些零钱，加在一起还不到二两银子。这时，大队官船驶过来了，水贼们只好溜进了小岔河里了。

诸葛亮就用这计谋免除了一场灾难。可是一波刚平，一波又起。他们登岸后，搭船的人们分散行走，只有诸葛氏一家向襄阳城赶去。在路上，他们发现有一个彪形大汉一直尾随着他们。诸葛玄悄悄对诸葛亮说："这个人看样子不是强盗就是小偷，老是跟踪我们，这下可麻烦了。"

诸葛亮在上岸时把藏在身上的钱还给众人的时候，就发现被这个彪形大汉盯上了。他见这彪形大汉尾随而来，便想好了对付他的办法，就胸有成竹地对叔父诸葛玄说："我自有妙计让歹徒自取灭亡！"

一路奔波，月上柳梢的时候，诸葛氏一家投宿到襄阳城外一家路边店。晚间，诸葛亮和诸葛玄同睡一床，临睡前诸葛亮在院子里拣了几个石头放进包袱里，而把包袱里的钱拿了出来，放在别处。

半夜时分，那个大汉果然撬门入室，偷走了枕在诸葛亮头下的包袱，那个大汉满心欢喜地走出门外，趁着月光打开包袱一看，只见包袱里全是石头，不由得怒火中烧，狠狠地骂道："好小子，我明明看见一包袱银子，怎么是石头？你敢耍弄老子，老子非宰了你们不可！"他骂完，将包袱里的石头抛下。就在这时，那个大汉发现包袱里还有一封信，拆开一看，只见上面写着：

荆州牧刘表大将军，您所要的宝石，我们好不容易找到了，现派人携带宝石前往交付给将军，望查收。希望给携带者按约付酬金二百两。

徐州牧陶谦顿首

强盗见了这张字条，顿时打消了回路边店报复诸葛氏一家的念头，于是带着这一包袱石头，前往襄阳去向刘表送"宝石"领赏去了。

这字条是诸葛亮写的，信上的内容全系杜撰。目的是让强盗自取灭亡。果然，就在诸葛氏一家第二天拜会刘表时，那个大汉就面见刘表献上"宝石"要讨赏。

刘表一看这大汉送上的只不过是铺路垫屋的汉水石头，想到徐州牧陶谦早被曹操所灭，自己也从未与千里之外的他有约要什么宝石，断定这大汉是个诈骗犯，立马将他打入了死牢。诸葛亮叔侄见这大汉自投罗网，相互会心一笑，向为非作歹的强盗投去了得意的目光。

☆ 诸葛亮：三国时期蜀汉丞相。被誉为“智慧之星”。

智对从师

诸葛亮小小年纪读书过目不忘。他叔父将平生的学问倒了个干干净净，还不能满足他的求知欲望。正犯愁的时候，听说有位号称水镜先生的白胡子老头才多识广，便由叔父领着，翻山越岭前去拜师。

这位水镜先生的本事可大啦！论学识，鹤立天下士子之冠；讲德行，更是堪为人杰。就是皇亲国戚推荐他去做官，也视若粪土。长年隐居在水镜庄，悠然自乐。他年近暮年，想把浑身的本事传下去，就结庐授徒。不过谁想从师于他，非要亲自面试不可。若要不合格，任磨破嘴皮子踏烂他的门槛也不会应允。

这天，水镜先生把诸葛亮打量了一番，对他叔父说：“我要亲考你侄儿！答得令我满意，就收为徒弟，若答得风马牛不相及，就另请高明吧！”看到诸葛亮叔侄二人点了点头，水镜先生就开始出题。

首先，出的是哑题。

水镜先生首屈一指，伸到诸葛亮面前。

诸葛亮一见，忙向后退三步，对着水镜先生深鞠一躬，便默默地站到一旁。

接着，水镜先生用手指指肚皮，诸葛亮就用五指指脑袋，水镜先生用手又朝天上一指，诸葛亮就连连双脚顿地。

诸葛亮的叔父见诸葛亮拜师时不言不语，却手舞足蹈，连忙向水镜先生赔礼说：“愚侄忤长犯上，实为平时管教不严之过，望先生海涵。”

水镜先生呵呵一笑，说：“你侄儿年少聪慧，志高心灵啊！”

“先生不必过奖！”

“怎么是过奖呢！”水镜先生侃侃而谈起来，“我刚才首屈一指，是问小诸葛亮他将来做了当朝一品大员，应该如何作为，他却退后鞠躬，表示鞠躬尽瘁，死而后已，我指肚皮是说满腹学问向他传授，问他持什么态度，他却伸出五指指脑袋要全装进去，我用手指天，是说做学问须知道天外有天，他将双脚顿地，表示千里之行，始于足下。这天衣无缝的哑对怎不令我高兴呢？”

诸葛亮的叔父听到这里，悬在嗓子眼的心落下来了。他看了看诸葛亮满脸含笑的样子，忙对水镜先生说：“愚侄刚才是班门弄斧，还望老先生严格考察才是。”

“好！好！”水镜先生乐呵呵地往蒲团上一座，问诸葛亮：“不准你近身推拉，能让我离开座位吗？”

诸葛亮点头不语，很快跑到灶旁，抓过一把茅草点燃后，扔到蒲团旁。

水镜先生看到火就要烧上身了，急忙起身离开了座位。

诸葛亮的叔父万万没想到侄儿会如此无礼，一时惊呆了。还没等他回过神来，水镜先生连声大笑，道："真有法子！急用火攻，急用火攻！妙啊！"

诸葛亮的叔父这才如梦初醒，忙施礼说："愚侄顽皮，还望老先生收下开导。"

"如此聪慧的弟子老夫就收下了！"诸葛亮叔侄见水镜先生答应收徒，连声道谢。

这样，诸葛亮经过哑对应试，就拜在水镜先生门下为徒。水镜先生喂了一只花公鸡。这公鸡每到晌午总要喔喔长啼。他一听到鸡叫就散学了。诸葛亮听先生讲天文地理和兵书阵法入了迷，每次听到鸡叫就厌烦。后来他在裤子上缝了一个口袋，每天装上几把米来上学，瞅着那只公鸡要叫时，就悄悄地朝窗外撒一把米，等公鸡快吃完时再撒一把，等公鸡把一口袋米吃完再叫时，也就听先生多讲了一个时辰。

这样过了一些时候，师娘天天饿着肚子等水镜先生过晌，免不了要抱怨几句："你这位先生真成仙了，每天过了晌午还不知道肚子饿！"

水镜先生说："你没听到公鸡才叫唤？"

师娘是个精细人，第二天快到晌午时，她悄悄地走到院子里，见那只花公鸡伸长脖子刚要叫唤，就有人从书房窗口撒出一把米。她走过去看了个仔细，便不声不响地转回去了。

这天，水镜先生觉得肚子特别饿，一进门就招呼师娘快盛饭。师娘等他吃完饭，才笑着把饿肚子的缘由告诉他，并且说："没想到你这位老先生还不如小诸葛亮！"

水镜先生一听，好不生气："这个顽童，竟敢捉弄师长，明日就让他回去！"

水镜先生赶走诸葛亮后，师娘替他讲情："小诸葛亮喂鸡也是为了求学，我看就饶他一回吧。"

水镜先生知道诸葛亮聪明过人，十分好学，几年寒窗过后，必成盖世奇才，咋舍得荒废学业。但又想到看树看直，看人看品，奇才既能成为治国安民的俊杰，也能成为祸国殃民的奸雄，是收是退，还要看他的品行德操。于是，就派书童暗暗去隆中察访。

书童到隆中暗暗访了几天，回来向水镜先生谈了三件事：一是诸葛亮的叔父怕冷，诸葛亮就上山割来龙须草铺在床上，自己先睡上去把草焐热了，再让叔父安睡。二是诸葛亮的家离井台只隔两畦菜地，他人小个头矮，生怕水桶撞着人家的麻杆篱笆，每次挑水都绕道而行。三是诸葛亮以前向一个后生求教时，开口就称"先生"，每天大清早都去后生家打扫庭院，如今，诸葛亮的才学超过了那后生，那后生有空就来向诸葛亮讨教，可诸葛亮还是称他为"先生"，每日照旧跑去打扫庭院。

水镜先生听罢这三件事，点头说："小诸葛亮日后必为俊杰！"当下就催书童带路，亲自到隆中接诸葛亮回来上学。

诸葛亮回到水镜庄，水镜先生还要亲自试他一试，就让诸葛亮一边读书，一边到厨房做饭。

这一天，水镜先生让诸葛亮给自己清蒸一条鲤鱼，然后就走了。

诸葛亮把鲤鱼蒸好后就去看书。当水镜先生回来时，他急忙到厨房掀锅取鱼，见鱼没了，只好去告诉水镜先生。

水镜先生说："你把偷吃鱼的人找出来，我就不罚你。"

诸葛亮想了想，就把水镜先生所有的弟子召拢来，然后装着十分惊慌的样子大声说："是谁偷吃了先生的鱼？那鱼是用带毒的竹子煮的，如果谁吃了不过三个时辰就会吐血而死。"

经诸葛亮这么一诈唬，有个弟子顿时大哭起来。他笑了笑，对水镜先生说："偷吃鱼的就是他！"

水镜先生拉过正哭得像泪人的弟子说："别难过，那鱼是师父我让你吃的。为师我还亲自品尝过，不妨事！我只不过想借此试试诸葛亮的心计哩！"

众弟子听水镜先生这么一说，想到刚才诸葛亮表面上在诈唬，实际上是在用计策哩！大家不禁对他投去佩服的目光。

水镜先生见诸葛亮聪慧过人又品质优良，打心眼里高兴，后来就把所有的本事都传授给了他。据说，诸葛亮一生征战最拿手的"急用火攻"还缘于水镜先生的启蒙哩！

☆ 诸葛亮：三国时期蜀汉丞相。被誉为"智慧之星"。

智摆奇阵

有一次，诸葛亮和几个小伙伴在通往襄阳城三岔路口用石头摆起了阵势，起名叫做"八卦阵"。他们正玩得高兴时，忽然，从北边来了一哨人马，为首的是员武将，骑的是高头大马，使的是三环大刀，两只眼睛像铃铛，满脸胡须似钢针，看模样。跟那黑脸的门神差不多。

那黑脸武将见乱石满地，挡住了去路，就气不打一处来，霹雳似的喊了一声："闪开！"并吼道："谁敢拦住俺的去路，拿头来见！"

别的小伙伴见来人凶狠，吓得钻进高粱地里去了，唯独诸葛亮从容不迫地站在阵中，面带笑容地说："将军，你要是认得我的阵势，我即刻清除乱石，请您赶路；倘若不识阵势，请原路而回吧！"

那员武将瞅了瞅石头阵，只觉得玄妙无穷，神秘莫测，不由心中暗暗叫奇。他想自己驰骋战场多年，见过无数的阵势，却不识眼前这童子们摆的阵法，可他表面上却装得像那么回事似的说："身为身经百战的大将，哪能不识阵法，此乃儿戏，不足挂齿。这样吧，咱们打赌玩好吗？"

诸葛亮知道黑脸武将有意回避，自己已赢了头阵，信心倍增，便顺水推舟道："打赌就打赌，可你输了咋办？"

黑脸武将道："我输了，立马原路返回，小家伙，你输了呢？"

诸葛亮道："我输了，搬开乱石让路，拜你为师！"

说着，那武将翻身下马，只将左脚踏在马镫上，问道："小家伙，你说我这是下马还是上马？"

诸葛亮心里明白，要是说下马，他准上去，要是说上马，他准下来，想到这里，说："军爷，我猜不着，拜你为师吧。”说着，弯腰鞠了一躬。

诸葛亮鞠完躬后，一只脚踏在阵里，一只脚站在阵外，问道：“军爷，你说我是进阵还是出阵？”

黑脸武将见诸葛亮以其人之道还治其人之身，一时语塞。他仰头四下望去，只见红日西坠，薄雾渐升，计上心来，便岔开诸葛亮的话头说：“你说是白天好呢，还是黑夜好？”

诸葛亮也朝四周扫了一眼，接着说道：“白天能摆阵，黑夜得歇息，都好哇！”

黑脸武将说道：“不见得吧，想白天人乱马慌，鸡鸣犬吠，世间糟乱得不成个样子，而一到夜晚，风轻夜静，月明花香，人得安歇，马卧槽边，一派安宁。如此看来，凡本分之人，还是都偏爱夜晚的，只有不安分的家伙，才在白天瞎闹腾！”他说完，得意地静候诸葛亮的回答。

诸葛亮听了，微微一笑，先摇了摇头，然后慢慢说道：“军爷所见，未免有些偏颇。就黑夜而言，你只看到表面上一个静字，却不知恰恰是这静夜，成了贼盗打家劫舍、鼠辈流窜作孽、乱世奸人搞偷袭的大好时机。这帮家伙以黑夜为掩护，搅得世间不宁、人心难安。军爷如此偏爱夜晚，又眼看天色渐晚，还要过阵前行，岂不怕被人误为与盗贼鼠辈奸人……”没等说完，诸葛亮先自哈哈大笑起来。

黑脸武将见石头阵前的小孩子镇定自若，口齿伶俐，不仅阵法摆得奇妙无穷，而且言辞头头是道，当场闹了个大红脸，输了。有心强力通过，恐落世人耻笑，只好自践其言，向诸葛亮连鞠三个躬，反认小小的学童诸葛亮为师，打马回转了。

☆ 诸葛亮：三国时期蜀汉丞相。被誉为“智慧之星”。

智收刺客

诸葛亮在荆州学业堂读书时，就与刘表的长子刘琦有交往。刘表的后妻爱少子刘琮，为了谋取刘表身后的荆州大权，时刻想谋杀长子刘琦。

刘琦天天都在刀尖上过日子，他想请诸葛亮给自己出一个安身之计，当他飞马奔到隆中的时候，谁知道诸葛亮早几天被刘备请走了，他只好扫兴而归。

一天夜里，刘琦在客厅正与父亲下棋，突然来人禀报说孙权已派兵杀死了黄祖，屯兵柴桑，大有吞并荆州之势。

刘表听报，不知如何是好，没有了主意。

正想见到诸葛亮的刘琦说：“父亲不必杞人忧天，派人去刘备叔叔那里把足智多谋的诸葛亮请来，必有良策。”

刘表很赞成儿子的意见，立马派人去请。

不久，诸葛亮被请来了，给刘表出了应敌之计，刘表大喜，忙设宴款待。

宴后，刘琦把诸葛亮引进一间密室，说他与继母不能相容，性命危在旦夕，迫不及待地要求诸葛亮给他出一安身之计。

诸葛亮听了只是摇头，说：“孔明客居于此，岂敢离间他人骨肉之事，实难从命。”说罢，起身告辞。

刘琦说：“先生慢走，楼上藏有古书，请登楼一观。”

诸葛亮上得楼去，问书在何处。刘琦笑笑，仍要诸葛亮出计相救。

诸葛亮仍不答应。

刘琦说：“先生智多谋广，为何不愿救我呢？今日上不至天，下不至地，出君之口，人琦之耳，外人莫知。”

诸葛亮说：“若要人不知，除非己莫为。”说着又要下楼。

刘琦急忙拦住，跪倒在地说：“先生若不相救，我命休矣！”抽出宝剑，就要自刎。

诸葛亮见状，忙把他止住，问“君不闻申生在内而亡，重耳在外而安吗？”

刘琦泪眼央求道：“请先生指教。”

诸葛亮说：“春秋时期，晋献公的夫人骊姬想立亲生儿子为太子，就设法害前子申生和重耳。申生不肯逃走，被迫自杀。重耳逃到国外，后来返晋为国君，成为春秋五霸之一。”

刘琦听了，茅塞顿开，拱手拜问：“我该向何处去？请再赐教。”

诸葛亮说：“今黄祖新亡，江夏无人拒敌，公子可自请要求屯兵固守江夏，一则可建军功，二则可避杀身之祸，岂不是两全其美。”

刘琦听罢大喜，拱手再拜。

刘琦把诸葛亮送回客舍后，立即给他父亲写了一张呈文，称火速赴江夏屯兵拒敌刻不容缓，没等批复就速疾飞马到了江夏。

刘表的后妻蔡氏听说刘琦不辞而别，知道自己的打算被识破了，想到鱼儿从此漏网，鹞鹰从此出笼了，心中十分气愤。她又一想，刘琦早不走晚不走，为什么诸葛亮一来，他就走了呢？据眼线报告，刘琦曾邀诸葛亮过府密谈过，一定是诸葛亮替他出的计谋。想到这里，她恨透了诸葛亮。

诸葛亮知道刘琦急不可待地奔赴江夏，会引起蔡氏的怀疑，而且将会迁怒到自己身上。他想到这蔡氏心狠手辣，绝不会与自己干休，便托故告别刘表离开襄阳城，回到刘备身边，为防意外，他避开小径只走大道。天黑下来，道路穿过一片丛林。他走到这里，阴森森的，不禁有些害怕。他正想退回去另寻路径，忽听有人大喝一声：“诸葛亮休走！”

诸葛亮回头一看，大吃一惊，只见两个彪形大汉，一左一右早把大刀架在了自己脖子上。

诸葛亮问：“杀我为何？人常说，杀人叫醒，让我死个明白。”

两个大汉说：“不说你也明白，我家大公子是如何突然出走的？”

诸葛亮说：“原来如此。我知道二位好汉与我诸葛孔明一无冤二无仇。你们今天所为，定是刘夫人蔡氏之意吧！”

两个大汉点点头道：“实讲吧，要了你的命，我等可得五十两赏金。”

诸葛亮听了，哈哈大笑起来。

两个大汉问：“你死在眼前，还乐什么？”

诸葛亮说：“我笑你们二位好汉被钱迷了心窍，却不知死到临头。”

两个大汉一听被震住了，忙问："此话怎讲，你快说！"

诸葛亮说："二位晓得战国时候，春申君之死吗？"

两个大汉急了："直讲！"

诸葛亮说："楚考献王的王后李环，是赵国人李园的妹妹，李园为了独揽楚国的朝政大权，秘密把妹妹送给春申君当情妇，等她怀了孕，又求情春申君把她献给考献王。不久，李环生了儿子，被立为太子，在朝里掌重权的李园怕春申君将来泄密而称太上皇，就把他杀了，并灭其全家。这即所谓'杀人灭口'。"

两个大汉还没听明白，又问："这与我等有何干？"

诸葛亮说："二位且听我往下说。我是刘皇叔三顾茅庐请出的军师，荆州刺史刘表是我家主公的家门，在荆州大敌当前我是被刘表特意请来出谋划策的。你们贪图不义之财，杀我孔明，外人莫知。若刘皇叔向刘表要人，那刘夫人蔡氏不怕二位泄密吗？她会像李园杀春申君那样，杀死二位来灭口的。不等赏金到手，只怕二位的人头早已落地了。"

两个大汉犹豫了，把架在诸葛亮脖子上的大刀抽了下来，但想到回去难以复命，又迟疑地举起了大刀。

诸葛亮将两个大汉的举动看在眼里，又道："二位好汉若是不信我的话，刚才有宿鸟惊飞，定是等你们取下我的人头，回转身定将身首异处。为验证我的话，你们一人把我绑在树上守着，一人原路返回，若后面没有阻截你们的军马，我引颈献上头颅，以便成全二位。"

两个大汉相互耳语后，便照着诸葛亮所说去做。果然，返回原路的那个汉子火急慌忙地折回来，立马给诸葛亮松绑，扯着看守诸葛亮的另一汉子一同"扑通"给诸葛亮下跪说："谢先生救命之恩。事情果不出先生所料，阻击我等的军马就埋伏在回去的林外。我等实在无知，助纣为虐，差点儿丢了脑袋。"谢后，他们又求诸葛亮，"我等不敢也不能再见那蔡氏了，请先生指一条生路吧！"

诸葛亮说："天下之大，何处不可存身。我见二位好汉只是受奸人唆使走入迷途，若不嫌弃，请随我投到刘皇叔帐下，保你们有建功立业的机会。"

就这样，诸葛亮不仅脱了险，还智收了两名刺客。

☆ 诸葛亮：三国时期蜀汉丞相。被誉为"智慧之星"。

智服张飞

张飞同诸葛亮打赌输了以后，那些跟随刘备转战四方的将官们心里有股说不出的醋味。尤其是关羽和张飞，就像眼里揉进沙子一样不舒服。两人找到刘备说："像诸葛亮这样的村夫，喝过几天墨水有点儿虚名，也只不过是深山无老虎，猴子称霸王。这些天只见他卖嘴皮子，没见到用点儿对阵的真功夫，何必每日侍奉前侍奉后。"

刘备向他们解释说："隆中对策时，你们在一旁不也是亲眼所见，亲耳所闻嘛，一个年纪轻轻的读书人把天下大势分析得头头是道，出的那些夺天下的主意是那样合我们心意。我得到了诸葛亮，就像鱼得水一样，你们应该替我高兴才是，不要在背后瞎嚷嚷。”

关羽和张飞看到刘备是这般态度，虽然闭上了嘴巴，可内心里老大不高兴。

碰巧，没过几天，有人送来牦牛尾巴，刘备为了给关羽和张飞顺顺气，就拿出当年编席的看家本领，亲自用牛尾巴毛给他俩编帽子。正当他专心专意地低头干活的当儿，诸葛亮来到他面前，郑重其事地对刘备说：“现在我们兵弱将寡，四面受敌，您身为主公，军机大事都考虑不过来，哪来的闲工夫去做这些婆婆妈妈的事呢。”

“唉，先生，你有所不知啊。”刘备无精打采地说，“我因为心情不畅，不得已用这种活计消磨一会儿时光。”

“主公，曹操这会儿可在磨刀擦枪啊！”

诸葛亮这么一说，刘备心里猛地一震。他回答说：“是呀！我们在曹操的刀锋枪尖下过日子哟。”

“一旦曹操打上门来，恐怕主公要丢盔弃甲，再好的帽子也拒不了敌啊！”

刘备被诸葛亮说得羞愧满面，顿时张口结舌。

诸葛亮进言说：“俗话讲，人无远志，万事皆休，不急功近利，哪能立足。”

刘备听到这里，“啪”地一下把帽子摔在地上，连声说：“我一定牢记先生的教诲。”

关羽和张飞看到诸葛亮当面教训自己的大哥，都感到脸面没处搁。关羽想发作，看到刘备那恭谦的样子，气得把头扭到一边去了。张飞怎么也憋不住，当即圆睁环眼，大声粗气地说：“我们婆婆妈妈干不了什么大事，诸葛先生自称有经天纬地之才，这练兵打仗的事，从今天起，我就交给先生了。”说着，他“忽”地摘下吊在身上的令牌，掼在地上拽着关羽扬长而去。

他俩气呼呼地走后，刘备向诸葛亮赔情，说：“我这两位老弟是粗人，看在我的面子上，先生莫与他们一般见识。”说罢，亲手拾起令牌，要去责问张飞。

诸葛亮一把拉住他，说：“张将军是在当面将我的军，主公前去，弄不好为了我，兄弟俩失了和气。事到如今，你信得过我，就让我来负责练兵打仗的事吧，为主公重振旗鼓。”

刘备也想亲眼见识一下诸葛亮的真实本领，便一边交令牌，一边说：“自古都是请师师为主，从今往后，这军机大事就仰仗先生了。”

从这以后，诸葛亮速急招兵买马，替刘备扩充队伍。他日夜操劳，用自己所学的攻守阵法，亲自加紧训练，搞得十分红火。

这时，曹操定都许昌，连做梦都在想取荆州、吞东吴，统一天下，便在从许昌往南阳的官马大道旁选择了地势高，上面又平坦的博望坡作为积草屯粮之处，单等练好精兵，备足粮草，就挥师南征。

刘备得知博望坡上粮草堆积如山，又有重兵把守，愁得眉头拧成疙瘩。他知道自己是曹操的老对头，在北方被打得站不住脚，才跑到荆州投靠同族哥哥刘表。刘表怕被夺了地盘，明里高兴，暗地里防备，无奈一个刘字掰不开，不得不收留，给了点儿老弱残兵打发到新野。这新野就在南阳的眼皮子底下，只要曹操出兵，第一个就会被收拾。刘备找关羽商量对策，关羽称病不出，让人带话叫他前去找诸葛亮。他找张飞帮助想想办法，张飞直人快语，说：“你把军机大事全托给诸葛亮了，我们成了聋子的耳朵——摆设，还是去找你请的军师求教吧!”刘备碰了一鼻子灰,真的带着张飞去见诸葛亮。

张飞一见到诸葛亮,还没等刘备发话,就不酸不凉地说:“现在曹操老儿在博望坡屯粮积草,准备收拾我们了。常言道,‘兵来将挡,水来土掩’。我大哥时常说,‘得了先生,如鱼得水,’如何拒敌,就看你这个‘水’了。”

诸葛亮呵呵一笑,说:“张将军这话可没说到点子上,你大哥现在需要的是火可不是水呀!”

刘备忙岔开话:“现在已到了火烧眉毛的时候了,先生何必跟三弟寻开心。”

诸葛亮说:“能有一把火烧掉博望坡的粮草,不就解了我们的燃眉之急嘛!”

刘备正准备点头称是,张飞在一旁冷笑,说:“曹操老儿是个用计烧人家粮草的老手,在博望坡屯粮,防范得天衣无缝。他亲自下令把粮屯四周栽上了里把宽的拓棘树当围墙,只在四面各开一道门,里面派了重兵把守,这拓棘树密密麻麻连成一片,尽是刺,别说是人,就是鸡子也钻不进去。谁想去放火,那青刺蓬要点燃不知需要多少柴禾,不等你运进柴禾,曹兵倾巢而出,不杀你个片甲不留,也撵你个鸡飞狗上墙,我看神仙也拿它没办法。”

诸葛亮听罢,又是一笑,说:“没有金钢钻,不揽瓷器活。神仙没有法子的事,不见得活人就想不出个主意来!”

刘备怕张飞说出更难听的话,赶紧打圆场:“先生你就快拿个主意吧!令牌子在你手里,谁不听令,军法从事!”

张飞心想,吹大话容易,打博望坡的主意比登天还难,看诸葛亮有什么高招,便闭上嘴巴要走着瞧。

诸葛亮当即传令,用大价钱收草子。不几天,就收了几百担。他叫刘封带的娃娃兵把草子掺进土里和成泥,做成泥丸子。乘月黑头,派他们把博望坡团团围住,一齐用弹弓往拓棘林里打泥丸子。

守在博望坡的曹军起先弄不清虚实,在里边摆开阵势小心防守。后来不见有人攻寨,点来灯笼火把一照,打进来的都是泥巴蛋,打开营门出来一撵,见是群娃娃兵,都笑刘备穷得叮当响,连铁箭头都打不起,来骚扰只能打泥巴蛋,派用上的只是些毛孩子,便不去理会了。

转眼到了秋后,曹操又不断地朝博望坡增兵运粮。关羽、张飞对刘备说:“大哥,看样子曹操要动手了,该怎么办,快拿主意。”

刘备要找诸葛亮商量,张飞“扑哧”一笑,说:“军师用兵耍儿戏,上次偷袭打泥巴蛋,被人家笑掉大牙,现在真枪实刀地干,就别去指望那村夫了。”

刘备说:“用人莫疑人,还是回去问先生吧。”

关羽、张飞想到火都上了墙,大哥还去抱破水罐子,等着看笑话,便不作声,随刘备找到诸葛亮问计。

诸葛亮说:“春种必有秋收,等到再收草子的时候,我自有安排!”

张飞看到诸葛亮那若无其事的样子,沉不住气,便咋呼起来:“再去玩泥巴蛋是打不败曹军的!”

诸葛亮笑着说："张将军莫着急，我就是靠这泥巴蛋去打败曹操，不信，我们来打赌。"

张飞说："靠泥巴蛋要能显什么神威的话，我就把自己的头割下，要不能，先生你输个什么？"

诸葛亮说："这割头可不像割韭菜，割了还能再长出来。我看，张将军输了要拜我终生为师，我输了就交你军师印牌如何？"

张飞看诸葛亮话说得玄乎，更觉好笑，便当众打手击掌，一言为定。

过了两日，曹操派了十几万大军向南阳开来了。诸葛亮和刘备一合计，决定提前拿下博望坡，首先给曹操一点儿厉害看看，便由诸葛亮点将发兵进攻。

张飞暗地里对关羽说："自古以来派兵遣将见功夫，今日看这村夫如何调度。"

只见诸葛亮身着纶巾鹅氅，端坐在中军大帐。众将官看他指挥打仗，身不挂甲，已经觉得很稀奇，谁知他首先便喊书吏简雍听令，更是暗自吃惊。大伙儿都知道刘备指挥攻坚破敌，第一支令箭总是发给张飞，想不到今日却先发给军中书吏。还没等大伙儿醒窍，只听诸葛亮叫简雍快去做一本功劳簿。紧接着又把第二支令箭发给刘备的小舅子孙乾，让他去办庆功酒。这下子，众将官看到诸葛亮在乱弹琴，不禁暗暗发笑。刘备看他初次用兵出尽洋相，脸上失去了笑意，心里焦急起来，连连用眼神去示意。

诸葛亮没作理会，派关平、刘封率娃娃兵去预备引火之物，派赵云、关羽到指定地点埋伏，遇到曹军只准虚张声势，不准交战，又叫刘备自带人马为后援。众将官都一一领令而行，只剩下张飞站在一旁无所事事，他按捺不住，大叫起来："为何不派我出阵厮杀？"

"张将军勇盖三军，可这次杀鸡不想用牛刀，你就在家歇着吧！"诸葛亮挥了挥手说。

"听说有仗打，急得我手发痒。"张飞一听，吼道，"你是有意怠慢我老张，再不给派桩事，我可就不客气了！"

诸葛亮细眯着眼睛，说："张将军嗓门大，我想派你去给烧拓棘林的娃娃兵呐喊助威，你要愿意，就请接令！"说罢，慢吞吞地抽出一支令箭交给他。

张飞听到这不咸不淡的话，火从心头起，又见诸葛亮传令时那漫不经心的样子，怒从胆边生，猛地拔出剑来，高叫要把误军的诸葛亮斩为两段。

刘备看到事情闹得不可收拾，赶快把张飞喝住。

张飞按下剑，气鼓鼓地质问诸葛亮："我们都去迎敌，不知道你当军师的做些啥事。"

诸葛亮说："我坐守中军大帐等胜利。"

张飞一阵冷笑，说："我们都去厮杀，你却稳坐在大帐里图自在，真有脸！"

诸葛亮拍案而起，说："帅印在此，违令者斩！"

刘备看到闹僵了，喝住张飞，说："你不是听说过军师运筹帷幄之中，决胜于千里之外吗？眼下军师自有主意，三弟快去，不得违令！"

张飞还要犟嘴，关羽把他拉下了帐，说："叫我们去我们就去。如果他指挥这一仗砸了锅，我们不找他算账，大哥也不会给他好果子吃的。"

等到一切安排停当，刘备向诸葛亮道歉说："我这三弟顶撞了先生，只待把敌人打败，我当着军师的面从重治罪这个匹夫。"

诸葛亮哈哈一笑，说："张将军性子虽然粗直，不容易服人，可是他痴肠直肚，没有弯弯心。我知道自己初出茅庐没建寸功，众人嘴里没说什么，心里总是不会服气的。我知道张将军不服摆在脸上、挂在嘴上，今天有意激他，实在是想从他身上试探一下众人的心意。莫看适才剑拔弩张，只不过是我与他闹着玩的，主公莫当真，快让他到娃娃兵那里督战，烧了博望坡，高低不就自见分晓了吗？”

刘备听罢诸葛亮这番言语，放了心。当晚又是月黑头，他督促张飞率着娃娃兵摸到博望坡，趁着呼呼的西北风，把那些绑着硫黄的“火箭”向拓棘林射去。这拓棘林里长满了野草，现已子熟叶枯，见火就燃。火乘风势，风助火威，眨眼工夫就见仓仓起火，处处冒烟，顿时博望坡成了火海。里面的守军还没弄清是怎么回事，大火就上了身。四面是熊熊燃烧的拓棘林，只好从寨门突围。无奈门小人多，你踏我践，除少数人侥幸逃出外，成千上万的人马死的死，亡的亡，成山成岭的粮草被烧了个精光。

驻扎在南阳的曹军望见博望坡起火，急忙发兵来救。半路上见这远远近近都是火堆，听着四面八方都是呐喊声，害怕中计，只好急转回兵。刘备率众将官合兵一处，打着得胜鼓凯旋而归。

诸葛亮出帐迎接。这下子，张飞打心眼里服气了，老远就跳下马来，跑着去向诸葛亮请罪。

诸葛亮笑着问：“张将军，这把火可烧得痛快？”

张飞喜笑颜开：“痛快！痛快！多亏拓棘林里长满了密不透风的草啊！”

诸葛亮故作惊讶：“是吗？看来这使‘水’搅和的草子泥巴蛋没白摔啊！”

张飞一下子明白过来，连连下拜，说：“我们军师好比神仙，我老张今生算是服了先生。”

☆ 诸葛亮：三国时期蜀汉丞相。被誉为“智慧之星”。

智激周瑜

曹操占领荆州后，调集百万大军攻打孙权。东吴的文臣武将们有的主战，有的主降，七嘴八舌，乱成了一锅粥。孙权见曹军压境，敌强我弱，是战是降也一时拿不定主意。急无办法，便召文武双全、智勇过人的大将军周瑜回来拿最后的主意。

周瑜回到柴桑后，听说刘备的军师诸葛亮在此游说联吴抗曹，为了一试深浅，便让参军鲁肃约诸葛亮过府一叙。

诸葛亮想到近日舌战江东群儒，仍未促使吴主孙权下决心抗曹，听说与孙权情同手足，又是连襟的大将军赶回柴桑约自己，喜出望外，心想只要说动兵权在握、雄心勃勃的周瑜一起抗曹，便大功告成了。于是，便立马随鲁肃去拜会周瑜。

周瑜出门相迎，引进内室。

一阵寒暄后，火急火燎的鲁肃先向周瑜问道：“都督，现在曹操亲率百万大军气势汹汹地杀奔江东而来，是战是降文武百官议论纷纷，致使主公定不下来，虽有诸葛军师前日舌战群儒，力主联吴抗曹，可主公还是难以决断，想听听将军的意见，不知将军是怎么想的？”

周瑜偷眼望了一下诸葛亮，故意大叹一口气，道：“曹操打着皇帝的旗号，又兵强马壮，和他打仗必然失败，如果投降，还能保一方平安。”

鲁肃一愣，忙道：“都督这话不对呀！主公父兄开创江东基业实在不容易，哪能轻易送给别人。主公正要靠你保卫疆土，你怎么跟那些胆小鬼一般见识？”

周瑜又道：“江东数万百姓，他们如果遭了兵灾，都会骂我，所以还是投降的好。”

鲁肃听了大不满意，争辩道：“话不能这样说，凭着江东地理优势和都督指挥作战的能力，加上刘皇叔、诸葛军师的鼎力相助，曹操未必能得逞。”

两人你一言他一语，互相争论不休。

诸葛亮在旁边双手抱肩，冷冷地笑着，一言不发。

周瑜见了问道：“先生笑什么？”

诸葛亮依旧冷笑不止。

鲁肃也是丈二和尚摸不着头脑，也忙问道：“孔明先生，你笑什么？”

诸葛亮道：“我在笑你鲁子敬不识时务。”

鲁肃一脸困惑。

诸葛亮道：“眼下江东主降的占据上风，周都督投降的主意是合潮流的。”

鲁肃又气又恼，他转问诸葛亮，质问道：“孔明先生，难道刘皇叔特派你来游说我江东降曹的吗？”

诸葛亮笑道：“谁都知道，曹操是当今枭雄，攻无不克，战无不胜，天下谁人敢挡。连吕布、袁绍、袁术、刘表等人都不是他的对手，均被他所灭。只有我家主公不识时务，想和曹操争个高下，如今退守江夏，寄人篱下。周都督如果决定投降曹操，既可以保住妻室儿女，又可以保住荣华富贵。至于失掉东吴江山，那又有什么可惜的呢？”

鲁肃听了，更加生气：“你是叫我们主公屈膝投降，甘受曹贼的侮辱吗？”

诸葛亮见鲁肃气得面红耳赤，心里暗道时机到了，便手摇羽毛扇，假装漫不经心地说道：“若要曹操退兵，其实也不是什么难事？”

“哦？”鲁肃和周瑜不约而同地盯着诸葛亮。

诸葛亮淡淡一笑道：“我有一个办法，既不用给曹操送礼纳贡，也不用交出大印地盘，只要江东送去两个人交与曹操，百万大军会立马撤走。”

周瑜忙问：“送两个什么人，会让曹操撤兵？”

诸葛亮卖关子道：“这两个人乃是两名女子，江东之地多美女，失去这两个女人犹如万顷森林伐去两棵秀木，损失不大，而曹操得到后，却可以让他心满意足而去。如此，不费一兵一戈便可退兵，岂不妙哉？”

鲁肃急道：“孔明先生就别卖关子啦！这两个女子姓甚名谁？”

周瑜也追问：“到底是两个什么人？”

诸葛亮不紧不慢地说道：“我在隆中时，就听说曹操在漳河边上造了一座华丽的铜雀台，选了天下的美女养在里边。曹操听说江东乔公有两个美丽的女儿叫大乔和小乔，曾发誓说：生平有两个愿望，一个是扫平天下做皇帝；二是要把江东美女大乔和小乔弄到手，养在铜雀台中。如今曹操虽然率百万大军进犯江东，用意其实是为了得到二乔。都督可以禀告你家主公，用重金把二乔买来，派人送给曹操。曹操遂了平生之愿，自然就会撤兵了。”

周瑜听后，顿时变色。

鲁肃忙道：“孔明先生有什么根据，说曹操要想得到大乔、小乔？”

诸葛亮说：“曹操的小儿子曹植很有文才。曹操曾让他写过一篇《铜雀台赋》，这篇赋的意思，就是说他家应当出皇帝，把二乔弄到手里。我喜欢这篇赋的文辞华美，把它记下来了。其中有两句是：‘揽二乔于东南兮，乐朝夕，与之共’。”

周瑜听到这里，拍案而起，指着北边大骂道：“曹操老贼，你太欺负人了！”

诸葛亮急忙站起来劝道：“都督何必动怒！从前匈奴单于屡犯大汉，后来汉朝天子把公主嫁给单于，两家和好，息了干戈。如今将两名女子送给曹操又有何妨？若曹操得到二女而退百万大军，岂不是造福于江东？

周瑜气得面孔铁青，一句话也说不出来。

鲁肃忙对诸葛亮说：“孔明先生有所不知，大乔乃是我家主公之妻，小乔却是周都督的爱妻啊！”

诸葛亮见周瑜勃然大怒，鲁肃着了慌，心里暗暗高兴智激已见效果，忙装着非常惊慌的样子向周瑜赔罪道：“都督息怒，息怒！我实在不知内情，信口言误，该死！该死！”

周瑜余怒未息道：“我和曹操老贼势不两立！”

诸葛亮还假意劝解道：“事关军国大事，还望都督仔细地想一想才是。”

周瑜道：“我受主公所托，怎么能有投降曹操的道理。方才所说的话只不过是试试先生的诚意罢了。我从练兵场赶回来，就是为了抗曹。即使刀搁在脖子上，也定当去拼个鱼死网破，望先生助我一臂之力，共同打败曹操老贼！”

诸葛亮微微一笑道：“都督不反悔吗？”

周瑜道：“决不反悔！”

诸葛亮来到周瑜面前，伸出手道：“如果都督不嫌弃，我愿意尽力效劳，随时听从派遣，助将军共破曹贼！”

两只手紧紧地握在了一起，鲁肃也忙趋身上前，将自己的双手覆盖在两人的手上，三人再次共同发誓道：“团结一心，共破曹贼！”

☆ 诸葛亮：三国时期蜀汉丞相。被誉为“智慧之星”。

智胜周瑜

还在赤壁大战前，周瑜就打听到诸葛亮学识渊博，才华出众，心里很是忌妒，一心想当面比试比试，一决输赢。后来，诸葛亮出使东吴联吴抗曹，和身为大都督的周瑜朝夕相处，终于给了周瑜同诸葛亮一决高下的良机。

单说这一天，刚吃过早饭，周瑜陪诸葛亮走出营帐散步。只见万里晴空，旭日初升，朝霞万道，风光无限。这时，周瑜抬头看了看天，又斜眼看看诸葛亮，边走边问道："久闻诸葛军师学识渊博，才华出众，今日我来问问军师，您可知这天有多高，地有多厚？"说完直盯着诸葛亮。

诸葛亮看了看周瑜的眼神，心里明白，知道这是周瑜在有意刁难自己，便连想也没想，顺口答道："世人皆知，天有星高，地有海厚嘛！"

周瑜见诸葛亮对答如流，紧接着追问道："诸葛军师如何知道天有星高、地有海厚，莫非真的量过？我可是知道星上还有天，海下还有地的。"说完冷笑起来。

诸葛亮慢慢阐释道："这本是妇孺皆知的事，并非真去量过，如果我连这也答不出，岂不让世人笑我？"

"笑什么？"周瑜不解。

诸葛亮见周瑜追问，笑了笑，说："难道大都督真的不知天高地厚啦？"

周瑜这才一下子明白过来，知道受了诸葛亮的捉弄，脸刷地红到了耳根，连一句话也说不出来，忙借故匆匆返回大帐。

周瑜怎么也咽不下这口气，他决定再找机会与诸葛亮一决高下。

于是，中午饭时，周瑜照例设宴款待诸葛亮，还特地请了文武百官作陪，以便好好看诸葛亮的笑话。酒过三巡，周瑜突然用筷子夹起一块熟鸡蛋，举在面前端详了半天，又放下了。随即转问诸葛亮道："诸葛军师，我还有一事要动问您，不知当讲不当讲？"

诸葛亮轻轻点了点头。

周瑜这才说："我方才要吃这鸡蛋，猛然想起一件难解之事，这才向诸葛军师讨教，您说这世上是先有鸡，还是先有蛋呢？请赐教。"说完，心里为自己提出这个绝妙的难题窃笑起来。

只见诸葛亮跟无事一般，慢慢放下筷子，随口答道："当然是先有鸡了。"

周瑜心里一喜，量你诸葛亮也没多大能耐，总算钻进我的谜布袋里去了。想着，立即反问道："诸葛军师的说法，我有所不解，我只知道蛋是鸡所生，鸡是蛋所孵，怎么是先有鸡呢？莫非是您才气过大，捉弄我们不成？"说完瞥了一眼文武百官，先自哈哈大笑起来。

哪知诸葛亮依旧面色坦然，一本正经地说："大都督请先别笑，我孔明当然也知道蛋是鸡所生，鸡是蛋所孵这个常理儿，那我为什么说先有鸡呢？且听我讲来。世人皆知，凡有鸡就有母鸡，是母鸡就能下蛋。而蛋呢？都是分为能孵鸡和不能孵鸡的两种，能孵鸡的叫种蛋，孵不出鸡的叫谎蛋，也叫笨蛋。如果世上第一只蛋恰恰是只笨蛋的话，那么鸡族岂不早就断子绝后了吗？哪还有先有鸡还是先有蛋的疑问哩！"

周瑜心里一抖，这不是遭到诸葛亮的反讥吗！便岔开话题劝起酒来，直到散席，也没想出一个合适的话来。他心里倍感窝囊，整个下午没展开眉头。心里思度着，好不容易想了两个难题，结果全被诸葛亮赢了，苦能吃，罪能熬，这气可不好受，况且这个山野村夫竟当着我东吴文武百官的面讥讽自己，是可忍，孰不可忍！再看看诸葛亮迎难而解，从容自如的样儿，将来必是东吴统一天下的劲敌，于公于私都得尽早除掉这个后患，经过一下午的冥思苦想，终于想出了一个巧办法。于是他先在中军大帐附近埋伏好刀斧手，然后让鲁肃去请诸葛亮晚上前来赴宴。

周瑜是江南才子，自以为吟诗作对要比诸葛亮强。酒宴中，他提出要与诸葛亮对诗作酒令，并说："谁输了就要受罚。"

鲁肃不知周瑜的用意，随口说："军营大帐里对诗作酒令，乃千古雅事！谁输了就罚谁吧！"

周瑜问诸葛亮："这军营大帐自古赏罚分明，诸葛军师说说输了是怎么个罚法？"

诸葛亮已猜到周瑜是醉翁之意不在酒上，就说："按军令吧！谁输了就杀谁的头！"

周瑜见诸葛亮钻进自己巧设的笼子，忙说："君子无戏言！"

诸葛亮爽声笑道："戏言非君子！"

鲁肃见他们击掌为定，急得暗暗在桌子下面踩诸葛亮的脚。

诸葛亮假装不知，反而拉住鲁肃说："来来来，子敬先生你也算一个。"

周瑜见诸葛亮进了圈套，暗自得意。他先吟道：

"有水也是溪，
无水也是奚，
去掉溪边水，
加鸟便是鸡。
得志猫儿雄过虎，
落毛凤凰不如鸡"。

诸葛亮心想：自己身为军师，今日落到周郎小儿手下，岂不是落毛凤凰不如鸡吗？他便对上了一首：

"有木也是棋，
无木也是其，
去掉其边木，
加欠便是欺。
龙游浅水遭虾戏，
虎落平阳被犬欺。"

周瑜气得脸色大变，站起身说："你敢将本都督比做虾犬。"

鲁肃忙打圆场："大都督莫误会，你没欺孔明先生，孔明先生也不是说你的。来来来，我也吟一首：

"有水也是湘，
无水也是相，
去掉湘边水，
加雨便是霜。
各人自扫门前雪，
休管他人瓦上霜。"

一场风波过去了，周瑜又换了内容，吟道：

“有目也是跙，
无目也是丑，
去掉跙边目，
加女便是妞。
隆中女人生得丑，
百里难挑一个妞。”

诸葛亮见周瑜公然嘲笑自己娶了个丑媳妇，就说：“吟得好！我来奉还一首。”接着吟道：

“有木也是桥，
无木也是乔，
去掉桥边木，
加女便是娇。
江东美女大小乔，
难保铜雀锁二娇。”

周瑜见诸葛亮奚落自己妻子和吴主孙权的夫人，不由得勃然大怒，“当啷”一声，将酒杯扔在地下，伏兵听了一齐冲出，将诸葛亮团团围住。

鲁肃连忙拉住周瑜，说：“大都督请息怒，要以大局为重，我有一诗奉献。”

“有木也是槽，
无木也是曹，
去掉槽边木，
加米便是糟。
当今之计在抗曹，
龙虎相残事更糟。”

周瑜经鲁肃这么一点拨，清醒过来，令刀斧手退下，暂没加害诸葛亮，但一想到诸葛亮心计确比自己高出一筹，让这样的人留在世上，自己的功名大业必将受阻！这当面行酒令受奚落而杀人，毕将受世人耻笑，周瑜忍下这接二连三的窝囊气，以待时机，再除掉诸葛亮不迟！

诸葛亮从周瑜与自己比输赢、决高下的三次举动，看出周瑜虽是统帅三军的帅才，但狭小的心胸必不容人，从此在联吴抗曹中处处小心谨慎，在火烧战船曹操大败之机施计脱身，免遭了杀身之祸。

☆ 诸葛亮：三国时期蜀汉丞相。被誉为“智慧之星”。

智决高下

刘备占荆州，孙权像害了心病一样，总在打转转主意想夺回来，左思右想，没有一个好办法。

后来，周瑜听到刘备死了老婆，成了光棍儿，就向孙权献计说："半茬子光棍最难熬，趁这个空子用美人计，一定能把荆州给赚回来。"

孙权直摇头，说："当年范蠡献西施，只能糊弄夫差那样的酒囊饭袋，像刘备这样胸有大志的人咋会上钩？就是他当事者迷，又怎么能蒙骗得住精明盖世的诸葛亮呢？"

周瑜哈哈一笑，说："戏法靠人变，这美人计也得看如何用法。只要主公舍得金弹子，我看好打巧鸳鸯。"

"只要能夺回荆州，就是从我身上剜肉也行。"

"我想就得从主公身上剜心头肉。"

孙权一听，顿时变了脸色。"你我亲同手足，不帮成其大事，还寻我开心，究竟是什么意思？"

"我的意思是由主公做主，假意把令妹许配给刘备。他不答应，就以拒婚为由出兵去夺荆州；就是他答应，也不敢离荆州半步，恰好乘机以护送令妹为由头，派出精兵强将前去护送，等到了荆州城下，一声暗号，杀进城去，就把荆州给占了。"

孙权仍摇头说："这攻城对阵，不能儿戏！假若此计不成，不但害了吾妹，还会被人耻笑。"

周瑜连忙说："这一切我都想好了。令妹自幼习武，本领高强，只要主公晓以利害，面授机宜，纵然此计不成功，就叫她在洞房中趁人不备杀死刘备，然后偷偷地跑回来。只等荆州一乱套，咱们派兵前去收拾，那不就可以马到成功。就是万一这一招不灵，单等刘备和令妹结亲三日后，回门拜见老夫人的时候，你把他给诓住，我把江口子一封，诸葛亮等人不还荆州，便把刘备作为人质去索荆州，我想定能万无一失。"

孙权仔细一想，周瑜献的"美人计"确比范蠡要高明得多。他哪需卧薪尝胆十几年才成大事，这可是三伏天喝井水立刻就能奏效的事。便请出了孙尚香小姐，向她说明计策，要她照计行事。

孙尚香一听，柳叶眉倒竖，很生气地对孙权说："哥哥枉称英雄，没办法夺取荆州，倒拿我当枪使，亏你说得出口！"

孙权被说得哑口无言，便又请来周瑜商量。周瑜说："明天你请令妹和老夫人到你家庙去，拿出家法当面教训她一通，保险她就无话可说了。"

孙权依了周瑜的计策，第二天就把孙尚香和母亲请进家庙里，打开天窗对他妹妹说亮话："父亲临终时，交待我们想保住江东，就要想办法占荆州。孙坚大哥就是为这事死在战场上的。我孙某要夺不回荆州，上对不起父老长兄，下对不起江东百姓，更对不起我的母亲和你。请妹妹为智取荆州出把力吧！"

任孙权磨破嘴皮子，孙尚香还是那句话："拿我去当丢人现眼的筹码，我不干！"

孙权火了，数落着孙尚香："你出身吴王世家，不为东吴出力，算不忠；你不去为父兄遗愿效力，是不孝；我想让你出面轻取荆州避免伤亡，你不干，是不仁；我再三向你求告，你不领情，是不义。你不忠不孝，不仁不义，今天当着母亲的面，我要与你割断兄妹情谊。"

孙权的母亲看到兄妹俩闹翻了，急忙从旁边规劝孙尚香："看在你死去的父亲和长兄的分儿上，就把这事答应下来吧！"

孙尚香磨不开老母亲的脸面，只好免强答应去按孙权的主意去办。

于是，孙权火速派人向刘备当面提亲。

刘备觉得这事来的太突然，找诸葛亮拿主意。

诸葛亮说："我看这事是一半忧来一半喜。"

"这话从何说起？"

诸葛亮扳着指头说："孙权亲自提亲把他令妹许配给主公，表面上是摆出两家亲密的样子，骨子里是想用美人计打荆州的主意。要是主公拒亲，失了和气，他就很快名正言顺地派兵来夺荆州；要是主公答应了亲家，他有了内线，随时都有空子可钻。不过，我在东吴时，常听人说孙小姐虽是个女流之辈，可她的志向比有些男儿还强，发誓要嫁个天下闻名的英雄。她若真能和主公结百年之好，说不定做梦都会笑醒。这不就叫忧喜各半吗？"

刘备问："如何排忧呢？"

诸葛亮沉思了一会儿，说："孙权喜欢要虚面子，不会想出用亲妹子来赚荆州的下策，肯定又是周瑜出的馊主意。只要我隔江略施小计，就叫他的如意算盘落空，主公又能和孙小姐合欢，荆州也万无一失。"

刘备想到自己戎马半生，好不容易才找了个立脚的地方，经得起福，经不起祸，只好硬着头皮把亲事答应下来了。

孙权催着他早日迎亲。刘备慌了手脚，对诸葛亮说："我这过江到了东吴，还不是像羊子摆到肉案上任人宰割？"

诸葛亮说："要是主公放心不下，就来个坐在荆州等招亲吧！"

刘备说："哪有这样的美事！"

"主公放心去准备做新郎吧，这事由我来料理。"

刘备说："只要能使我不去东吴送死，这结亲的事就听你的安排。"

这样，诸葛亮就派人放风说曹操要趁刘备过江招亲，派人来刺杀。他便以刘备的口气透给孙权，"为了不坏两家的大事，只好在荆州迎接鸾驾了。"

孙权心想，这不是瞌睡来了遇到了枕头，同周瑜一合计，就来个就汤下面，按刘备的意思去办喜事。

送亲这天，周瑜特意安排两员大将带精兵护送孙尚香的鸾车，直向荆州进发。到了荆州城下，大队人马正要随着鼓乐声入城，只见诸葛亮使了个眼色，猛张飞冷不丁地跳出来，把那杆丈八蛇矛一横，大喝道："我家哥哥今日迎亲，又不是同曹操老儿摆阵，来这么多兵丁干啥？现在除了孙小姐和她的贴身丫环可以进城，其余闲杂人员等统统给我回去。不然的话，我这蛇矛可不认人！"

来护送的两员大将知道张飞的厉害，被一阵吆喝吓得失了主意，忙问孙尚香如何处置。孙尚香觉得在别人屋檐下，怎能不低头。她怕来硬的，东吴人吃亏，就吩咐护送的兵丁回去。这一溜人巴不得有开溜的机会，便立即退回了。

孙尚香进了荆州，刘备大排筵席与三军同乐。孙尚香乘敬酒的机会，仔细端详着刘备。虽说年纪稍大了点儿，但是仪表堂堂，一表人材，再加上手下的军师诸葛亮儒雅风流，把兄弟关羽、张飞虎将神威，其他将校精神抖擞，三军锐气正盛。眼下的事实证明当年曹操煮酒论英雄说的话不假，心中暗自庆幸天赐良缘，便把孙权交待在洞房中刺杀刘备的计策丢到了九霄云外，存下心来和刘备过美满的夫妻生活。

孙权左等右等，没见孙尚香回来报刘备的死讯，还听说和刘备挺恩爱的，便怨起周瑜。

周瑜说："等他们回门，主公用个软办法把他们诳在东吴，不就等于把荆州攥在手里了吗？万一不行，我亲自出马去顺手牵羊，不就如愿了吗？"

孙权觉得这话有道理，等刘备同孙尚香回门来，他天天设宴，顿顿摆宴，还在繁华大街给他们盖上华丽的房子，又派美女俊男殷勤招待，经常给些玩物让他们取乐。刘备奔波了大半生，如今掉进了福窝，又看大舅子情深意厚，丈母娘恋恋不舍，虽说也隐隐约约听到一些对他不利的闲言碎语，可就是找不出借口好回荆州。

周瑜见已经把刘备软套在东吴，便加紧在江口上布兵列阵，准备夺取荆州。关羽、张飞沉不住气，一齐埋怨起刘备来。诸葛亮安慰他们说："只要我送一个锦囊过去，周瑜蒙在鼓里，孙权就会把你们大哥给送回来。"

张飞说："先生呀！这不是捡把灯草说着轻巧的事。只要我那新嫂子两行眼泪一流，我大哥软了心肠就离不开暖被褥，看刀架在脖子上能不能回头。"

诸葛亮说："张将军放心，到时候就请你再凑个热闹吧！"于是，他叫刘备的干儿子刘封以送暖衣御寒的名义，将锦囊带到东吴交给刘备。

刘封按诸葛亮的交待，到了东吴，就在孙权款待刘备的宴席上，把暖衣锦囊交给了刘备，暗地里嘱咐刘备装着醉酒的样儿，故意让锦囊落到孙权手里。刘备依了诸葛亮的计策这样做了。孙权打开锦囊一看，原来是诸葛亮写信告诉刘备：曹操要报赤壁败兵之仇，亲率百万大军，要攻取荆州，现在无论如何不要回来，等安排妥当，避开这势头，再向东吴借些人马抗拒曹操。还说这事十分机密，千万不要泄露出去。

"哦！原来如此。"孙权心想：我留刘备在这里做什么？不如放他回去，一来免得他打我人马的主意，二来借曹操的手把他杀掉岂不是更好！便马上对孙尚香说："妹子，荆州现有急事，迅疾收拾行装与妹夫回荆州吧！"

孙尚香也听到荆州吃紧的风声，很够夫妻情分，立刻同刘备一起拜辞上路，回奔荆州。

周瑜得知走了刘备，急忙派手下下大将带兵拦阻。

孙尚香让刘备先行，她亲自仗剑断后。来人知道她平日威武，听到喝退声，只好回马。周瑜听说，大发雷霆，亲自引兵追赶。

诸葛亮早就料到周瑜会来这一手，就命令张飞前去迎接刘备和孙夫人。张飞按照诸葛亮的办法，请他哥嫂改乘快马，先头赶回荆州，他在后面压阵。左望右瞅，没见追兵，他便逍遥自在地坐进鸾车里去歇息。

这时，周瑜带兵飞速赶来，只见一乘鸾车停在路侧。他只当是孙尚香在车上，便叱退手下人，滚鞍下马，亲自上前禀告说："孙小姐，我与你哥哥连定三计，明里结亲，暗里智取荆州，好不容易诳刘备过江，你哥哥殷情相待，这是我们用尽苦心施的赚将之计。你不该护着夫家，斥退众将，放走刘备，不顾娘家啊！”

张飞在里面听了直觉好笑，捏着鼻子装腔作势说：“周瑜呀，你做的好事？”

周瑜只当孙尚香在里面生气，便上前一边掀帘子一边劝道：“我是想安排香饵钓鳌鱼，既然刘备把你抛下，就快随我回去消消气吧。”

猛然间，传出一阵冷笑。

猛张飞忽地从鸾车里跳将出来，指着周瑜的鼻子说：“周都督常夸自己妙计安天下，今日个和我们军师诸葛亮隔江斗智，可是陪了夫人又折兵啊！张三爷我在此歇美了，就麻烦你推回空鸾车，向我大哥的亲家去报喜讯吧！”

周瑜想到自己三条妙计都失算，还受到莽张飞的当面嘲笑，顿时气倒在地，挣扎不起。

☆ 诸葛亮：三国时期蜀汉丞相。被誉为“智慧之星”。

智灭都督

周瑜施美人计赚荆州失败后，口吐鲜血，昏倒在地。他病中想到了“兵不厌诈”，便利用三军忧伤情绪，想到了一个除掉诸葛亮的绝招——诈死计。

原来，周瑜小时候，跟师父学会了十八般武艺和领兵韬略后，师父赐给他一颗还阳丹。告诉他说，如果碰到本领实在比自己强的人，文不能胜，武不能战，万般无奈，可以吞下这颗还阳丹，七七四十九天死而复生后，就变成天下最有本领的人。诸葛亮文武都胜自己一筹，他不死，难消心头之恨，便把想的歪点子合盘托给妻子小乔，又交待老谋深算的张昭如此这般，然后，牙一咬，心一横，暗中将那颗还阳丹吞下，发誓生不胜诸葛亮，死也要赢孔明。

周瑜假装死去，躲在黑漆大棺材内。

张昭将“灵堂”两厢安排了刀斧手，又在棺前埋上火炮，然后放一个铜盆，将盆底钻一个小孔，让炮捻露在盆内。一旦诸葛亮前来吊孝，在盆内烧纸马银钱，就会将火炮点燃，必送他命归西天。

周瑜夫人听后大喜，转念一想，觉得不放心，连声问：“那样，都督不也同时被害了吗？”

“不用担心，我自有安排。”张昭又命人在棺前置放一座石灵牌。那火炮一响，有石牌隔住便无妨。约定周瑜在棺材内哼一声为号，说拿就拿，说斩就斩。一切安排妥当，就差人到荆州报丧。

诸葛亮接到东吴发来的报丧文书，就对刘备说：“现在周瑜灵停柴桑，为了孙刘两家联姻修好，我应代主公前去吊孝。”

刘备摇了摇头，说道：“周瑜生前与军师斗智，赌气而亡，这次且不可冒险，说不定是东吴设下的圈套。”

诸葛亮说："周瑜活着的时候，我不曾怕过他；如今已死，难道我还怕他不成？假若真的设下圈套，我自有办法对付。"

刘备见诸葛亮执意要去，只好同意。关切地问道："先生此去，带多少兵？"

"不带兵。"

"带多少将？"

"不带将。"

"那总需人护卫啊！"

"我只带随身书童就行了。"

"军师要小心为是。"

"请主公放心。"

原来，诸葛亮忽闻周瑜被气死，心想：周瑜是个难得的将才，懂得胜败乃兵家常事，怎会轻易被气死呢？他暗自疑惑，便辞别了刘备，遂即点了一艘快船，带着随身书童，直奔柴桑吊孝，以探虚实。

再说鲁肃和张昭议事，忽听探马来报，说诸葛亮仅带随身书童前来吊孝。张昭朝鲁肃诡诈一笑，说："今天诸葛亮为他人吊孝，还不知明天谁去安葬他啊！"鲁肃听到话露杀机，料到诸葛亮此次来东吴凶多吉少。他不愿做外敌未破、联盟相残的蠢事，急忙带人亲临江边相迎。

只见诸葛亮稳坐船头，手摇鹅毛扇，泰然自若。鲁肃在心中不禁埋怨道："孔明呀孔明，你怎么聪明盖世，懵懂一时呢？东吴暗藏杀机，今天只怕你有来无回呀！"

小船靠岸，鲁肃迎上前去，深施一礼，说道："公瑾丧身，指派他人来吊孝就行了，何劳先生大驾？"

诸葛亮坦然一笑，说："大夫此言差矣！公瑾生前是我的知己好友，我若不亲自来吊孝，既对不起死者，又对不起生者啊！"

鲁肃见诸葛亮毫无半点儿戒备，叹了一声，说："公瑾生前与先生小有芥蒂，但愿超度亡灵，化干戈为玉帛啊！"

诸葛亮深深望了鲁肃几眼，二人便一起来到灵堂。诸葛亮走进灵堂，但见灵牌供在中央，主丧人张昭远远垂手而立，小乔素衣素裙，站在老远的地方干号，并无悲哀之色。诸葛亮看到棺前立了一块石灵牌，想到鲁肃见面时的一席话，心里明白了一大半。他不动声色地走到灵前施礼跪拜。乘势眼角一扫，帐幕微动，暗藏杀机，他心中完全有数了。

按常规，祭奠亡人应是先烧纸马银钱，后祭酒。诸葛亮朝盆内扫了一眼，猛地看到盆底有根纸捻，他没有去接书童递过的纸马银钱，却吩咐道："快拿酒来！"随着应声，诸葛亮把一盏黄酒接在手中轻轻在盆内一浇，随即又绕灵前一连倒了两盏黄酒，把盆里盆外泼得湿漉漉的。接着，就把纸马银钱放在盆内焚烧。

张昭、小乔心中暗喜，借故躲开了。不料，纸马银钱烧成了灰烬，仍无异响。原来黄酒浇湿了炮捻，火炮成了哑炮。

诸葛亮烧过纸马银钱后，绕过石牌，来到周瑜棺前。他见棺材盖上有十几个窟眼，便伏在上面，声泪俱下。然后，哭一声周都督，把棺材盖子捶一下，叫一声公瑾兄，把棺材盖子捶一下；直捶得棺材盖子“咚咚”作响。东吴众将看到诸葛亮呼天抢地悲切的样子，有的人想：平日里我们以为都督与诸葛亮是仇人，如今看起来，他俩的感情比亲兄弟还要深哩！

张昭可沉不住气了，心里想，都督怎么在棺材里一声不哼，叫我们怎么动手呀？于是，他走上前，弦外有音地哭祭道：“公瑾呀，你不说话，俺们该怎么办哪？”一连问了好几遍，也听不见装死的周瑜一点儿声息。

这时，诸葛亮吊孝完毕，要告辞回去，张昭又找不出借口强留，只好拱手相送。

东吴众将想到赤壁大战时，诸葛亮尽全力帮助破敌，都督那时节却要设计杀他，眼下又想出这样的点子来杀孔明，真是太对不起人家了。因此，都不忍心生事下毒手，也只好上前拜送。

诸葛亮离去，张昭就冲着棺材内的周瑜大声地问：“公瑾，你怎么变卦不杀孔明了？”连问几声，不见周瑜回答，他不知何故，急忙叫人掀开棺盖，却只见周瑜早已气绝身亡了！

原来诸葛亮倒拿鹅毛扇伏在棺前时，挨近气眼的鹅扇绒毛竟然微微晃动！诸葛亮趁大家不注意，偷偷折了半截蜡烛，借伏棺盖上痛哭时，堵死了全部“气眼”。周瑜在棺材里，被活活闷死，他那死而复生的美梦彻底破灭了。

小乔一见弄假成真，不禁哭死在周瑜的灵前。

☆ 诸葛亮：三国时期蜀汉丞相。被誉为“智慧之星”。

智筹军粮

诸葛亮出兵讨伐魏国，率兵在祁山安营扎寨。

司马懿见诸葛亮占领了祁山要地，便也带着大批人马在渭滨驻扎下来。

这天，诸葛亮率领所有将士来到渭滨，只见渭滨一边是河，一边是山，中间平坦开阔，正是一个好战场。两军相对，威风凛凛。三声军鼓响过，司马懿从魏阵中走出，见诸葛亮端坐在四轮车上，轻摇着羽毛扇。

司马懿说：“今天你我对决胜负！如果你胜了，我便退兵三十里。如果你你输了，趁早让出祁山回家去！”

诸葛亮说：“想比胜负，怎么个比法？”

司马懿说：“先比阵法。”

诸葛亮让司马懿率先布阵。

司马懿挥舞一面杏黄旗，左右兵马纷纷移动排成一个阵势。

司马懿说：“你能破此阵吗？”

诸葛亮笑道：“我军前小校都能布这个阵，这叫‘浑元一气阵’。”

司马懿说：“别吹牛！你破来我看。”

诸葛亮点了三名校官，各带一千人马，从‘浑元一气阵’的头、尾及中间同时杀进，魏军立刻溃不成军。

诸葛亮鸣金收兵后，司马懿就让诸葛亮布阵。

诸葛亮把羽毛扇一摇，也排出一个阵势。

司马懿见后，冷笑道说："区区'八卦阵'有什么难？"

诸葛亮说："你认得未必能破得了。"

司马懿一听，就吩咐手下三员大将道："这个阵是按休、生、伤、杜、景、死、惊、开八门布的，你们可以从正东的'生门'进去，往西南的'休门'杀出，再从正北的'开门'杀入，这样就可以破了。"

于是，三员大将各率精兵一千从生门打进。

诸葛亮见魏军进入"八卦阵"中，将手中羽毛扇摇了三摇，此阵变幻成连接的城墙，任凭三员魏国大将左冲右突，都被蜀兵堵住。阵中重重叠叠哪儿都有门，分不清东南西北。三员大将只管乱撞。最后，魏军被一个个地抓获。诸葛亮笑着对三员大将说："你们回去告诉司马懿，好好再读兵书吧。"又叫人剥了他们的衣服，脸上涂了墨回去。

司马懿见了大怒："这样惨败有什么脸去见人！"于是他手握战剑，带着将士们扑向蜀军。

两军刚刚交锋，魏军阵后就传来杀声。原来是关兴从背后袭来。司马懿分兵抵挡住，又往诸葛亮阵前杀去，忽然魏兵又大乱起来，姜维和魏延各率一队人马悄悄地从左右杀过来。蜀兵四面围攻，司马懿大吃一惊，忙下令死命突围。

魏军伤亡惨重，司马懿只好退守在渭滨南岸，坚守不出。

两军对峙。

蜀军粮食接济不上，营中人心慌慌。

诸葛亮召来众将说："现在营中缺少粮食，几次派人催促蜀中运粮，可一直不见粮食运来。我们只好就近筹粮了。我已派探子打探到陇上小麦已经熟了，我们可以暗中派兵去割，以解燃眉之急！"于是，他作好安排后，自己带上姜维、魏延和关兴等将领，潜到陇上，可是司马懿正领兵在那里驻守。诸葛亮心想这个司马懿实在不好对付，他竟然事先预料到我们来割麦子。如果派兵和司马懿交战，肯定割不成小麦，还是用计赢他为妙。

诸葛亮叫来随军工匠，让他们仿照自己坐的四轮车，另外又做了三辆。车子做好以后，命令姜维、魏延和关兴各率一千人马护车，五百军士擂鼓，每一辆车和诸葛亮的车一样，由二十四名士兵身穿黑衣，披头散发，手拿宝剑，扮作推车人，在两边推车。

三员大将听完诸葛亮的吩咐以后，各带上一辆车子，领上自己的人马，分头到陇上周围埋伏去了。

诸葛亮又悄悄命令万名军士手执镰刀去陇上收割麦子。自己则端坐在一辆车上往魏营奔来。

魏军哨兵看见，火速报告司马懿。

司马懿骑马到营外一看，只见诸葛亮头戴纶巾，身披鹤氅，手摇羽毛扇，坐在四轮车上，左右二十四个推车人，都披头散发手持长剑，前面一个人，手拿七星黑旗，好像天神一般。司马懿对前营一个将领说："这又是诸葛亮在捣鬼，你带领三千人马，前去追赶，一定要连车带人都给我擒来！"

那个将军听了命令后，迅速出兵追去。

诸葛亮看见魏兵追来，就原路退回，魏兵快马加鞭也没追上，就停了下来。

诸葛亮一见追兵停下，也让士兵们停下，车头掉过来冲着魏兵，原地休息。

魏兵见诸葛亮停下，又火速追赶。诸葛亮又调转车头往回撤退，魏兵在后边只看见诸葛亮率领的士兵的影子，可怎么追也追不上。魏兵又追了一阵子，只见诸葛亮隐藏到树林里去了。想再往前追，怕中了埋伏。正在犹豫不决的时候，司马懿亲自率领大队人马赶了上来。他朝诸葛亮隐去的树林里瞅了瞅，只见烟尘滚滚，只听群鸟乱啼，怕中埋伏，于是下令撤回。突然，左边响起战鼓，一队人马杀出，并推着一辆四轮车，车上坐着诸葛亮。

司马懿觉得很奇怪，怎么又来一个诸葛亮？

不一会儿，右边又响起战鼓，又是一队人马护着一辆四轮车，车上也坐着诸葛亮。

司马懿越发奇怪，不敢交战，带领兵马慌乱撤退。忽然，前边又响起震天的鼓声，只见一队蜀兵拥出一辆四轮车，诸葛亮端端正正坐在车上，前面引路人和左右推车人，和刚看见的几辆车一模一样。司马懿见了，不知是人是神，惊恐万分，魏兵被四个一模一样的诸葛亮吓坏了，阵脚大乱。司马懿不知四周有多少蜀兵，十分害怕，急忙率乱兵逃跑，关紧城门不敢出来了。

于是，诸葛亮命令万名精兵将陇上小麦割完，运到后方打晒去了。

司马懿直到看见蜀兵退了，才派人出城察看，仅带回一名下书的蜀兵。

司马懿拆开一看，是诸葛亮写给自己收到陇上新麦万石的收条，气得七窍生烟，但细想四个诸葛亮率四路人马，几天之内哪还有兵力收割陇上的小麦呢？他便耐着性子问这个蜀兵说："前天哪来的神兵？怎么一下子出来了四个诸葛亮，是怎么回事？"

这个蜀兵说："只是最先来诱敌的车上是真诸葛亮，其余三路伏兵，都不是诸葛亮，而是姜维、魏延、关兴三位将军。车上坐着的，都是和诸葛亮丞相模样差不多的军士装扮的。我们丞相说这叫'诸葛装神疑兵阵'，据说是从什么无字天书上学来的。"

司马懿听了，想到自己原来是被诸葛亮设计愚弄了，又羞又恨，立刻率兵把诸葛亮屯粮处包围得像铁桶似的。突然，诸葛亮囤粮处万箭齐发，迫使魏军不敢向前。这时，又见四边火光冲天，喊声大震，四路蜀军一齐杀到，将司马懿杀得丢盔弃甲，落荒败退。蜀军得了新麦，士气大振，诸葛亮便施了一个铁笼计，对魏军来了个反包围，司马懿被打得落花流水。

☆ 诸葛亮：三国时期蜀汉丞相。被誉为"智慧之星"。

智戏"二混"

皮日休见同乡好友归仁绍中年丧妻，十分同情，总想着法儿帮助他再次娶亲，过上正常人的生活。

话说归绍仁丧妻后，看中了同村的一个处号叫"白牡丹"的年轻寡妇，几次想托人去求婚，担心碰壁，就想出了个求婚计。他在八月十五中秋节买上两包月饼，夹上一张求婚书，趁清早无人，悄悄放到白牡丹家的窗台上。并在包装纸上写道：

中秋家家飞笑声，
你我郁郁对孤灯；
寒士愿作织女伴，
月上柳梢索回音。

归仁绍心想，这样先作试探，她要是答应，自己马上托媒说亲；她要是不答应，反正她知我知无人知，也不掉面子。于是，归绍企盼到月亮东升，他趁四周无人，来到白牡丹窗台上一摸，果然摸到了一封回信，拿回家一看，只见上面也写着四句诗：

月饼圆圆甜在心，
情意绵绵见赤诚；
但愿半月一相赠，
来年中秋联婚姻。

归仁绍反复吟着这诗句，心里像打翻蜜罐似的，甜蜜极了。

从此以后，每隔半月，归仁绍总要破费置办礼物，送到白牡丹的窗口。要送什么，白牡丹会在窗台上留下一张字条，预先告诉归仁绍。归仁绍为讨白牡丹的欢心，总是照送不误。

转眼快到第二年中秋，归仁绍心想，白牡丹收了一年的礼物，婚事已是十拿九稳了，就托好友皮日休上门说媒。

谁知，白牡丹听了一口拒绝。

皮日休知道了事情的前因后果，当场责怪白牡丹不该骗取归绍仁许多礼物。

白牡丹听了如坠五里雾中。

皮日休知道白牡丹忠厚本分，看她听到事情的前因后果那幅懵然的样子，心里着实感到奇怪。他将此事告诉了归绍仁，归绍仁便把从白家窗台上拿回的一叠字条给他看。

皮日休看了后，觉得这里面有文章，便吩咐归仁绍不要声张，将事情探个虚实再说。

第二天，又是中秋送礼的日子。归绍仁和皮日休很早起来，照常把月饼放到白牡丹的窗台上，两人蹲守在暗处细细观察。不一会儿，只见有个人贼头贼脑地走过来，朝四周一看，塞上一张纸条，拿了白牡丹窗台上的月饼往兜里一塞，回头就走。

皮日休和归绍仁睁大眼睛一瞧，原来是方圆左右有名的“二混子”。

就在去年归仁绍第一次把礼物送到白牡丹的窗台时，正碰上想打白牡丹歪主意的二混子。二混子将归仁绍的举措看得一清二楚，他等归仁绍走后，取回月饼和求婚信，全明白了，便想了个冒名顶替，叫归仁绍他四时八节按自己的意思送礼的鬼点子。因此，他冒充白牡丹之名复信，把归仁绍蒙在鼓里，浑然不知。至此，二混子逢年过节想吃喝什么，只要写张字条往白牡丹的窗台上一放，归仁绍便会按时全力以办。

眼下归仁绍见自己的美事被二混子搅了，顿时火冒三丈，起身要去抓二混子。

皮日休急忙拦住，劝他不可鲁莽。

归绍仁哪里肯依，气恼地说：“我被二混子欺骗了整一年，白花了十几两银子不算，还误了我的婚事。不当场抓住这个老奸巨猾的二混子，就是去告官也会口说无凭。”

皮日休道：“现任的县令就是二混子的表兄，要是打官司，他诬告你贪念女色，居心不良，偷偷摸摸打人家年轻寡妇的主意，人证物证俱在，到时候你反倒要吃亏了。”

“那我就咽下这口恶气才行？”

皮日休想了想，对归绍仁说：“你的事包在我的身上。待我略施小计，保你人财不会两空。”

归仁绍以为皮日休是再宽自己的心，摇头表示不信。

皮日休拍胸说：“你先回家歇着吧！我叫二混子当晚就归还你这一年所破费的银子就是了。”

“哪有肉入了蛇肚子里还有吐出来的事？”

皮日休信誓旦旦地说：“要是二混子他今晚不把银子送上你家门，我明天早晨就倒爬到你家！不过，你得按我说的去办。”他附在归仁绍的耳边耳语了一阵子。

归仁绍刚吃过晚饭，果然见二混子匆匆而来。

二混子在环顾左右无人时，立刻掏出二十两银子，放到桌子上，跪在地上连连磕头，求归仁绍救命。

归仁绍按照皮日休的吩咐，愤怒地将那二十两银子扫到地上。

二混子一见，急忙又掏出十两银子，边痛哭流涕打自己的嘴巴边求归仁绍救命。

归仁绍一言不发，将皮日休交给他的小纸包丢给了二混子。

二混子提过小纸包，当即又磕了三个响头，像抓住了救命仙丹似的，拿了就急匆匆地走了。

二混子前脚刚离开，皮日休后脚就笑呵呵地进子归仁绍的家门。

归仁绍不知皮日休搞的啥变戏法，使二混子不仅倒赊了银子还自己打自己的嘴巴，便赶紧探问究竟。

皮日休笑着把他施计的经过讲了一遍。

原来，当天晚饭前，皮日休到了二混子家里，见他正在美滋滋地吃取回来的月饼，就故作神秘地说归仁绍想和白牡丹成亲，送了一年的彩礼去提亲，谁知媒人去了，白牡丹却改口赖婚。归仁绍花去了近二十两银子落了个竹篮打水一场空，为了出气，今年中秋又送月饼时偷偷放进了烂肠药，一旦吃下去，过上十天半个月，那大肠小肠就要烂掉呢！

二混子一听着了慌，结结巴巴地说：“这可是人命关天的事呀！你我她都是乡邻，不能不见死不救呀！”

皮日休说：“要救人也不难。那归仁绍不知从哪里得知你在打白牡丹的主意，让我来过话给你，快去给白牡丹透个气，不想要命，就作罢；想要命，就得归还他一年送礼所破费的二十两银子，另花十两银子去他家取解药。我去白牡丹家为归仁绍做媒已破了面子，不想再登她的门了。这可是你讨好她的绝好机会，才看在乡邻的份上前来过个话。”

二混子假装佯迷地向皮日休道谢后，待皮日休一离开，就速急备下三十两银子奔向归仁绍家中去取解药。

再说二混子买了解药后，立马迫不及待地咽下。只弄得他上吐下泻，好不狼狈。

第二天一早，皮日休又到二混子家里，拿出一张纸条，说是归仁绍给那解药的新方子。要他转给白牡丹。

二混子再次向皮日休道谢，待皮日休一转身出了门后，他赶忙打开纸条一看，只见上面写着四句诗：

一年礼物折合银，

中秋之夜已付清；

笆豆辣椒研成粉，

秘方专治骗人精。

二混子一看，自知被皮日休戏弄，可是哑巴吃黄连，有苦说不出。

后来，此事传到了白牡丹的耳朵里。她被归仁绍的诚心感动了，当皮日休再捧着三十两银子登门来下聘礼时，便答应了这门婚事。

☆ 皮日休：晚唐诗人，以参加黄巢农民起义而闻名。

智闯险关

蜀主刘备在白帝城病逝的消息传到了康南部落，首领扎鲁康布见时机已到，便自封为康南王，准备聚集力量，从康南进攻益州，活捉诸葛亮。

诸葛亮听到这个消息，决定亲自带领大军去平定叛乱。

临行前，诸葛亮征询参军马谡的意见道："你对这次南征有什么看法，请直言相告！"

马谡轻轻一笑，转而正色道："丞相，在下自以为用兵的诀窍在于攻心之术。攻城占地为下，而攻心为上，希望丞相用智力收服蛮夷，切勿滥用兵戈！"

诸葛亮听罢，抚掌而笑道："你真是我的知音啊！"随即吩咐道："那你就随我出征吧！"

大军开到了飞仙关，却被这天险所挡。只见扎鲁康布的营寨里，旌旗蔽天，刀枪闪亮；四面是高指云霄的山峰，中间有一条路通向营寨。要用强攻，双方肯定会有大量的死伤。诸葛亮思来想去，命小校用弓箭将一封书信射进飞仙关，信中表示要与扎鲁康布在飞仙关城楼上比试箭法，双方各向康南的打箭炉连射三箭，如果诸葛亮赢了，打开关口，让他进关，接受招安；如果输了，甘愿让出益州。

扎鲁康布看了信，笑得前仰后合，对左右道："这个诸葛亮，简直在说胡话，飞仙关离打箭炉少说有三百里，除了天神，谁能射到！他当即挥手写了'来吧'两个字，用箭把信送到诸葛亮手中。"

诸葛亮喜出望外，第二天一早，便带弓箭手登上了飞仙关城楼。

诸葛亮手一挥，一个身材高大的弓箭手雄赳赳气昂昂地登上了射台。那边，扎鲁康布的神箭手也站了出来，斜眼瞅着诸葛亮，嘴角掠过一丝微笑。

令旗一举，两边同时开弓，只听"嗖！嗖！嗖！"双方各有三支响箭直插云端，向打箭炉飞去。

扎鲁康布两眼望天，一副傲然自得的样子。

诸葛亮问道："可以派人去验箭吗?"

当下,双方各派一队飞骑向前疾驰。只用半天时辰,几匹快马便折回头来。结果是诸葛亮的箭手射出的三箭,箭箭射中,而扎鲁康布却一箭未中,有两支就在附近的草坪上坠落了。

扎鲁康布顿时羞愧难当,正想反悔,诸葛亮一声令下,蜀军冲进关来,未折一兵一卒占领了飞仙关。

诸葛亮招安了扎鲁康布,并继续委派他管理康南的事务,并调来良种和牛羊赠给他的部落百姓。

扎鲁康布和他部落的人们见蜀军弓箭手如天神一般,打心底里敬佩,加上诸葛亮遍施恩惠,更从心底里诚服。

飞仙关离打箭炉路途遥远,别说射箭,就是骑马也得跑半天,怎么能射中目标?原来,在这之前,诸葛亮曾派出轻骑,绕道迂回,提前赶到打箭炉,在那上面插上了三支响箭。

射箭智取飞仙关的例子为诸葛亮提供了成功的范例,后来,在南征中,对待西南反叛的部落大多以攻心斗智为上,没有造成血光兵灾。因而,至今西南各民族还将诸葛亮奉为恩人,常年进行祭祀。

☆ 诸葛亮:三国时期蜀汉丞相。被誉为"智慧之星"。

智破蛮俗

诸葛亮带兵安定了南方,班师回朝的时候,部落的首领和百姓们,依依不舍,送了一程又一程。当蜀兵走到泸水河边,正赶上河水暴涨,浪激湍涡,连鹅毛也沉底,没法渡过。他问当地的百姓,都说:"我们这里有个规矩,每逢山洪暴发,都要祭尊河神,才能过河。"

诸葛亮问:"怎么个祭法?"

提起这事,众百姓马上就低头敛眉,不敢吱声。一个年纪大的首领说:"要祭河神,可不是一件容易的事啊!祭礼要非常珍贵才行,所以十分难办。"

"这有什么难办的,所需的费用,全由我军中所出就是了。"

"我们说的不是香、蜡、纸钱,也不是血酒和供品。"

诸葛亮忙问:"还有什么办不到的事啊?"

那首领吞吞吐吐地说:"要还黑、白二将,七七四十九颗人头。"

诸葛亮一听,头皮猛一紧,怪不得刚才提起祭河神的事儿,众百姓都面带惧色,原来这个风俗太野蛮了。如果不想个法子消除,不知要造多大的孽啊!他一时没有想出万全之策,只好拱手告辞,待第二天再议。

第二天天刚亮,泸水河边篝火熊熊,聚起了成千上万的老百姓。原来,头天晚上,部落的首领为报答诸葛丞相的大恩大德,决定按祖先遗留下来的祭祀方法来祭奠河神,保佑蜀兵速过泸水河。只听铜鼓沉闷地敲过,四十九个巫师手擎明晃晃的鬼头大刀,押着四十九个小伙子走近了篝火旁；一个白胡子老头左手牵一条黑牛，右手拉一只白羊殿后。旗幡一展，巫师嘟嘟囔囔念起咒语，用滚沸的热酒先洒过鬼头刀，然后灌进被押的小伙子们的嘴中。小伙子们的父母兄弟挤在人前，双泪长流，不敢放出悲声，一些婆婆姑娘怕见血腥场面，捂住了两眼。一阵锣响，巫师们扬起了鬼头刀。恰好，诸葛亮赶到，猛地大喝一声："且慢！"

诸葛亮这一喊，在场的人都愣住了，直盯盯地望着他，不知有何吩咐。

诸葛亮快步上前，亲手解下那四十九个小伙子身上的绳索，说："过去我们兵戎相见，现在亲如一家，要让子孙万代友好下去，我想就各出一半祭礼，来祭奠河神吧！既然大家一片诚心，由你们出黑、白二将，这四十九颗人头嘛，就由我们包了。"

部落首领执意要全包祭礼，诸葛亮说："四海之内皆兄弟，这祭礼二一添作五最合情理，就分头准备吧！"

百姓们听说诸葛亮亲出祭礼来祭奠河神，都觉得十分荣光。按照盟约，部落首领当下宰了那头黑牛和一只白羊，交给了诸葛亮。他火速集合火头军将这黑牛和白羊抬进厨房，剁成肉泥，弄来面粉捏成面团子，仿照人头的样子，一共做了七七四十九个肉馅面皮的大面团子，然后用蒸笼蒸熟。不等揭开蒸笼，窜出来的肉香、面粉香诱得人直咽口水。

诸葛亮把蒸好的面团子摆在"流马"身上，亲自和大家一起祭拜河神。仪式完毕，他命蜀兵乘着"流马"过河。等大军过河完毕，对送行的百姓们说："这些白面人头，河神已经享用过了，现在大家把它分吃了，一定能消灾灭病。"

众人一尝，果然美味爽口。那四十九位被救下来的小伙子欢喜得不知怎么好，把诸葛丞相捧起老高。很多人流下了感激的热泪。

从那以后，这种面食不仅成了祭神的供品，而且成了传统的食品。因为是诸葛亮智破蛮夷部落野蛮风俗，代替人头做出来的，开始人们就叫它"蛮头"，诸葛亮觉得这只不过是自己急中生智，想起小时候吃母亲做的野菜团子的缘故。常说"吃蛮头"，对少数民族不尊敬，就改称为"馒头"。蛮夷部落看到这种面食，保护了不少的儿子，就把它叫做"保子"。这事传久了，人们便把蒸的面团子，包馅的叫"包子"，不包馅的叫"馒头"。

☆ 诸葛亮：三国时期蜀汉丞相。被誉为"智慧之星"。

智服孟获

南方有个部落首领叫孟获。他听人谣传，蜀汉要向当地百姓征收黑狗三百只，白牛四百头，还要送年轻美貌的姑娘到皇宫里服侍汉人，就举起了反叛的大旗。

诸葛亮闻讯，一连写了好几封信，说明道理，孟获都不听。后来，诸葛亮派使者前去讲和，反遭到杀害。不久，便燃起了战火。

诸葛亮忍无可忍，率领大军去平定叛乱。那时候，那一带崇山峻岭，布满浓密的原始森林。林中有虎豹豺狼，毒蝇蟒蛇，外地人根本无法通过。凭借山寨地势险峻，居高临下，孟获根本没把诸葛亮放在眼里。

这天，有人向孟获报告说，蜀汉丞相诸葛亮领兵已到泸水河边。孟获问："离咱们山寨还有多远！"

"还有五天路程。"

孟获一听，想了想说："不急！"他回寨后就布置打仗：先派一批人去山林间敲锣打鼓，又呐喊，又放铳，把毒蛇猛兽赶到诸葛亮进兵的山路间，让它们去打头阵。然后将弓箭手、短刀手布置在靠近寨子附近的草丛里。如果汉兵冲过毒蛇猛兽防线，弓箭手、短刀手就可以见人射人，见马砍马。最后，他把几十头大象埋伏在寨子边缘地带。孟获暗想：汉军如果能冲过前面两道防线，必然有惨重的伤亡。我在寨下进行一次决战，用象群冲击，必能大胜无疑。

他又命令几个兵卒，化装成猎人和渔夫，骑上多角麋鹿去探听消息。原来多角麋鹿有个特点，只要骑上它，它就飞快地奔跑，如果人不从它背上跳下来，它就一直跑到死。所以，五天的山路，一天就到。孟获布置停当后，就带领卫兵留守在寨中。

第二天，探子回来报告说："诸葛亮按兵不动，只在林子边砍伐树木。"

孟获一听，仰天大笑，心想：汉兵想在森林中砍出一条大路再进兵，至少得砍上三个月。三个月后，雨季来临，他们就要困死在森林里了。

第三天，探子又回来报告说："汉兵仍驻在原地，正在砍削那些砍倒的圆木。"

孟获一听，又仰天大笑，以为汉兵是想就地造营房，准备长期打算。那更好，这里少不了毒蛇咬、毒蚊叮，不出半年准得死去大半。

中午，孟获正和部下围坐在火塘边喝酒吃肉。突然，守卫大寨的亲兵跑来报告说："不好了，汉……汉兵来啦！骑着马，从江面上跑来了！"

"胡说！"孟获吓了一跳，但还不相信，便亲自跑到江边一看，果然，只见无数汉兵骑着快马，手握长矛、短刀，举着旌旗，像天上的流星一样，从江面上飞奔过来。孟获惊呆了，他已将兵卒战将都布置在前沿阵地，一下子哪能抽调得回来，孟获赶紧上了象背，带领守寨的卫兵，亲自迎敌。

汉兵把他们的战马靠拢到岸边。奇怪，战马并不上岸，只有兵将们杀上岸来。汉兵从天而降，早就将孟获手下的士卒吓懵了。汉兵用套索套住象腿，把孟获掀倒在地，反绑了双臂。那些卫士也都个个束手就擒。孟获大喊大叫，一个劲儿挣扎。他想：等不了一会儿，埋伏在寨旁的象队，准会杀回来救援。不一会儿，象队的兵卒真的都来了，但个个都当了俘虏。原来诸葛亮早在寨边附近设下埋伏，用套索和绊绳将一头头大象都绊倒在山沟里了。

这时，诸葛亮在将士的簇拥下来到大寨前。他一见孟获，亲自给他解下身上的绑绳，让他坐下，和颜悦色地问道："孟将军，蜀汉一直对你们不错，你们为什么起兵反抗朝廷呢？"

孟获用牛大的眼睛瞟着诸葛亮，一声不吭。

"孟将军，你现在已成了俘虏，请问，还有什么话要说？"

"没什么可说的，就是不服气……"

"孟将军，既然被打败了，怎么还不服气呢？"

"你们胜了，靠的是神马。我不信这马能胜过大象。"

诸葛亮若有所思，说了声："好！"就亲自陪孟获来到江边。

孟获近前仔细一看，原来一排排战马，都是一根根圆木。用木板做的马尾，像舵板一样，能在水里掌握方向。马缰绳连着马尾，向左向右，运行自如。马的四条腿也是木板做的，埋在水中，激流一冲，像活的战马一样，比战马跑得还快，五天的路程，从水路，一个上午就赶到了。

孟获有生以来第一次看见这稀奇玩意儿，暗自佩服。可是想到自己被活活地抓住，心中并不服气，硬着嘴巴说："这神马也不过如此，哪能抵得上我们的大象，水陆并进，威力无比。你要有在陆地上如此灵巧的玩意儿，我们愿意归顺，永不反叛。"

诸葛亮思索了一会儿，笑着说："好吧，孟将军，三天后你来我帐下见分晓吧。若没有你说的神奇玩意儿，愿迎你去成都称王。"

孟获回到寨中，又悄悄地给老百姓下了一道命令："各家各户除留够三日的口粮外，其余全部藏起来。"他暗想，没有粮食，过不了多少天，汉军就得撤离。

第三天，孟获遵约来到诸葛亮帐下。诸葛亮吩咐摆上好酒好饭，像对待贵宾那样招待他。孟获见诸葛亮没亮出从陆地上能奔跑如飞的神奇玩意儿，还这样殷勤招待自己，说不定真可赴成都为王了，暗自高兴，乐呵呵地开怀畅饮起来。

正在孟获酒醉饭饱时，探马来报："启禀丞相，粮食运到！"

孟获大吃一惊，这里山高路远，有的两个村寨只隔着一个山头，来往就得十天半个月，这军粮是怎样运来的呢？诸葛亮好像看穿了孟获的心思，就和他携手来到外面，登高一望，只见漫山遍野的黄牛和水牛，背上驮着大袋大袋的粮食。每一头牛，由一个兵卒牵着，飞快地在崎岖的山路上奔跑。孟获好生奇怪，以前牛在山坡上经常滑坡跌死，为什么诸葛亮的牛能驮着粮食在山坡上奔跑呢？孟获走近一看，啊！原来这些牛也是圆木做的，把粮袋挂在当中，平衡妥当。再看看牛头和牛肚，中间好像有许多机关。

孟获起先见识了诸葛亮的神马，现在又瞧见了神牛，十分折服，立刻脱掉一只衣袖，露出胳臂，跑在诸葛亮的面前，羞愧地说："丞相不但能用兵如神，还长于巧思，我们南人算是彻底服气了。"

诸葛亮急忙把他搀扶起来，高兴地说："孟将军，从今往后，咱们就永远和好吧！"

孟获十分感激，表示一辈子愿为蜀汉效力。诸葛亮又吩咐人重新设宴，共庆友好。席间，孟获向诸葛亮问道："您那神马、神牛奇妙无比，怎么都是木头做的呢？"

诸葛亮说："这驮粮食的'木牛'，是我小时候娶亲迎新娘子时摆弄出来的，后来经过能工巧匠帮忙，就在战场上派用上了。前番在水中如飞的东西叫'流马'，是根据木牛改进而成的。你现在见的还是小的，那大的一匹木牛可载一个人吃一年的口粮，一匹大流马可载数十名士兵同时前进，跑起来可比真牛真马快多了。"

孟获和全部落的人都十分钦佩诸葛亮的聪明才智，又见汉军到来之后，秋毫无犯，与老百姓亲如一家，从此就心悦诚服地归顺蜀汉了。

☆ 诸葛亮：三国时期蜀汉丞相。被誉为"智慧之星"。

智胜知州

唐朝咸通年间，襄州知州张扬不务正业，下棋成瘾。他听说皮日休不仅诗才盖世，而且精通棋艺，便找皮日休对弈。

张知州自恃棋艺是当今圣手，不把皮日休放在眼里。一天，他邀请全襄州的棋手，当众和皮日休对弈，想打败皮日休，显示自己的高超棋艺。结果出乎意料，三局下来，他以惨败告终，气得当场脸变了色。幸亏有善于拍马屁的师爷给他圆场说："这回热热身，不算数，下次再正儿八经地比试比试。"

张知州虽说强作镇静，但也难免怒形于色。

张知州当众丢了面子，五脏六腑都气炸了。他忙把师爷找来商量对策，说："我堂堂知州，打败襄州无敌手，竟被一个白丁文人击败，今后脸面朝哪里搁哟!"

师爷献媚地说："大人休气，胜败乃兵家常事。不过依小人看来，皮日休曾游历了天下，见过各地高手，棋艺确实非凡，大人想胜过他也有难处。小人有一条妙计，下次在高阳酒池旁边的桃林馆摆个擂台赛，这皮日休人称醉吟先生，只要有酒，他必然会贪杯。想那高阳池酒烈性大，先把他灌醉，再找他对弈，他昏昏沉沉，棋路必乱，大人一举打败他就不费吹灰之力了。"

张知州一听，喜上眉梢，连声称好。他便发出请柬，邀请襄阳的棋手们到桃林馆观摩和皮日休的擂台赛。

擂台赛开始之前，张扬假惺惺地对皮日休说："本官听说皮先生好美酒，特备上高阳池的上等好酒，请皮先生品尝。美酒助兴，定会更显出精湛的棋艺来。"

皮日休早听说官家专供的高阳池酒醇香绵软，甘洌净爽，陈年密藏，回味悠长，今日弈棋擂台赛前能饮此酒，确实平添雅趣。于是，他连忙拜谢知州的特意安排。

师爷按照事前与知州的算计在一旁斟酒。今天他特备了一把转壶。皮日休饮了一杯又一杯的原酒，而知州饮的是薄酒。

皮日休一边饮一边连声称赞："好酒！好酒!"

师爷见满满三大壶原酒已落入皮日休的肚里，便向知州使眼色。

张知州会意后，便与皮日休在众人面前展开了擂台赛。

皮日休喝了高阳池酒后，兴致勃勃，精神倍增，不但没有昏昏沉沉，反而神志更加清醒，棋法更精，稳重灵活，攻势更猛。张知州只有招架之功，哪有还手之力。战了几个回合后，张知州落得惨败。

张知州为了遮丑，佯装醉酒落荒回府。

皮日休没有对手弈棋了，也散了精气神。他便醉卧桃林馆。第二天醒酒后，他见屏风上昨晚不知谁题了一首即兴诗道：

襄阳岘南沔西岸，

高阳池名千古传。

东汉习郁亲造作，
凿齿山简使名添。
大池水面万余尺，
松竹芙蓉植周边。
池中养鱼育芡菱，
水中高筑钓鱼台。
东端又作“石伏逗”，
引泉另造小池焉。
宅池相间堤岸上，
楸竹夹植荫遮天。
山简每每优游醉，
葛强常常看举鞭。
李白有诗歌襄阳，
也笑山翁醉习园。

此时，皮日休想到昨天醉酒弈棋智胜知州，心中分外痛快。他面对这即兴诗，又满眼是习家池的胜景，心中诗情涌起，也在屏风上题诗道：

清曙萧森载酒来，
凉风相引绕亭台。
数声翡翠背人去，
一番芙蓉含日开。
茭叶深深埋钓艇，
鱼儿漾漾逐流杯。
竹屏风下登山屐，
十宿高阳忘却回。

随着皮日休醉酒弈棋智胜知州的趣事广为人知，他这首《习池晨起》也流传至今。

☆ 皮日休：晚唐诗人，以参加黄巢农民起义而闻名。

智破强敌

诸葛亮病重五丈原期间，交待护军姜维道：“司马懿与我同一师门，本事和我不相上下，只是他作人品行差，我才多得到师父的一部天书，他终生都想得到这部书。只要知道我过世的消息，会不遗余力要追讨此书。我死了以后，他定会穷追猛打。你千万不要恋战。我留下两口红黄大木箱子，只要他追到山林间你难以脱身时，就先丢下红木箱子，然后再丢下黄木箱子，可保安全撤军。”

果然，司马懿知道诸葛亮死了，亲自统帅大军杀奔五丈原。

姜维依照诸葛亮临终前的交待，佯装败退。

司马懿纵马直追，翻山越岭，一直追到一座桃花山的山垭口。眼看就要追上蜀军了，这时，路口横着一个大红木箱子。司马懿策马上前，定睛一看，只见大红木箱子上写着“诸葛武侯书箱”的字样，他大喜过望，以为是蜀军自乱了阵脚，连诸葛亮的书箱子都落荒丢下了，挥剑便砍，竭力想得到师父亲传的天书。

“嘎巴！”箱子开了。“轰”的一声，打里面飞出成千上万只葫芦蜂，直朝魏兵身上、脸上刺。

这是一种螫人最厉害的野蜂，是诸葛亮临终前叫部下在途中用口袋罩住装进大木箱的。

葫芦蜂群嗡嗡乱叫，见人螫人，见马螫马，螫得魏军将士们个个鼻青脸肿。司马懿被螫得钻进了灌木丛，死死地用斗篷护着脑袋，他咬牙切齿地骂道：“诸葛亮呀诸葛亮，老夫再也不上你的当了！”

还没等司马懿回过神来，手下先锋忙来禀告：“在荆棘林里又发现了‘诸葛武侯书箱’。”

司马懿护着脑袋上前一看是口大黄木箱子，不禁哈哈大笑，将士们问他笑什么，他说：“我笑诸葛亮凡夫俗子，刚才用野蜂害我，现在还用此计，我看他是黔驴技穷了！”于是，他下令举火烧掉那口黄木箱子。

箱子一碰到火“呼”地一下烧着了。山野顿时一片火焰，到处是噼噼啪啪的爆炸声。

司马懿吓得爬上马背，夺路奔向山下，勒住马缰回头一看，漫山丛林烈焰腾腾，只听到手下兵将们惨痛的哀号，他顿足长叹：“诸葛亮，我又中了你的计了！”

原来，诸葛亮这回在木箱里装的是硫黄和炸药，内中藏着引信，连着事先备好的炸药包。

司马懿接连吃亏后，再也不敢轻举妄动了。于是，姜维彻底摆脱了敌军的纠缠，平安撤退，便公开为诸葛亮发丧。

☆ 诸葛亮：三国时期蜀汉丞相。被誉为“智慧之星”。

智败吕布

曹操的父亲路过徐州，被徐州兵杀害了。他为了报杀父之仇，亲自率军前去讨伐。正当两军相持不下的时候，他的部将叛变了，原来吕布把他的老窝给端了。真是风云突变，曹操哪儿还有心再去打徐州，就十分火急地连夜退兵去对付吕布了。

将士们见他们的老窝濮阳城都被吕布夺去了，一片惊慌失措。

曹操安慰大家道：“吕布有勇无谋，又反复无常，这种人没什么可怕的！我定亲率众将士力克濮阳，夺回大本营。”

众将士经曹操这么一说，精神振作起来，把濮阳城给围起来了。

吕布骁勇无比，将城守得固若金汤。

曹操怒火中烧，整日挑战。

两军对峙多日，曹操见粮草难继，攻城不下，急得团团转。正在这时，中军进帐禀报："濮阳富商田氏差人求见。"

曹操知道田氏是濮阳首富，不说别的，家里的奴仆就有几千名。他拆信一看，上面写着："吕布残暴不仁，我家的生命财产竟无保障。最近他新纳小妾自顾寻欢作乐，把守城的事交给部将了，万望趁机速来，我们愿为内应。"

曹操看完，拍着信，高兴地说："天助我得濮阳！"当即约定第二天夜晚三更，东城门举火为号，打开城门夜袭吕布。

参军提醒道："这莫是吕布用的反间计？"

曹操说："这田氏与我是故交，他慷慨拿出钱粮资助过我，是自己人，不必多疑！"

第二天三更时分，曹操带着将士偷偷来到东门，隐隐约约见火把亮起，与约定的信号相符，他就到了城下，接着城门大开，吊桥落下，曹操一马当先，率众向城内冲去。谁知队伍刚进了一半，东门却猛一下放下千斤闸给关死了。突然一声炮响，火光底下不知道钻出来多少伏兵。

曹操一想，难道田氏做内应是假的吗？他哪儿知道田氏走漏了消息，被吕布将计就计，为消灭曹操布置了圈套。

曹操见吕布率伏兵两面夹攻，自知中了吕布之计，慌忙下令突围。

将士们见城门紧闭，就四散逃命。

曹操东逃西窜，跟自己的将士们失散了。他听说东城门已经烧坏，想从那里冲出去。火光里，吕布挺戟跃马来追，他急将头盔用力捺下遮住脸面，纵马加鞭躲逃。

吕布拍马赶来，用长戟在曹操的头盔上敲了一下，喊道："喂，我问你，曹操在哪儿？快说！"

曹操把脑袋一缩，用手朝相反的方向一指，说："瞧，那个骑黄马的就是。"

吕布信以为真，放马追了过去。

曹操遇上了营救他的部将，顶烟冒火，才逃出城去。

将士们看到曹操的眉毛、头发都烧焦了，纷纷上前来探望、问安。

曹操仰起头，哈哈大笑道："我太心急了，中了吕布那匹夫的奸计，待我也以其人之道还治其人之身，当夜夺回濮阳城！"

众将士望着曹操受伤的样子，面面相觑，大惑不解。

参军笑道："主公的意思是诈称被火烧伤过重而亡，举军发丧挂孝，引吕布上钩乘机来攻。我们在四周埋伏，围住歼灭他。再趁吕布不能回兵之时，派精兵占领濮阳城。"

众将士恍然大悟，忙分头紧急行动。

吕布自以为得计，扬扬得意，又听到曹操已死，曹营发丧挂孝的消息，高兴得手舞足蹈，当夜初更时分，就倾城出动，杀奔曹营而来。

当吕布率军走到半路一座山坡时，一声炮响，伏兵突起，吕布的军队被截成两段。

吕布一见中计，惊慌失措，仓皇迎战。

仇人相见，分外眼红。曹兵报仇，奋勇杀敌。吕布拼死冲杀，才领着残兵败将突出包围圈。等他逃到濮阳城下，城头上早就插上了曹军的旗帜。

吕布自知中了曹操的调虎离山计，只好落荒而逃到他处。

☆ 曹操：三国时期魏国丞相，著名的政治家军事家、文学家。

智服张飞

张飞勇猛无比，他双手能举千斤石，大喝三声水倒流，在千军万马中拼杀犹如进了无人之地。人们敬畏他，他就觉得自己不可一世，眼睛似乎长在额头上，谁都瞧不起。他的妻子赵夫人担心长此下去，会对丈夫不利，就寻找机会开导他。

这一天，张飞又要出征了。

赵夫人说："你出征前能不能替我办一件事？"

"是担山，还是填海？"张飞大大咧咧地问。

"不担山，也不填海，可这件事比担山填海还难。"

张飞把络腮胡子一捋，说："世上没有难得住我张翼德的事！"

"那不见得吧。"赵夫人拿出一根绣花针和一根红纱线，递到张飞手中说，"你就帮我穿根针吧。"

张飞哈哈大笑："穿针引线，是人就能干。这还能难得住我吗？"他说完，蒲扇大手捏针拿线，左戳，左不进针眼，右戳，右不进针眼，戳来弄去，那纱线比针眼还粗了，气得他双眼圆睁，摔下针线说："夫人，你这是故意难为我！线比针还粗，如何穿得进去？"

赵夫人说："你不是夸海口，说世上没有难得住你的事吗！"

张飞被问住了，他喘着粗气说："我使丈八蛇矛得心应手，难道就不会穿针！"接着，他又抓针捏线，乱戳一通，结果还是没穿进去。张飞空有浑身气力使不上，急得嚷开了："这如此小玩意儿，硬是难倒我了！"

赵夫人"扑哧"一笑，说："我听人讲，打鱼熬糖，各专一行。你有你的学问，我有我的功夫。世上有三百六十行，行行都有状元，有道是隔行如隔山。夫君挥舞蛇矛人叹服，可穿绣花针就没我在行啰！"她边说，边把被张飞戳蓬松的线头放进嘴里沾湿，轻轻用指一捻，对准绣花针眼，一下子就把针穿上了。

张飞看在眼里，心里并不服气。他正色对夫人说："你这婆婆妈妈的小技，算什么行当？"

"那你说什么算行当？"赵夫人反问道。

"眼下群雄并起，要么就运筹帷幄，决胜千里，要么就驰骋沙场横扫千军如卷席。"张飞回道。

赵夫人听罢，不以为然地说："别看你自己觉得勇猛过人，恐怕还不是我的对手哩！"

张飞听罢，仰天大笑："我一个舞丈八蛇矛的男子汉还不是拿绣花针的女流之辈的对手？那真是天大的笑话！"

"那我们不妨比试比试看！"赵夫人道。

"比文的？还是比武的？"

“听你口气，只有你气壮山河，那我们就比力气吧！”

赵夫人左右环顾了一下，对张飞说：“这石鼓上有一只蚂蚁，你能打死它吗？”

张飞一捋胳膊说：“这有何难！”他握起拳头，“咚咚咚”一连三拳，擂得鼓冒火星，拳头发麻，定睛一看，蚂蚁还在爬。

赵夫人朝张飞看了看，说：“请看我的。”她用一个指头，轻轻地一按，蚂蚁就被按死了。

张飞见夫人赢了，嚷道：“这点儿功夫不算。”

赵夫人笑着说：“不算就不算，重来。”她引张飞来到门口的小河边，顺手拣了一根稻草，递给张飞，请他扔到河对岸去。

张飞使足了吃奶的力气，把稻草向河对岸掷去。不料，稻草在空中打了个旋，又飘了回来。他扔了数次都是这样，急得大嚷大叫。

赵夫人看了暗暗好笑，说了声：“你来看！”只见她把这根稻草插在一捆稻草中，举起来“呼”的一声，便扔到了河对岸。

张飞看了，惊得目瞪口呆，赞叹道：“想不到拿绣花针的贤妻神力无穷啊！”

赵夫人道：“不是我神力无穷，而是比你有心劲儿。往后，你带领千军万马，光逞匹夫之勇不行，一定要记住‘三人行，必有我师’的古训，扬长避短，就会百战百胜。你眼中常常有他人，他人眼里才有你啊！”

张飞翻起眼一想，心里明白了夫人的全部用意，赶快拱手对夫人道：“有贤妻三番开导，我张翼德做人心里就有数了！”

☆ 赵夫人：三国猛将张飞的夫人。

智惩地痞

张飞驻守古城后，有一个叫张猛的屠户，仗着有点儿武艺，又和张飞同姓，逢人便说自己是张飞的同族兄弟，在一起干过杀猪宰牛的生意，更加狐假虎威地干起欺行霸市的勾当来，人人都恨他这地痞行径，无奈敬畏张飞，拿张猛没有办法。

一天清早，一位老汉赶着一头大肥猪来到张猛的肉铺要卖。张猛估过价后，叫老汉把猪赶到后院猪圈里去。待老汉返回店堂向张猛要钱时，张猛恶狠狠地对老汉说：“你这老不死的，找我要什么钱？”

“卖猪的钱啦！”

“大清早，我还没有开张，哪里见你的什么猪？真是混账！”

老汉急忙申辩道：“我的猪不是你叫我赶到你家后院猪圈里去的吗？怎么转眼就不认账了呢？”

张猛一阵冷笑后，说：“我家后院猪圈内的猪多得很，哪一头是你的？识相的，快离开我这里，不识相，当心打断你的腿！”

老汉哀求道：“这头猪是我父女俩的命根子，指望卖了它换粮食活命，你要讹去，不是要我们的命吧！少给点儿钱就行，可别赖去呀！"

"什么？"张猛双眼一瞪，厉声厉色地道："老子今天就是赖账，你还敢在太岁头上动土不成？"

"老朽我不敢！只求掌柜的行行好。"老汉落泪央求着。

张猛不耐烦地一挥手，叫道："伙计们！还不赶快把这刁老头给我赶出去？一大早在此哭丧，晦了我们发财哩！"

可怜的老汉被张猛赶出了肉铺。

老汉眼睁睁见自己的"养命猪"被恶人赖去，伤心地在十字街口放声大哭。过路人问明原委后，个个都骂张猛这个地痞是个缺德鬼。

有人劝老汉："别哭了，张猛这样欺人，还不快去告官！"

也有人摇摇头说："听说那张猛和张飞将军联宗哩，怕是告不成！"

还有人说："张飞将军嫉恶如仇，对这样的恶霸，他不会不管的！"

古城内的做买卖的都劝老汉道："你就大胆去告张猛，我们帮你作证！"

老汉走投无路，只好拿定主意去告张猛。

张飞正在后堂读兵书战策，忽听有人击鼓，便升堂审理。

老汉颤巍巍地走进大堂。

张飞生来粗喉咙大嗓子，见老汉走上堂来，大吼一声："喂！你有何冤枉？状告何人？"

"老汉有冤，状告屠户张——"

张飞一听犯了忌讳，不由自主地"嗯"了一声。

这一"嗯"不要紧，吓得老头不敢再往下说了，心中暗想："果然如此，这张猛是告不得的。"便抱头痛哭跑下堂去。

张飞见此状，心中十分纳闷，心想："这老头，怎么抱头痛哭跑下堂去，这里面必有缘故。"他大吼一声："还不赶快把老头给我追回来！"

役卒们追上老头，一把抓住老头问道："你这老头，有何冤屈，怎么话未说完，就抱头痛哭跑下堂去？"

老汉说："军爷呀，你们没有看见？在大堂，大人问我状告何人，我刚刚说了个'状告屠户张——'，那'猛'字还未出口，大人就怒目圆睁'嗯'了一声，吓得我怎么敢再往下讲呢？"

役卒这才明白，叫老汉回来，先站在大堂外，他们进去向张飞禀报。

张飞见役卒们回来忙问："你等可将那老头追了回来?!"

"三爷，追是追回来了，只是那老头不敢再告了！"

"为什么不敢再告了！"

"三爷！这老头状告城西屠户张猛，你看人家刚说了个'状告屠户张——'你就怒目圆睁'嗯'了一声，吓得老头怎敢再往下讲！"

张飞听罢，哈哈大笑："啊！原来如此呀！老汉现在何处？"

"现站在衙门外面！"

“叫他上堂！待我再审、再问！”

役卒走出来，对老汉说：“老头不要怕，有啥冤，有啥屈，快上堂去向三将军诉去！”

老汉随役卒走上堂来，把张猛赖账不付猪钱的事一五一十地给张飞讲了一遍。

张飞听了气得“哇哇”直叫，大吼一声，命役卒快把张猛带来。

役卒很快就把张猛带上堂来。

张飞按住性子，问道：“你可是张猛？”

“正是小人。”

“你为什么收了老汉的猪，赖他的猪钱！”

“小人今早开门尚未收一头猪，这老汉怕是老糊涂了吧，就跑到我家肉铺要猪钱。”

那老汉急忙说：“我的猪，在你家肉铺估价后，你叫我赶到你家后院猪圈内，怎么说我混账呢？”

就这样，一个说交了猪，没付钱赖账，一个说没交猪，要来混账，又没有第三人证明，张猛和老汉在大堂上争个不休。

张飞见两人各执一词，又没人证、物证，感到左右为难。他想了想自己当年以屠户为业，那生意场上的勾勾扯扯见得太多了，看到张老汉那可怜巴巴的样儿和张猛那蛮横的劲儿，猛生一计，对两个喝道：“你们争来争去没有眉目，待我前去肉铺断案。”

人们听说张飞要到肉铺断案，都十分惊奇，纷纷涌到张猛肉铺看个究竟。

张飞来到张猛肉铺后院，来回看了一看，问：“张猛，这就是你家猪圈？”

“是。”

“你的猪喂得不错呀！”

“大人过奖！”

张飞抓过搅食棍在猪槽内搅动着问道：“你喂的什么食水？猪长得那么肥？”

张猛回道：“全是粮食碎过拌的饲料。”

张飞听后，“啊”了一声，又问：“今天可曾喂过？”

“伙计们已经喂过。”

“喂过多长时间了？”

“快三个时辰了。”

那老汉见张飞和张猛像叙家常般问长问短，心里凉了半截子：这回算告不赢了！太不该告张大将军的本行本家哩！

正在老汉犯嘀咕的时候，张飞问道：“你的猪可是你亲自喂食？”

“正是老汉亲手所喂。”

“你今天来卖以前，可曾喂过？”

“不瞒大老爷！虽说我们农家小户没有什么可喂，可想增些斤两，小女挑野菜伴残水昨晚喂了一夜哩！”

“你将你那猪子唤出来吧？”

“是。”那老汉操起平时唤猪的腔调，不一会儿就把他的猪唤出来了。

张猛慌了，忙说：“这头猪不是他的。”

张飞不睬不理，跳过去用搅食棍拨弄老汉所唤猪的粪后，大吼一声："张猛，给三爷我拿刀来，老子今天重操旧行，宰了刚才老汉唤出的那头猪，看它究竟是谁的！"

张猛一见张飞十分内行，哪等上拿刀宰猪见分晓，吓得忙跪下求饶："三爷呀！小人知罪！"

"大胆张猛，竟敢欺诈百姓！来呀，给我重责五十军棍！"

街坊四邻一见张飞禀公办案，纷纷控告张猛平日里的劣迹。当有人说到张猛冒充张飞本家时，张飞怒冲冲地道："既交我这个本家，三爷我就当一回你的家。全圈的猪变卖，向被欺诈的人赔偿，另戴枷示众三天，叫人认认你是我真本家还是假本家！"

老汉和受张猛欺负的人收到赔偿，又见惩罚了恶人，一个个兴高采烈，把张飞敬得像天神一般。

☆ 张飞：三国时期蜀汉大将，以"威武勇猛"著称于世。

智请孔明

书上都说，诸葛亮是刘备三顾茅庐请出来的，其实，他是中了猛张飞的计哩！

刘备兄弟三人两次到隆中，都没碰见诸葛亮的面。他决定第三次去卧龙岗。张飞十分不乐意，很不耐烦地说："什么事只有再一再二，哪有再三的道理？"

刘备说："只要能把诸葛先生请出来，哪怕把腿跑断也心甘情愿！"

张飞见大哥决心已定，二哥又闭口不言，也只得将满腹怨气闷在肚子里。他心里想，这回只要见着人，就是拖，也非把他拖下山不可。

这天，北风呼啸，雪花飘飘。刘备兄弟三人来到卧龙岗，老远就下了马，步行来到茅庐前，对迎出来的书童说："小兄弟，请你禀告卧龙先生，就说刘备来拜访他。"

"哎呀，先生正在茅庐里睡觉哩！"书童答道。

张飞听说诸葛亮在家，忙上前粗声大气地催道："快喊你家先生起来，我们是第三次来请了。"

刘备心想今天总可如愿以偿了，听到张飞大声吆喝，急忙瞪了他一眼，轻声慢语地对书童说："千万不要惊动先生，我们在屋外等一等。"接着他吩咐关、张二人把马拴在老远的树上，千万不要惊动了主人。

他们等了很久，诸葛亮还迟迟未醒。张飞忍不住了，偷偷地转到茅庐后面，把揣在怀里的一挂鞭炮点着了。

刘备、关羽忽听鞭炮炸响，十分惊奇，正想看个究竟，只见张飞在嬉笑。

刘备一想准是张飞干的，厉声喝道："三弟，不得无礼胡闹！"

张飞默不做声，只顾扒着窗户朝里望。他见诸葛亮翻了个身，扭过脸又睡了，急得直跺脚，对刘备说："大哥，我不信通天响的鞭炮惊不醒先生，分别是他不识抬举，故意装睡拿架子，不如一把火烧了这茅棚子，看他醒也不醒！"

刘备制止张飞道："休得无礼，快站下去。"

这一切，诸葛亮躺在床上听得清清楚楚，暗暗为张飞的冒失劲儿发笑，也深深为刘备兄弟三人的诚心所感动。于是，他急忙起床，更衣后，彬彬有礼地将客人请进了茅庐。

刘备和诸葛亮一见如故，直谈到轻言细语的地步。

张飞看到天色不早了，就跑到茅庐门前催道："大哥，该动身了！"

刘备和诸葛亮越谈越有劲儿，好像根本没听见张飞的阵阵催促声。

张飞心想：有话回去谈也不晚，偏在这里没完没了！我设计把他们诓出门来，便可立即动身。他主意拿定，转到茅庐旁边的柏树林里，大声吼道："哎呀！老虎！"说着，操起丈八蛇矛匆匆地追了一大圈，回到茅草庐门口一看，见诸葛亮还是四平八稳地坐着跟刘备说话。

诸葛亮见张飞倚在门口，笑着问："张将军，打着老虎了吗？"

"跑了，跑了！"张飞一本正经地说。

又停了一个时辰，张飞忽然又高叫道："哎呀，龙在空中飞哩！"说着，弯弓搭箭，故意朝草庐里嚷道："看我射龙！"

诸葛亮在屋里又笑着说："张将军，不到二月二，龙还没抬头哩！可别无的放矢呀！"

张飞一想，可不是，眼下不正下着雪嘛！

刘备也觉得张飞的举动好笑，忙对诸葛亮解释说："我这三弟是个粗人，哪能诓得了先生！他只不过像我一样，求贤若渴，巴不得想办法让先生立即跟我们下山去。"

诸葛亮说："我看张将军粗中有细，磨炼一番，是员好将。他适才几番试探我的心机，难得他用心良苦啊！"

"先生过奖。"刘备连连摆手说。

"我打心眼里喜欢他这种人。"接着，诸葛亮对张飞说，"假如张将军当即想个办法让我走出这茅庐，我便即刻随你们下山去！"

等在一旁长久不语的关羽听到这话，连声说："先生可当真？"

还没等诸葛亮答话，刘备正色对关羽说："诸葛先生与三弟逗着玩的，你别乱插杠子打断我们谈正经事！"

关羽看刘备正经八百的样子，不再言语，转身去照看几匹马。张飞却顶起真来，说："诸葛先生乃是正人君子，哪会有戏言！既然先生有意考我，我也愿试一试！"

刘备刚想瞪眼斥责，诸葛亮笑着说："就依张将军吧！"

刘备怕张飞再作纠缠，忙说："还不快站远点儿！"

张飞话虽出口，心里却打起鼓来；刚才三番两次用计，均被诸葛亮笑谈之中识破，还有何策呢？他想呀想，无计可施，急得他漫山遍野瞎转。这时，风更紧，雪更大了。张飞来到一块巨石旁，见内凹处可避风躲雪，就钻进去，他想到设计请孔明的事无着落，气得胡子直翘。经过再三琢磨，陡地他心里豁亮了，飞快地跑进茅庐，向诸葛亮施礼道："先生你实在是比老张计高一筹。你在屋里我实在无法诓你出门，我寻思了半天，要是你在门外，我定能诓你进去，不信试试看！"

诸葛亮望着刘备笑了笑，走出了门。

张飞上前一把拉住了他，说："先生，请上马吧！"

"你还没把我诓进屋呢!"

"进屋后,你与我大哥又说个没完没了的。天色已不早,快上路吧!"

诸葛亮会心地一笑,说:"闹了半天,我中了你的计啦!"

刘备见此,躬身下拜,道:"卧龙先生此番若不同我们兄弟出山,我们只好在风雪地里等下去了!"

诸葛亮见刘备兄弟们三顾茅庐,一片诚意,就爽快地答应说:"承蒙将军不弃,我愿尽力效劳。"

张飞一听,忙喊过关羽帮助诸葛亮收拾行囊,亲自扶诸葛亮上马,说着、笑着,一同下了山。

☆ 张飞:三国时期蜀汉大将,以"威武勇猛"著称于世。

智解兵法

张飞经过三试诸葛亮,十分折服。诸葛亮也觉得张飞既豪放又精细,格外喜爱,一有空暇,便共同切磋兵法阵要,两人格外默契。

诸葛亮火烧博望、新野后,刘备营中上下无不佩服他用兵出奇制胜。

一天,众将聚会,话匣子一开,就谈诸葛亮如何用兵。张飞亲临现场,侃侃而谈道:"军师把《孙子》兵法十三篇中精髓'计、谋、攻、战、形、势、虚、实、争、变'十条灵活运用,审时度势,十分精通,哪有不打胜仗的道理!"

关羽因两次出战,都派出去埋伏待援,还没等他上阵,就大败了曹兵,听到张飞畅谈军师用兵时,当面请教道:"军师布军如神,火烧博望,四面围住用火攻,大胜而归,而火烧新野却在三个城门施火相围,留在东门放生,同样大败曹兵,不知两番火攻奥妙在什么地方?"

诸葛亮笑而不答。

张飞道:"我随征出战,对先生的奥妙略知一二,不知对否?"

诸葛亮说:"三将军有什么高见请讲,何必过谦。"

张飞说:"请军师取过文房四宝。"

诸葛亮照办。

张飞抓过笔纸,信手画了一个大圆圈和一个大半圆圈,里面写着一个"兵"字。

关羽一听,忙说:"三弟,我在当面问先生请教,你信手涂鸦,为的哪般?"

张飞笑道:"适才二哥问军师两次火攻,大败曹兵的奥妙就在这圈内。"

关羽瞪直了双眼。

诸葛亮含笑不露。

张飞手指那个大圆圈道:"军师火烧博望,四面围敌,乃围点打援之术。"接着,他又手指那大半圆圈,道:"火烧新野时三面放火,留东门放生,是为了扰乱敌兵军心,他们争相从无火之门逃出,必然自相践踏,用不着我们赶去厮杀,就会乱成一锅粥,假若四个城门同时火攻，敌兵十万在城内作困兽犹斗，我们万把人哪是对手！军师用兵妙就妙在两番火攻，视不同地形、敌势灵活处之。”

关羽仍向诸葛亮刨根问底。

诸葛亮笑道：“举凡用兵，应弄清道、天、地、将、法五事。娴熟于心，随势而变，必然取胜，若是半瓢水，必败无疑！兵法阵要虽说奥妙无穷，我看倒是三将军画圈妙解得明白！”

张飞哈哈大笑道：“二哥，我画圈释兵法这一手，也是军师教的哩！”

诸葛亮笑道：“三将军真会取笑人！我们切磋过无数次兵法阵要，何时与你画过什么圈啊！”

张飞长笑不止，道：“军师别健忘！我和二哥却记得你画圈送婿的趣事哩！”

诸葛亮想到自己当年帮助大名士黄承彦寻找女儿，黄老先生在八月十五正圆时在纸上画了个半圆圈，后来诸葛亮帮助找到了黄老先生的女儿，提笔把圆圈画圆了，是自己识破其中含义，当场叩拜岳父，做了黄承彦女婿的趣事，看到张飞如法炮制作新解，笑得不亦乐乎。

关羽经张飞一提醒，笑道：“看来三弟深受军师教益，把军师的一举一动都悟来妙处！可嘉！可嘉！”

张飞道：“我这只是戏解军师用兵之道，他肚子的货没有底，哪是我说得透的呀！”

诸葛亮从张飞画圈妙解释兵法这事上，看到他着实思敏过人，对他更加深了好感。

☆ 张飞：三国时期蜀汉大将，以“威武勇猛”著称于世。

智取赈粮

这年天下大旱，古城的财主、奸商们趁机抢购、囤积粮食，许多百姓都揭不开锅了。坐镇古城的张飞一心想周济穷苦百姓，可惜自己军中的粮食也不多了，本想派兵开仓济贫，却又一想，为何不智取赈粮哩！他主意既定，就让护兵四处张贴告示，说某月某日要审石头。并在告示上写道：女娲娘娘炼石补天时，共炼石三万六千五百零一块，而只用了三万六千五百块，没用的这一块心怀不满，经过几千年的修行造化，成了精，如今兴妖作怪，使天下大旱。

人们看到告示后奔走相告，都想亲眼看看张飞怎样审成精作怪的妖石。可是告示上规定，看审妖石须提前交纳百担谷子。

张飞审石头那天，穷人家因出不起谷子，不能问津。那古城的百十户财主、奸商为了看稀奇、饱眼福，都如数送来了谷子。

县衙正堂中央，五花大绑着一块半人高的青石头，张飞手执马鞭，连抽带骂，可那石头纹丝不动，一声不响。

在场的财主、奸商们怀疑自己出了谷子，被张飞哄骗了，问道：“军爷，你贴的告示上说这石头兴妖作怪就该有灵性呀，怎么它不说话呀？”

张飞见这帮子人大旱之年寻开心，如在往日早已暴怒，今日里却只好耐着性子对看审石头的人拱手，道："这妖石自恃千年得道，顽固不化，原想让它供出兴妖作怪的罪行，现只有将它碎尸万段！"他说完，丢下马鞭，挥起自己的乌龙鞭，把青石抽打个粉碎。

看稀奇的财主、奸商们见碎石碴中竟有一副血淋淋的心肝肺，一个个目瞪口呆。

张飞令人打开衙门，让百姓们来到县衙。他指着碎石碴和心肝肺说："这妖石兴妖作怪，弄得天下大旱，经我严加审问，不语不答，我已将它碎尸万段，谁知它还有副心肝！"接着，他环眼圆睁，对看稀奇的财主、奸商们鄙夷地道："可这里也有缺心少肺为富不仁的家伙，趁干旱之年发昧心财，当心惹恼了张三爷，也叫他碎尸万段！"

那伙财主、奸商到了这时，才知道张飞在指桑骂槐，杀鸡给猴看，望着乌龙鞭，一个个揪心剜肝似的、战战兢兢地说："我们愿出粮赈灾。"

张飞看着这些富人畏惧、瑟缩的样子，收起了乌龙鞭，让护兵拿出本册子，让每个人献粮救灾。

这伙财主、奸商在张飞和众民的怒视下，不敢隐瞒，老老实实地报了赈灾的粮数。他们做梦也没想到，张飞事先让人把青石掏空，将猪心、牛肝塞在里面，演出一幕鞭石索粮的戏。

张飞以审石为名得了万担粮食，他全部赈济了古城的穷苦百姓，穷百姓把他当做恩人。上了当的财主、奸商们全被蒙在鼓里，对张飞又敬畏又害怕，再不敢做伤天害理的事了。

☆ 张飞：三国时期蜀汉大将，以"威武勇猛"著称于世。

智赚兖州

东汉末年，黄巾起义，攻城占地，声威很大。

刘备、关羽和张飞见朝廷招募军队，便在涿郡一带招兵买马。有一天，探子来报，黄巾大队要来攻打幽州，刘备被幽州刺史封为正先锋，关羽和张飞封为副先锋，前去破阵。他们探得黄巾人马集中在兖州，离兖州三十里的杏林庄是黄巾军的大本营，由一名叫张宝的和一名叫张麦的统兵二十万驻扎在那里。

此时，幽州刺史接到皇帝的诏书。诏书说，黄巾军如有愿意投降者，前罪均可赦免。幽州刺史便让先锋官刘备持诏书招安黄巾军。

刘备奉命，便带领本部三千五百军，直往杏林庄前下寨。

黄巾军连营数十里，严阵以待。

刘备问众人："面对数十倍于我部的黄巾大军，谁人敢持诏书进入杏林庄去招安？"

当下，张飞应声愿往。

刘备问："三弟，你需带多少兵？"

张飞道："不带一兵一卒。"

当即，张飞单枪匹马，来到杏林庄，直冲而入，把门的军卒拦挡不住。到了中军帐前，立马横枪，看见帐内坐着几十个人，中间一人，正是张麦；帐下五百军卒，擎枪而立。

张麦忽见一个黑脸大汉闯进来，便问："你莫非是探子？"

张飞应道："我乃汉元帅手下先锋军的副先锋官，奉皇帝圣旨，招安你们。若早点儿投降，前罪一概赫免；如若抗拒，全部诛灭。"

张麦听了勃然大怒，高呼左右把张飞拿下。

张飞舞动手中长矛，众军不能向前。

张飞在寨内纵横驰骋，如入无人之地，众军士抱头鼠窜，一时大乱。

正在这时，探马来报，有汉先锋军分为六队，已夺门入寨。

张麦大惊，慌忙弃庄奔走。

刘备领兵占了杏林庄，迎接幽州刺史进寨。

汉军打探到张麦逃到了兖州，与张宝合兵一处。幽州刺史决定前去攻打，帐前问道："谁去收复兖州？"

刘备道："末将愿往。"当下带领人马，杀赴兖州城外，只见城墙高峻，守卫严密。

刘备问道："谁去招安张麦、张宝？"

张飞应声而出，只带了十三个马军，来到城下，叫城上答话。

张麦认得张飞，对张宝道："此人就是只身闯我杏林庄的黑脸汉，勇猛无比，千万不可开城。"

这样，任凭张飞叫骂，张麦、张宝均不出战。

张飞看这架势，忽然心生一计，对众马军道："我等鞍不离马，甲不离身，连日征战，实在是疲惫辛苦，今日就着兖州壕堑之前，柳荫之下，卸甲洗马，好好歇息一番。"随后，便命军士人人卸甲，个个洗马。

城上张麦、张宝看了，觉得是个生擒张飞的好机会。张麦为报前仇，当下领了五千人马，开城冲出。

张飞与十三骑慌忙而走。

张麦奋勇追赶，追了几十里地，碰上了刘备率领的大队汉军从两旁杀出，一阵混战，张麦大败，向后便退。正走之间，林子里冲出关云长。张麦不敢迎战，夺路奔向兖州，来到城下，只剩数十骑人马，急叫开门。

城上的张宝吩咐开城放人。不料张飞早已埋伏在壕边的柳林之中，乘势混入城来，杀死守军不计其数。后面刘备大军跟进，一拥而入，夺了兖州。这便有了张飞大破杏林庄以及洗马赚兖州的故事。

☆ 张飞：三国时期蜀汉大将，以"威武勇猛"著称于世。

智惑敌兵

汉中的张鲁投降了曹操，巴蜀的门户就暴露在眼前。曹操便命令大将张郃率领大军，由汉中进攻巴西。

张飞见敌兵来势汹汹，便率领精兵迎战，以挫锐气。谁知张郃早已抢占有利地势，闭寨不出。

张飞率人前去搦战，张郃命人用礌木炮石还击，占不到任何便宜。

张飞派人在军前百般秽骂，张郃寨中鼓乐大作，充耳不闻。

张飞和张郃相持了近百日，毫无进展。他每日来到张郃寨前饮酒，饮至大醉后，坐在那里辱骂一通归营。

刘备派人犒劳三军，见张飞终日饮酒，心中十分不安，便找来诸葛亮商议。

刘备道："三弟拒敌近百日，每天狂喝烂饮毫无战绩。假若醉酒误事，巴西失守，不但巴蜀危在旦夕，连益州与荆州的交通也要被切断，到头来如何是好？"

诸葛亮笑道："三将军嗜酒成性，成都佳酿很多，何不装几大车让他饮个够哩！"

刘备说："三弟狂饮我怕失事，军师为何还要我给他送酒去呢？"

诸葛亮说："你们兄弟多年，还不知道三将军的为人吗？主公，怎不记得他佯装醉酒破忠州收严颜的事嘛！我想三将军借酒辱骂敌兵，并非是贪杯，而是诱敌之计哩！"

刘备说："虽然如此，还是小心为好！"

诸葛亮道："我看三将军与敌兵相持近百日，天天观阵，早已掌握了敌兵活动的套路，待我再助他一臂之力，请主公就等捷报吧！"

"此事就仰仗军师了！"

于是，诸葛亮就派人前往张飞营中送酒，还在装酒的车上插着"军前公用美酒"的大旗，一路招摇。

张飞见军师公然送酒，心照不宣。他将酒坛子全部摆在帐下，命令将士开怀畅饮。

有探子将这个消息报告了张郃。

张郃亲自瞭望，只见张飞坐在帐下狂饮不已，还有兵卒摔跤助兴。他心中暗喜："蜀营上下醉酒，不破巴西更待何时！"他当即传令，乘月上东山，前去劫营。

当夜，张郃倾全部人马直杀入张飞营中。

张郃借着微明的月色，见张飞还在帐中饮酒，他纵马投枪，一枪下去，却是一个草人。

张郃连呼"中计了！中计了！"还没等他急勒回马，一阵连珠炮响，张飞跃马挺矛，拦住退路，直杀过来。

张郃心惊胆战，不等交手，就落荒败走。张飞趁他首尾不能相顾，夺了张郃的军寨，杀得敌兵如落花流水。

张飞大获全胜，搬出诸葛亮送来的美酒犒赏三军。原来，他公然饮的是茶水，故意以旁若无人的样子骗得敌兵倾巢而出，施计智败了张郃。

张飞看到击败了进攻巴西的主力，欣喜异常，开怀畅饮。喝到兴头上，跳上马背，挺起丈八蛇矛在山崖上立铭。

至今，在四川流江县的一个摩崖上，那"汉将飞，率精兵万人，大破贼首张郃于八濛，立马勒铭"的22个大字仍令人神往。

☆ 张飞：三国时期蜀汉大将，以"威武勇猛"著称于世。

智慑曹兵

张飞用计把曹军名将张郃打得丢盔卸甲，落荒逃回。

主帅曹洪十分震怒，要把张郃推出斩首谢罪。多亏众将力保，才免张郃一死。

张郃想戴罪立功，就向曹洪禀告说："我虽中了张飞奸计战败，可相持百日，也探得他一人镇守三城，首尾不能相顾，如能三路同时进攻，张飞就是有三头六臂也难以招架！"

行军司马连声附和道："用这高招，张飞力不从心，必败无疑！"

曹洪一想，这下子让张飞三城来回奔命，不战败也要拖垮他，便重拨精兵，叫张郃领命从三路组织强攻。

张飞的参军见状，火急火燎地对张飞说："有道是一手难遮两条鱼，张郃三路来攻，如何是好？"

张飞捋须，笑道："谅他一个败军之将，早已闻风丧胆，三路来攻，有何惧哉！待我略施小计，让他夹着尾巴滚回去！"

曹兵气势汹汹向张飞第一座守城攻来。

城内寂静无声。

曹兵正疑惑中，突然战鼓大作，城门大开，一个身材魁梧的将军，骑一匹大黑马，手举丈八蛇矛，高声叫道："燕人张翼德在此！不怕死的就上来！"

曹兵知道张飞的厉害，连忙撤退。

曹兵马不停蹄地向张飞第二座守城攻去。

城头刀枪林立，四面"燕人张翼德"的大旗分插在四方城头。

曹兵见了，怕与张飞交手，又喊叫着退走了。

两路细作告诉了张郃这一战况，张郃想：难道张飞有分身术不成？第一座守城，他亲自出战，第二座守城有他的大旗，那第三座守城必然空虚，便亲率众兵伺机攻城。

果然，第三座守城上守兵稀稀拉拉的。

张郃暗喜，正要发动进攻，忽然，后阵听到连珠霹雳炮响，尘土飞扬，张飞跃马挺矛，风驰电掣一般冲杀过来。

张郃见了，知道又中了张飞的疑兵计，慌忙夺路而逃。他逃到东边，东边展出"燕人张翼德"的大旗；他逃到西边，西边闪动着"燕人张翼德"的大旗；他逃到南边和北边，都有"燕人张翼德"的大旗飘扬。他左冲右突，吓得不敢迎战，所带的队伍来回疲于奔命，早已丧失斗志，张飞趁势追杀，又大败三路曹兵。

哪儿来的这么多张飞呢？

原来，张飞知道曹兵只要听到自己的名字就闻风丧胆，就特制作了几十面"燕人张翼德"的大旗，交给另外两座守城的部将，用声威去震慑敌人，自己专寻张郃交战，曹兵主将败走，另外两路人马便不攻自退。

☆ 张飞：三国时期蜀汉大将，以"威武勇猛"著称于世。

智借敌箭

曹洪见张郃接连战败，便亲自上阵，攻打张飞。

张飞见曹洪人多势众，闭营不出。

曹洪轮番搦战，张飞就令军士放箭射回。

这一天，曹洪又来搦战，张飞又叫放箭，参军报告说："库中飞箭已用完，运军需的木牛流马才从成都上路，无箭可再射敌兵了！"

张飞哈哈一笑，道："活人还能叫尿憋死！当年军师能草船借箭，难道我老张就不能就地取箭！"他当即唤过中军官，亲写战书，约曹洪连夜交战。随后，他命令军士在城楼上插遍旌旗，在旗子后面扎满草人。

曹洪见张飞下战书约他夜战，虽心中疑惑，但想到兵强马壮，夜战张飞也可稳操胜券，便率众前来攻城，发誓要活捉张飞。

张飞见曹洪率众来攻城，当即传令："参军赶快挑选一千名精兵，到城头去扶正草人，掌稳旌旗，其余将士，都到自己营里休息！待天亮时，全部带弓携弩，杀他个曹洪人仰马翻。"

参军疑惑不解，问："将军不是约曹洪前来交战吗？一千守兵岂不是太少了？"

张飞用手一指参军道："你把心放进肚子里去吧！到时让军需官助你就够了？"

参军接过令箭，满腹狐疑地走了。

曹洪连夜前来会战，远远望见城头上旌旗林立，人影闪动，怕又中了张飞的计，就来个先下手为强，下令射箭，先行进攻。

可是攻了几个时辰，城头上依然旗帜整齐，守军不乱，先锋官向曹洪献计说："大帅，恐怕是我们离城楼太远，箭射不到他们吧。我看再调万名马弓手朝城上放箭，一定可以取胜。"

曹洪咬咬牙，立刻又命万名马弓手近城放箭。

一时万箭齐发，守城上像是下了一阵箭雨。这时，再看城上，旗帜、人影倒了许多。先锋要乘胜攻城，曹洪怕中了张飞的圈套，拍马绕城听动静，只听城内鸡不飞、狗不叫，哈哈大笑道："我们马步弓箭轮番放箭，张飞再有本领，也难守城啦！快架云梯，冲进城去！"

曹军见城内毫无动静，纷纷向前，攀梯上城。

突然，响起了惊天动地的战鼓。

曹洪慌忙向城楼望去，只见张飞亲擂战鼓，随着鼓点，原来倒下的旗帜又重新竖了起来，城上站满了军士，接着，万箭从天而降，炮石盖地而滚，曹兵还没弄清是怎么回事，就死的死，伤的伤。

原来，张飞见城内缺箭，就用了孔明草船借箭的计策，在城楼上扎了草人，竖了旌旗，趁夜晚曹兵分不清真假，一个劲儿地放箭，利用草人来了个城头借箭。他又乘曹兵自以为得手前来攀墙攻城之际，用借来的飞箭再射曹兵，弄得曹洪不知所措，慌忙退兵，张飞带领城内兵马出城追杀，打得曹洪如落花流水。

曹操得知张飞城头借箭败曹洪，觉得这计谋比孔明草船借箭还绝，对张飞用兵出奇制胜十分折服，再不敢贸然发兵攻打张飞镇守的地方了。

☆ 张飞：三国时期蜀汉大将，以“威武勇猛”著称于世。

智擒敌将

刘备占据了徐州之地后，为了扩大势力，想联合袁绍共同讨伐曹操。

曹操得知这一消息，命令刘岱、王忠二将分头进攻徐州。

刘备便派关羽迎战王忠，张飞迎战刘岱。

双方摆开了阵式。

王忠策马来到关羽阵前挑战，两马相交没有几个回合，关羽拨马便走。王忠见状心中暗喜：人们都说关羽是如何了得，今日一看原来是个无能鼠辈，待我生擒活拿献于丞相帐下，好好显显我的能耐。他急催战马捉擒追杀。

关羽突然回手一刀，直向王忠脑袋劈去。

王忠拦截不住，勒马奔逃。

关羽放马过去，左手倒提青龙偃月刀，右手揪住王忠的甲绦，一把提了起来，王忠活生生地被擒住了。

刘岱听说了这一消息后，自知也不是猛张飞的对手，便龟缩在营中，坚守不出。

眼见得关羽生擒了王忠，立了头功，而刘岱据守深垒不出战，急得张飞每天阵前叫骂个不停。

刘岱当年为兖州刺史，虎牢关讨伐董卓时，曾见过张飞战吕布的神威。张飞越是叫骂得起劲儿，他越是偃旗息鼓不予理睬。

张飞见终日挑战不奏效，强攻又不可取，夜晚便重观《孙膑兵法》。他从孙膑围魏救赵受到启发，决定以假象惑敌，引蛇出洞。

张飞不再去寨前搦战，故意在营中喝酒，佯装成酩酊大醉的样子，命令一偏将去叫战。

这偏将一连七天去叫战，刘岱仍不出营。

第八天，张飞在中军大帐摆出一大坛酒，边饮边唤过那位叫战的偏将，下令道：“今日你务必引出刘岱，不得有误！”

直到夕阳西下仍不见刘岱出营的动静，于是，这位偏将回营交令。

张飞勃然大怒道：“我命你务必将刘岱引出，你怎敢违我军令，拖下去打一百杖！”

这位偏将遭到毒打后，张飞命令亲兵将他绑在军营大门口，怒吼道：“待我今夜三更劫寨出兵时，用你的狗头来祭旗。”

偏将苦苦求情，张飞环眼怒目。

众将见张飞浑身酒气熏天，知道这时候帮那偏将求情全是白搭，也只好默不做声。

天一黑，张飞却暗中指使人有意放掉那偏将。

那偏将害怕张飞喝酒麻木，自己被加害，连夜急急偷走出营，径往刘岱营中去报张飞劫寨的军机，好让刘岱活捉张飞替自己出口恶气。

刘岱知道张飞嗜酒如命，素来脾气暴躁，又见这位降将遍体鳞伤，便对他所说的军机深信不疑。于是，便虚扎空寨，伏兵在张飞前来劫营的必经之路。

不料，当夜张飞却分兵三路，中间佯装劫寨放火，却令两路精兵抄到刘岱的寨后，着火起为号进行夹击。

三更时分，张飞的中路人马抢入寨中放火。

刘岱见张飞中了自己的埋伏，喜不自胜，亲自出战迎敌。

张飞见到火号，亲率精兵先断刘岱的后路，两路人马进行夹击。

刘岱一见偷鸡不成反蚀把米，不战自乱，慌忙夺路而逃，正撞上张飞，狭路相逢，急难回手，战战兢兢。眼见张飞丈八蛇矛刺来，刘岱无奈举刀相迎，交手仅一回合，只听铿锵一声响，刘岱虎口震裂，刀从手中飞出，他被惊呆在马背上。

张飞大喝一声："刘岱还不下马受缚，还待你家三爷爷动手吗？"

刘岱吓得魂不附体，翻身下马跪在地上求饶不止。

张飞见刘岱这个样子，不禁狂笑道："你刘岱装了多日的缩头乌龟，俺老张略施小计布下一个诱饵，你便自己爬出来被生擒了！"

庆功宴上，刘备称赞关羽生擒王忠使用了拖刀计，笑问张飞道："不知三弟生擒刘岱用的何计呀？"

张飞大大咧咧地道："小弟的丈八蛇矛戳不到刘岱这只缩头乌龟，只好饮苦酒施用苦肉计啰！"

据说，后来周瑜火烧战船破曹军诈降时使用的苦肉计，还是受张飞施小计生擒刘岱的启发哩！

☆ 张飞：三国时期蜀汉大将，以"威武勇猛"著称于世。

智选参军

张飞驻守巴郡后，军务忙得实在分不开身，便出榜公开招贤选参军。

榜文发出去第三天，便有三人前来应试。

面试这天，张飞见三个人到了，说："等等，这盘棋下完了，开始面试。"

应试的三个人站着没事，就看张飞与一小校下棋，看了半个时辰，没输没赢，他俩下了个和棋。这时，张飞把手一挥："你们全都退下，喊谁谁上来。"随即，张飞叫亲兵开始喊。喊上来一个，张飞问："我和刚才那位小校下棋的本领谁高谁低？"

这个人回答说："将军和小军校棋逢对手，不分上下。"

张飞听了说："嗯，棋逢对手，不分上下。你先退下去。"

第二个应试者被喊上来，张飞问同样的问题："我和刚才那位小校下棋的本领谁高谁低?”

此人不假思索地说:“当然是将军天下无敌了!”

张飞也“嘿嘿”笑了几声:“天下无敌?你先退下吧!”

其实,张飞的棋艺不如那小校,这三个应试的人都看出来谁高谁低,但第一个说棋逢对手,不相上下就被打发了,第二个干脆恭维说张飞棋艺天下无敌,怕惹恼了他,选不上参军。

第三个人被喊上来,张飞还是同样问:“我和那位小校下棋的本领谁高谁低?”

那人微微一笑,说:“我看将军不如那小军校的棋艺高。”

张飞把脸一沉:“我两个下了和棋,他咋比我强?”

那人不慌不忙地说:“那小军校只守不攻,他在让着将军哩!”

张飞一听,瞪眼喝道:“胆大匹夫,竟敢小瞧我老张。来人,拉下去打20军棍!”

那人说:“慢着!请问将军,我实话实说,身犯何罪?”

张飞拍案站起:“嘿!你还敢质问我老张,拉下去砍了!”

两名武士把那人胳膊一扭,就往外推。

那人并不害怕,长叹一声:“我本想跟着你匡扶正义,救民于水火。没想到你是个爱听好话、不分是非的人。世事如棋局,做大将军的,这样难得部下实情实报,将会死无葬身之地!”

张飞听了,气得哇哇直叫:“把他拉回来,我要亲手杀了他!”说着,哗地拔出宝剑。

谁知那人不怕死,把眼一闭,等着张飞把他杀了。

张飞把宝剑插入鞘里,把参军的委任状递到那人手中,拍了拍那人的肩膀,哈哈笑着说:“好样的,有胆有识,我老张就选你当参军!”

☆ 张飞:三国时期蜀汉大将,以“威武勇猛”著称于世。”

智破命案

花木兰女扮男装,代父从军,屡建战功,官拜总兵。这一天,她刺探番邦军情返回金牛关,口渴难忍,便寻人家讨水喝。

花木兰骑在战马上,突然随风闻到阵阵清香。她抬眼一看,老远处有棵婆娑大树,拍马上前,见一棵高大的茶树正开放着艳丽的花儿,散发着清香。茶树下搭着一座凉棚。她带着一名亲兵叩门相问。

凉棚内住着父女俩。他们见来了位气宇轩昂的将军,忙沏茶款待。

花木兰本打算端起碗来一饮而尽,谁知这茶方近口边,便觉得芳香扑鼻,沁人心脾。她忙看个仔细,只见这茶形似松针,匀称挺直,光泽鲜润,白毫毕露,茶汤清澈明亮,趁热细啜,满口清香,喉底回甘。

花木兰问道:“老人家,此茶令我一望而解饥渴,实在是绝妙佳品,但不知何处所产?”

老汉顺手朝棚外一指,答道:“全系从那茶树上所采摘。”

花木兰道："此茶树如此之神，可惜只有一棵啊！"

凉棚内小女子道："我家几代人为了护住这棵茶树，才没远走他乡。我哥为了护树，惨死在入侵的番兵刀下。"小女子说着说着，呜咽起来。

花木兰忙问缘故。

老汉道："十年前，番兵入侵金牛关路过此处，闻到这茶树散发的清香味，便要砍倒并剖开树心，看看有何灵处？我儿子殊死相拼，才保下这棵茶树。这几年多亏智勇双全的花木兰将军击败番邦，我们百姓才安居乐业。说来也怪，连这老茶树这两年也越发茂盛。"

亲兵一言接过道："这位就是您老人家所说的花将军。"

老汉一听，连忙下拜道："原来是花将军驾到，失敬！失敬！"

花木兰想到百姓们为了护树不惜捐躯，那卫国之情更是气壮山河，十分激动，赶紧还礼道："为了江山稳固，黎民安危，多少仁人志士洒鲜血、抛头颅啊！我部能击败番邦，全靠百姓们的支持啊！老人家所说全家保这茶树的义举，我定以此为便激励三军，奋勇杀敌卫国！"她与这父女俩辞别后，怕这棵老茶树遭害，专门派士兵绕树扎了个大栅栏，还贴出护树的告示。

花木兰护树的事很快传遍边关。当地县令新娶了一个姨太太，听说戍边的花木兰将军十分垂青一棵老茶树，非要看个究竟不可。谁知她看过老茶树后，不知怎么的，突然肚子痛，痛得直打滚。县令请了不少名医，都治不好，末了，一个风水先生说，这姨太太的肚痛，是由于金牛关下那棵老茶树压了她的影子，要想治好姨太太的病，就得砍掉那棵老茶树。

于是，县令就命人去砍树。老汉见县衙门派人来砍老茶树，急忙上前阻拦。县衙的人根本不听。老汉用身子护住茶树，高叫道："要想砍树，我就以死相拼！"县衙的人见老汉碍手碍脚，恼羞成怒，拔出刀就要动武。

县令见此，忙上前喝住道："住手，你们没看到花将军那护树的告示？统统给我回去！"他还上前劝慰老汉道："下人们不知好歹，使老人家受惊了！相信只要花将军的告示在，本官定会为民做主。"

老汉知道本县县令是个当面是人、背后是鬼的贪官，今日见他装神弄鬼，气咻咻地道："谁要想打老茶树的鬼主意，我就与他没完！"

县令斥退了所差之人，赔着笑脸走了。

父女俩与官府的人周旋了一天，精疲力竭，晚上躺下不久就入睡了。

谁知半夜时，忽然闯进一伙强人，个个面戴黑巾，只露双眼，刺杀老汉，要对小女子强行非礼。老汉拼死相搏，救了女儿逃出魔爪。但终因寡不敌众，被强人砍倒。随后，强人又放火焚烧起凉棚和保护老茶树的大栅栏。

火光熊熊，烈焰冲天。突然，传来阵阵马嘶声。花木兰率部赶来，强人闻讯逃走了。

花木兰指挥士兵救火，烈火很快就被扑灭了。她发现老汉的尸体遍体刀伤，惨不忍睹，全身衣衫凌乱不堪，嘴里紧咬着半截手指头，想到小女子报告的详情，知道不是闻风丧胆的外敌所为，心中早已明白了三分。她派士兵守住现场，好言劝慰了小女子一番，天一亮，就赶到当地县衙报案。

县令心怀鬼胎，见戍边的花将军亲自报人命案，无法推诿，只得乖乖地率人前去现场查案。

到了出事现场，县令装模作样地勘查着，花木兰看到县令一只手总是藏在官服袖中，就走上前，冷不丁地一把拽着那只藏着的手道："人命关天，这只手也该派上用场才是！"

县令痛得嗷嗷直叫。

花木兰故作惊讶道："父母官何至如此？"

县令掩饰道："我这只手受伤了。"

花木兰大喝一声："快把死人口中的东西取出来！"

这句话不打紧，吓得县令冷汗直冒。他一眼瞥见老汉口中那半截手指头，浑身颤抖，忙辩解道："那死人嘴里咬的可不是我的手指头啊！"

花木兰听了，冷笑一声道："真是贼不打自招！既然这老汉之死与你无关，你怎么知道他口中有断指呢？来人哪！给我当场验对！"

参军会同仵作从老汉嘴中取出一截断指，正与县令手上的断指相合。

县令只得低头认罪，供认了自己为了讨姨太太的欢心要砍掉老茶树，来明的怕惹事端，就假扮强人，杀人灭口，搬掉绊脚石，以达到砍树的目的。

花木兰将此案呈报给刺史衙门。

刺史申报给朝廷，这县令被就地正法。

小女子见花木兰为自己报了杀父之仇，千恩万谢，待掩埋了家父的尸体后，誓死要投到花木兰帐下效力。

一转眼十年过去了，小女子由于屡建战功，也做了朝廷的武官。

这天，做了武官的小女子班师回到金牛关，来到那棵老茶树下，摸着树上被烧的伤疤，回想起当年的情景，不觉热泪直洒。她悲天怆地，老茶树抖落下饱满的茶子。她细心地将树子捡起，放入贴心锦袋，要将这珍贵的茶子送给早已解甲归田的花木兰。

小女子向朝廷辞了官，揣着心爱的茶树子，千里迢迢赶往花木兰的家乡。她一打听，自己的恩人已谢世作古，葬在家乡的高山上。

小女子在花木兰的墓前长时间地叩拜后，取出那珍贵的茶树子，埋在墓周围。

不知过了多少年，那来自金牛关的茶树子萌芽了，在花木兰家乡的山上枝繁叶茂地生长起来。后人为纪念花木兰，将埋葬花木兰的那座山称为"木兰山"，把这珍贵的茶花树易名为"木兰树"。每到阳春三月，这木兰树就开出艳丽的花儿，十分惹人注目。

☆ 花木兰：传说中的女英雄，以"代父从军"而闻名于世。

智育英才

孟浩然从小聪明伶俐，很受父母的钟爱。他刚到启蒙年龄，家里就聘请襄阳城很有才学的王迥来启蒙。

王迥本来隐居在鹿门山悠悠自乐，他和孟浩然的父亲有金兰之交，不好推辞，便下山到孟家授业，怡度天年。

王迥也看出孟浩然是棵好苗子，一心想把自己的学问传授给他，希望能培养出栋梁之材。

在王迥的循循善诱下，孟浩然的学业进步很快。

这年清明踏青，王迥邀孟浩然全家及城内诸儒生去游鹿门山。众人看到漫山遍岭的苍松翠柏，或扬枝奋干于山隈崖畔，俯瞰深谷；或峻峙挺拔于峰峦岭端，直刺苍穹；绿涛翠海中偶尔山风拂过，犹如万马奔腾。面对名山胜景，众儒生来了兴致，席地吟诗唱和起来。不知谁说了声："王迥勤育桃李，何不让其弟子面对如此胜景赋诗一首助兴。"

王迥见孟浩然在父亲怀里睡着了，就说："蒙生年少，爬山爬累了，酣睡不起，就不要在众人面前献丑了。"

孟浩然的父亲也想见识一下儿子的学业如何，急忙推醒他，吩咐道："这里古木参天，葱茏深秀，快提起神来，撵走瞌睡虫，口占一绝以求众先生雅正。"

孟浩然眨着眼睛，只见雨后新晴，秀林青翠欲滴，山花带着水珠儿倍增娇艳，山风清新，百鸟争喧，他边伸懒腰边咏道："春眠不觉晓，处处闻啼鸟。夜来风雨声，花落知多少？"

众人初听，孟浩然这即兴诗少典欠丽，但细细一品味，此诗在此情此境中真是巧夺天工，其妙无穷，都啧啧称绝。后来，王迥给这首诗加了《春晓》的诗名，成了蒙生们启蒙的必读诗。

这以后，孟浩然就常听到父母及师长们的夸奖，自然也成了蒙生们仰慕的小才子。他不知不觉地飘飘然起来，就不再那么专心学业了。隔三差五，偷偷溜到襄阳大街上，邀一伙蒙生戏耍。

王迥看到孟浩然才思敏捷，前途大有可为，心里像抹了蜜。当他察觉到孟浩然眼下的表现后，心中十分不安。

有一天，王迥专门领着孟浩然到襄阳大街上游逛。商贾游客，农人工匠，车水马龙，络绎不绝。这些在孟浩然眼里已屡见不鲜了，闹着要回家。

王迥笑着说："今天我给你上游课。"他边说边把孟浩然领到一座台楼前，吩咐道："你须仔细看这台楼。"

孟浩然嘟囔道："前天散学后，我还在这里藏猫猫哩，有什么好看的？"

王迥说："你看台楼上的字。"

"不就是叫昭明台吗？"孟浩然不以为然地回道。

王迥问："你知道为啥在此建台楼？"

孟浩然茫然。

王迥说："昭明太子仗着有点儿小聪明，小时候游手好闲，他为了洗心革面，磨炼自己的意志，身居闹市，面壁十年，发愤读书，成了天下闻名的学问家。读好他编的《昭明文选》就等于成了半个举人。可你却常溜到这里来玩耍。"

孟浩然听后，涨红着脸，无言以对。

王迥说："这里面的道理，你回去再想，我们到郊外走走，上下一节游课。"

孟浩然顺从地跟在王迥后面，来到郊外一个石台旁。

野外的一切对孟浩然多少有些吸引力，他折根柳枝当马围着石台来回转。

王迥先生坐在石台上仰望着远方，突然用手一指，对孟浩然说："你快看，从山那边飞过来的是什么？"

孟浩然顺着王迥先生手指的方向，举首遥望，只见一只雄鹰从万山那一线天的峡谷里扶摇直上，在山顶一个盘旋，就翱翔于云端。他看得出神，拍手高叫："雄鹰展翅飞得真高啊！"

王迥接过话头，说："雄鹰飞得高，是因它有那不怕风雨浇淋的坚强翅膀。"说着，他抬手往近处一指："你看它们在干什么？"

孟浩然收回目光一看，只见几只家鸡围着一堆腐粪相互争夺。

王迥投块石头过去，家鸡惊飞了，但很快又为着腐粪聚拢争斗。

孟浩然乐了，顺口念道："家鸡争腐粪，不怕挨石头。"

王迥感叹地说："自古雄才犹如大鹏，庸人似家鸡。当年官至九郡之首的刘表筑下这呼鹰台，就巴望自己的儿子成为鹏程万里的雄鹰，可是，他的儿子们没有一点儿实在的本领，在强敌压境时还像鸡一样争继位，最后把父辈打下的江山给弄丢了。因此，我常教小儿们吟唱：'江汉东去有高台，烟树苍苍望楚开，走马铜革坊北路，少年齐唱野鹰来。'我想，你也应该牢记这些才是。"

王迥上游课的这些话，犹如重槌敲响鼓。

孟浩然思前想后，心里怦怦直跳，思潮滚滚，情不自禁地伏身下拜，连声说："先生，我懂了，要能像雄鹰鹏程万里，就要学昭明太子面壁读书十年不移志。我以前要小聪明没认真学业，今后一定改。"

王迥见自己循循善诱有了结果，欣慰地捋了捋胡须，满意而归。

王迥为了让孟浩然潜心治学，征得孟家同意，就携孟浩然回归鹿门山中隐居。

孟浩然见王迥先生隐居的地方，百草萋萋，鲜花朵朵，清秀幽静，没有人语的喧哗，没有车马的嘈杂，在先生的教诲下，效法先哲，一心面壁读书。后来，在王迥先生的引荐下，孟浩然又结识了鹿门寺内几位有学问的和尚，在反复的切磋中，孟浩然融会了禅宗的精髓，使他的诗作冲淡高古，意在象外，语淡而味终不薄，天下频频流传，不少文人学士慕名而来造访，探求他学业立身的奥妙，孟浩然总是说："要没有王迥先生的敲打，我可能也会是只围着石头转的家鸡哩！"

☆ 王迥：唐代诗人。

智惩财迷

清明时节，方圆几十里的善男信女们都赶往鹿门寺敬香拜佛。

孟浩然随母亲也来到鹿门寺叩拜佛祖菩萨。他第一次见到这新鲜场面，耳听四方，眼观八面。正当他双眼不闲的时候，襄阳前街药铺的老板腆着肥圆的肚子也来上供。

孟浩然看到药铺老板那笨熊似的样子，掩嘴发笑。接着，他听到药铺老板在磕头时说："求菩萨显灵，使今年这方圆百里的人发瘟病，保佑我的生意兴隆！"

还没等药铺老板起身，孟浩然又见后巷棺材铺的老板扑下瘦猴似的身子，连献供品边磕头道："求佛祖恩典，使今年这方百姓大批死亡，保佑我的棺材生意越做越红火。"

孟浩然在一旁越听越生气："这两个家伙都是送活人上吊的歹毒之徒！连敬神拜佛的时候也心怀蛇蝎心肠，我一定要设法收拾他们一顿。"

第二天一大早，孟浩然急匆匆地跑到后巷，对棺材铺的老板说："前街药铺老板的独生儿子昨晚得暴病而死，特差我来求你备一口上等的棺材急用。他交待说吃过早饭后就包银子来取货。"

棺材铺的老板听后，像吃了欢喜团一样高兴。他心想昨天敬佛祖，今晨有报应，看来要发大财啰！他忙说："好！我这铺内的棺材个个考究，到时候让他自挑自选，保险满意。"

孟浩然装着很急的样子，转身就跑到前街的药铺里。他对药铺老板说："后巷棺材铺老板的千金小姐昨晚得了急病，命在旦夕。他特要我来请你备上救命药，快去救人。"

药铺老板得知这个消息后，高兴得双眼眯成了一条线。他心想昨天到寺庙里上供，今天菩萨就显灵，我定要发大财啰！忙说："好！我马上就去！"

不一会儿，药铺老板提着大包小包火急火燎地赶到棺材铺里。他见棺材铺的老板手扶一口黑漆釉亮的大棺材，皱眉低头的样儿，以为他对自己的千金小姐得急病万般无奈，在料理后事，就装出一副同情的哭相，上前道："遇上这等事，也是没办法！快领我去看仔细！"

棺材铺老板以为药铺老板看不中摆在当门口的棺材，见他一副哭相和手中提的大包小包，觉得财神进了门，也装出悲哀的样子说道："进里面细看吧！"

药铺老板自以为是去看棺材铺老板的千金小姐，就跟着进了铺内。他抬头看满屋全是棺材，正纳闷的时候，棺材铺老板指着一口口棺材说："这些都是神农架的古柏、荆山上的楠木精工细做的，那里屋还有雪松做的……"

药铺老板听棺材铺老板越说越离谱，忙打断话头问："你家千金小姐不是昨晚得了急病要救命药吗？你怎么引我来看这玩意儿？"

棺材铺老板愣了，反问道："你家独生儿子不是昨夜暴死身亡了吗？今儿个你咋开起黄腔来了？"

"我儿子一大早就生龙活虎地上学堂去了，你为什么大清早要咒他死了？"

棺材铺老板不解地问："你家独生儿子既然没死，那你一大早提着大包小包的银子到我这棺材铺里干啥？"

"真是屁话！"药铺老板冒火了，将手中的药包往棺材上一抛，骂开啦！"你真是钱迷狗眼！这分明是给你家小姐救命的药，怎么昏头昏脑说胡话？"

"我家女儿鲜灵灵地在绣花楼绣花哩！你为什么平白无故地咒她得急病？"

"你不是大清早就派个小伙计跑到我那里请我来给你女儿看病的吗？"

“你不是天刚亮就派来个小伙计要我给你暴死的儿子准备上等棺材吗?”

“你狗屁胡说！明明是你姑娘害了瘟病!”

“你瞎扯昏话！明明是你独生儿子短命身亡!”

“你是存心来捣蛋!”

“你是蓄意要弄人!”

就这样,他们你咒我骂,撕拉扯拽,打成一团。

棺材铺老板一声吆喝,店铺的人一拥而上,将药铺老板打翻在地。

后巷里打打闹闹惊动了四邻。

药铺老板家里人闻知棺材铺仗着人多势众,无端打人,也聚了一大帮子人,操棍拿棒直捣棺材铺。

县衙得知两家铺子聚众斗殴,派出差役将一干人驱散,锁起了两个肇事的老板。

孟浩然躲在人群中,看到两个心肠歹毒的老板吃官司,笑眯眯地悄悄溜到家中。

☆ 孟浩然:唐代诗人,被誉为“田园诗派”的代表。

智嘲进士

深秋时节,襄阳城内举行乡试。

孟浩然刚满 12 岁,夹在一群成年人中间也去应试。

县令为了选拔聪颖的童生,亲自出题当场对课进行考试。他看到孟浩然年龄最小,就格外留心。

考试开始,县令指着一个有太极图的茶杯,出句道:

“杯中含太极。”

孟浩然一听,眨了眨眼睛,摸着怀里揣的两个应试时充饥的芝麻饼,脱口对道:

“腹内孕乾坤。”

县令听后,十分惊喜:这孩子小小年纪,竟有如此抱负,着实难能可贵。但他望了望孟浩然那稚嫩的面孔,怀疑地问:“小蒙生,你刚才的答句是事先背好的还是自己临时想出的?”

孟浩然答道:“学生可不像城南那位花银子买功名的进士专门照抄别人的诗对,刚才所答完全是心里所出。”

县令见孟浩然那初生牛犊不怕虎的样儿,发话道:“既然刚才的答句系心里所出,那我问你‘何谓乾坤’?”

孟浩然答道:“天地谓之乾坤。《易经》上说:‘大哉乾元,万物资始,乃统天。’‘至哉神元,万物资生,乃顺天’。”他说着说着,从怀里摸出那两个芝麻饼,比画道,“这一块好比天,这一块如同地。如今我把它们一块吃下去,不就是天地在胸、腹孕乾坤了吗?”

孟浩然连比带画的一番话,县令高兴得一个劲儿地点头称是,围观的众人也开怀大笑,都异口同声地夸赞一番。而内中有个头戴举子帽的人,恶狠狠地瞪了孟浩然几下溜走了。

这个溜走之人，就是孟浩然所说的那花银子买功名的进士。他听到孟浩然当众揭了他的老底，恼羞成怒，执意要找个机会当众羞辱孟浩然一番，以雪心头之恨。

有一天，这个进士见不少人正围着当街口一盏灯笼议论纷纷。孟浩然也同一群童子在围观。进士以为报复的机会到了，他挤上前去，拉着孟浩然说："你这个在乡试中出尽风头的小家伙，今天本进士也当众考考你，看你应试时是不是瞎猫子在逮死老鼠？"

孟浩然见是那花银子买来功名的进士，轻蔑地回道："本童生货真价实，绝不像某些绣花枕头腹内空。不过，我们拉勾议定，你出题我对不上，我在地上爬三圈，你出题，我对上了，你得在地上爬三圈。"

围观的人见小小稚童对堂堂的进士，都极力怂恿着。

那进士便手指灯笼，借题发挥道：

"油蘸蜡烛，烛内一心，心中有火。"

众人一听，这个上联语意双关，明里指物，暗里指举人自己，够刁钻的了！都齐刷刷地盯着孟浩然作何回答。

孟浩然听后在心里一揣摩，这进士出的上联用了先生常讲的"顶真"格，微微一笑，也手指灯笼对道：

"纸糊灯笼，笼边多眼，眼里无珠。"

进士一听孟浩然也用"顶真"格，以灯笼为题，语带双关，不仅所对下联无可挑剔，还隐隐讽刺自己心眼太多，"眼里无珠"，不禁勃然大怒道：

"肖小欺大乃谓尖。"

众人见进士用拆字法，取"小"和"大"两个字，合成一个"尖"字，斥责孟浩然小小年纪，以小欺老，都看他如何作答。

只听孟浩然回敬道：

"愚犬称王即是狂。"

众人见孟浩然也用拆字法，以"犬"和"王"，合成一个"狂"字，讥讽进士不知羞耻，以愚称大，发了狂。

进士听后，愤然咏出：

"灵猿断木深山中小猴子对锯(句)成何体统？"

孟浩然见进士当众侮辱自己，便反唇相讥道：

"种马陷进污泥内老畜生出蹄(题)不是玩意。"

进士见报仇未成，反倒碰了一鼻子灰，怕再僵持下去，还不知有无招架之功，便想抽身离去。

围观的众人见进士要悻悻离去，都跟着起哄。

跟着孟浩然一起观灯的童子们连声嚷："进士不敢再应对，快到地上爬三圈！"

进士无地自容，自认晦气，落荒而逃。

☆ 孟浩然：唐代诗人，被誉为"田园诗派"的代表。

智服师爷

襄阳新上任的知县，是个斗大的字认不半箩筐的草包，他将两个如花似玉的妹妹送给可通内庭的一位王爷做妾，又贿赂了三千两银子，捐得一名七品知县。他为了捞本钱，刮地皮，特地用高俸禄请来一名诡计多端的师爷，做他的心腹幕僚，为他出谋划策。

这位师爷自认为满腹经论，博学多才，目中无人，常常以戏弄别人为乐。他早就听说襄阳的孟浩然才高八斗，天下闻名，心中不服气，总想找个机会较量一番，以示自己的厉害。

孟浩然也知道这位师爷是草包知县的狗腿子，有机会就指桑骂槐羞辱他。有一次师爷受到孟浩然的羞辱后，心生诡计。他奸笑道："孟先生，你我明争暗斗已多时了，现在打个赌，如果你胜了，那我就不在襄阳混饭吃了。"

"怎么个赌法?"孟浩然问道。

师爷说："我和你作扭打状往县衙里告状，由知县大人判决谁输谁赢。输者挨板子，不知你敢不敢去?"

孟浩然一听，心里明白：这个诡计多端的师爷想借官府权势来压倒自己，凭借他与知县一个鼻孔出气想当赢家，我何不将计就计，同他前去，见机行事，以决高低哩！于是，他答道："哪有不敢去之理？我一定奉陪！"

两人当即击掌，装着争吵模样，扭成一团，来到县衙门击鼓鸣冤。

衙役一见是自己的师爷鸣冤，速急通报知县。

知县闻讯，传令立即升堂。

堂外围来了一大群百姓，知道这师爷和知县穿着连裆裤，都为孟浩然担心。

知县见孟浩然和师爷在公堂之上仍吵嚷不休，就冲着师爷问道："你们所为何事吵闹不休？说得明白，待本县做主!"

师爷抢先说道："知县大人，我和他……"他想到打赌之事不便明讲，话说了半句就支吾起来。

"师爷！你不要急嘛！让他先说!"知县亲热地关照着，决心帮他打赢官司。接着，他对孟浩然喝道："所为何事？快些从实讲来?"

孟浩然此时早已有妙计在心。他一本正经地说道："回禀大人！我和师爷远日无怨，近日无仇，今天同在万花酒楼上饮酒，只为一事，争论不休，各陈己见，故而对簿公堂，非要请大人明断不可!"

"为了何事争论不休？非要本县做主明断？快快从实禀来!"

孟浩然见知县发问，摆出理直气壮的样子继续说："只因我们同楼饮酒时，听到师爷当众说大人胸无点墨，是靠出卖亲妹妹的色相，贿赂了三千两银子捐来的捐班官，所以办事无能，平时衙门里的公事，都是他师爷一手包办的。我这个人好抱打不平。想我襄阳自古以来物华天宝、人杰地灵，来上任的父母官必定是两榜进士，满腹经纶。不然的话，就不配在这里做七品朝廷命官。师爷听了不服，还抖了大人捐官时的丑态。他越说得有鼻子有眼的，我越不服气，所以就嚷着到衙门请大人明断是非！”

有道是人有脸树有皮，知县最怕人家知道他的出身底细，千叮咛万嘱咐师爷不可传扬出去。今天这位师爷竟背着自己，胆敢在大庭广众之下揭他的老底，气得面色铁青，指着师爷怒喝道：“你好大贼胆，想本县十年寒窗，磨穿铁砚，才得金榜题名，两榜进士。后蒙朝廷重用，才被委派到这地灵人杰的地方做父母官！你身为本县的幕僚，竟敢无事生非，造谣惑众，诬蔑朝廷命官，该当何罪？来呀！速将这信口雌黄的师爷重责三十大板！”

衙役不敢怠慢，一拥而上，将师爷掀翻在地，挥起板子，噼哩啪啦打将起来。

“知县大人，冤枉呀！”师爷边挨板子边叫着。

孟浩然又进言道：“知县大人，刚才所说句句是实，你的师爷还在喊冤哩！”

知县正在火头上，听师爷叫屈，好似火上加油。他急把惊堂木一拍，喝道：“你诽谤本官，叫什么冤枉，再罚打 20 大板！”

衙役得令，又挥起板子，将师爷打得皮开肉绽，哭爹喊妈，但怕孟浩然再借刀杀人，惹恼了草包知县盛怒之下要自己的小命，再也不敢叫屈了。

孟浩然幸灾乐祸道：“你还敢与我打赌吗？现在挨了 50 大板，该认输了吧？”

师爷怕再吃眼前亏，连说：“我认输！我认输！”

孟浩然对草包知县说：“师爷已认输，就求大人网开一面吧！”

这位知县见师爷当面认输，更深信孟浩然所说属实无误，打完了板子还不解恨，当堂命衙役将师爷撵出衙门，再不任用。

孟浩然见这师爷像只斗败的公鸡被衙役押出县衙，露出得意的笑容。

在堂前围观的百姓知道师爷与孟浩然打赌的内幕，不禁发出喝彩声。

那草包知县失去了出谋划策的师爷，政事搞得一塌糊涂，没到任满，也被撤了职。

☆ 孟浩然：唐代诗人，被誉为“田园诗派”的代表。

智降典狱

风景秀丽的鹿门山脚下有一湾茂密参天的林木，远近闻名。

有位新上任的襄阳典狱要盖逍遥楼，打听到这湾林木是已经破落的鹿门寺的庙产，便想占为己有。可那在寺内安身立命的和尚将这湾林木视为命根子。任典狱软硬兼施，概不买账。

襄阳典狱气急败坏，谎称这湾林木里藏有逃犯，率狱卒砍枝削干，肆意糟蹋林木。正当他们要进一步动手毁林时，从鹿门山下走来一位清瘦的老人上前制止。

典狱见半路杀出个程咬金，吹胡子瞪眼睛道：“山村野夫，休管本官的事！”

“我知道大唐律规定为官做宦的私吞庙产是犯王法的，毁坏庙产也要罚俸银！依你眼下所为，恐怕会断送前程啊！”

典狱见来人出言铿锵，马上换了笑脸说：“这湾林木茂密参天，常有歹人出没，本官是为了地方治安，要出银子将它买下砍伐掉，无奈庙里和尚死活不允，不得已才以武力为之。”

来人佯装不知典狱肚里的坏心肠，趁势出主意道：“我与庙里的和尚们有交情，只要你停下手，回去准备好银子，三天后，保证将这湾林木卖给官府。”

“此话当真？”

“你可向天下人打听，布衣孟浩然何时食言？”

典狱见眼前这位清瘦的老头就是大名鼎鼎的孟夫子，连忙拱手说：“有孟先生做中人，我何愁事不成，三天后衙门里见。”说罢，手一挥，率一班狱卒回去了。

三天后，孟浩然果然引鹿门寺的住持来到典狱的官衙。一见面，鹿门寺的住持就唉声叹气、无可奈何地说：“鹿门寺的什么庙产都可以卖，鹿门寺不能卖，不然连立身之地都没有了。”

孟浩然劝道：“典狱只要那湾子林木，不会要鹿门寺的，你就把心放在肚里吧！”

住持说：“有钱能使鬼推磨，我们害怕连寺庙也会被人买去。反正丑话说在头里，这鹿门寺不卖！”

典狱怕鹿门寺住持节外生枝，连忙说：“我只买那湾林木！”

住持又说：“整座山林可卖，有根弯树不卖，怕日后木鱼敲破了，没有木材了。”

孟浩然问典狱：“你说哩？”

典狱见目的已达到，一口答应：“那弯树不卖就不卖！”

住持说：“就请孟先生当场立下文契，以免空口无凭。”

“怎么写？”孟浩然问。

“就请照我原话写，”住持说，“什么庙产都可以卖，除鹿门寺、一弯树不卖。”

典狱听到这里，不耐烦地说：“孟先生就照他说的写，什么庙产都可以卖，除鹿门寺、一弯树不卖。”

孟浩然说：“你们双方议定，我就照实写了。”他说罢，便挥笔写道：“鹿门寺什么庙产都可以卖，除鹿门寺、一湾树不卖。”写毕，念了一遍，问：“这文契照你们双方的意思一字不差，不多不少吧？”

住持和典狱都说一字不差，一字不少。于是，各领了一张文契，并画押为定。

第四天，典狱就率狱卒前来砍伐湾里的树木。当他走近这湾林木时，只见住持领了所有的和尚和善男信女迎头阻止。他怒火一冒八丈高，向住持骂道：“秃驴！你为何出尔反尔？”

住持也不让步，反骂道：“你这个吃牢饭的家伙，仗着权势，就想来霸占庙产！”

“前一天咱们立过文契，不怕你聚众闹事，咱们到刺史衙门里见个高低！”

住持回道：“就是到金銮殿上打官司，贫僧也不怕！”于是，率众同典狱一伙人来到刺史衙门。

双方在刺史面前各陈其辞。

刺史问有何凭证。

典狱趾高气扬地哗啦一下，扯出一张纸说：“我有买契！”

住持也不卑不亢地唰地扯出一张纸，道："我有卖契！"

"既然你们一方有买契，一方有卖契，还打的哪门子官司？"刺史不解地喝问。

"请大人过目明察！"双方异口同声地呈上文契！

刺史一看，上面都写着"什么庙产都可以卖，除鹿门寺、一湾树不卖"，便对典狱训斥道："这白纸黑字，明明白白，除鹿门寺、一湾树不卖，你为何强取豪夺？"

典狱说："大人切莫看花了眼，这文契可是大名鼎鼎的孟浩然先生给立下的，怎么会出错？"

刺史一听，更恼火地喝道："孟浩然先生亲自为你们立文契，还会出错，想必你是想戏弄本官！你自己过来细看！"说罢，将文契掷到典狱面前。

典狱睁大眼睛细看，原来弯树的"弯"多了三点水，忙分辩："这弯字错了，多了三点水！大人没看明白！"

"胡说！本官堂堂进士出身，难道连'弯'、'湾'都分不清吗？分明是你肚子里少墨水，又生奸计，无事生非。鉴你光天化日之下强取豪夺庙产，引起民怨，立即革职查办，收监定罪！"

典狱还要胡搅蛮缠，刺史吩咐大刑侍候，差人把典狱打得皮开肉绽，在公堂之上杀猪般地嚎叫。

住持暗自高兴，多亏孟浩然巧要笔头，戏弄了像蠢猪一样的典狱，保住了林木。

☆ 孟浩然：唐代诗人，被誉为"田园诗派"的代表。

智敲老虎

一天中午，孟浩然在街上看见一位衣衫褴褛的老汉被孙子搀扶着，可怜巴巴地向过往行人讨钱。他连忙把腰包里仅有的一点儿碎银子送给了这爷孙俩。

老汉率孙子扑通跪地，连声道谢。

孟浩然一边扶起这爷孙俩一边问道："你们为什么沦落到街头行乞的地步哟？"

那老汉见恩人询问，老泪纵横地道："我们是被恶霸邱老虎逼到这个地步的！"

"到底是怎么回事？"孟浩然继续询问。

"我家住在城东，租种一个姓邱的财主的田地。这邱财主大斗进，小斗出，逼得佃户们倾家荡产。"接着，老汉指着孙子说，"他父母就是被逼得走投无路，双双自缢身亡。百姓们见邱财主系狼心狗肺之辈，都给他安了个邱老虎的诨名。他一年 365 天，天天盘算着如何发财，一天 12 个时辰，时时都思量着怎样去占便宜。眼看又到租他田地的时候，他立下新规矩，凡想租他田地的人，都得请他赴宴，否则，就要抽佃。我爷孙二人为了活命，怕他抽佃，家里穷得叮当响，只有上街乞讨几个钱，去筹办招待邱老虎的酒宴……"

老汉在恩人面前话不断腔，孟浩然越听越生气。他想了想，对老汉说："你们爷孙俩放心回去，明天由我送你上等酒菜请邱老虎就是了。"

老汉千谢万谢，由孙子搀扶着回了家。

第二天快正午时，孟浩然转到城东。他见一个身着绫罗的肥头大耳的汉子身背钱褡裢，牵着一个胖孩子，腆着肚子走来。孟浩然从沿路的招呼声中，知道此人就是邱老虎。他旋即装出一副笑脸，迎上前去，亲热地喊道："邱员外，请留步！"

邱老虎望了望孟浩然，觉得面生。

孟浩然套近乎说："邱员外真是贵人多忘事呀！上回我们在城内聚珍楼上同席吃酒时，不是还碰过杯嘛！"

邱员外见孟浩然大大咧咧的样子，似信非信地点点头，问道："先生如今在哪里发财？"

"托员外的福，我如今开绸缎庄了。"

"恭喜！"

"同喜！当初若不是在员外的风水宝地上站脚，哪能有今天。我这个人是滴水之恩涌泉相报，今天，在聚珍楼特备了一桌酒席，拜谢恩人，万望赏光！"

邱老虎听了，觉得是天上掉下块金元宝落到自己怀里，十分高兴，便随孟浩然来到了聚珍楼。

孟浩然要过菜单，专点那上等的山珍海味。

邱老虎一见席面上五光十色的佳肴，心想，这桌酒菜，至少要花上百两银子，这辈子还没有见过这么丰盛的宴席哩！

孟浩然在酒桌上，左一个谢过恩人，右一个答谢恩人，横一盅、直一盅与邱老虎对饮，直到酒足饭饱时，他喊过店家，吩咐说："再备这么一桌酒菜的生料，放在门口，待会儿我给员外担回去！"

待店家去准备另一桌酒菜时，孟浩然对邱老虎说："今日初见少爷，我也不能少了见面礼。我准备送他两件皮袍子，又怕不合身，带他去试试如何？"

邱老虎对孟浩然在自己父子身上大把地花银子着实暗自高兴，见他又要为儿子破财，求之不得，就让孟浩然领着他的孩子去街面上。

孟浩然抱着邱老虎的儿子来到一家皮货行，开口就要两件上等的皮袍子。

皮货行的老板亲自选好一大一小的上等皮袍子，交给孟浩然过目。

孟浩然翻来覆去看了个仔细，突然把脚一跺，说："这皮袍子都是我需要的上等货，可惜刚才只顾着领孩子出门，忘记带银子了。"

皮货行的老板见来了位大买主，满脸堆笑地说："那你把孩子留在我这里，回去拿银子吧！"

孟浩然听后，正中下怀。他用商量的口气说："老板，你能否让我先将这两件袍子带回家去，若我家兄弟中意，他还要再买两件哩！"

皮货行老板见大买主的小孩在此作押，连忙说："客官尽管将选好的袍子带回家吧！"

谁知孟浩然离开皮货行后，又来到聚珍楼门口，挑走店家准备好的一桌上等酒菜的生料。

邱老虎在楼上左等右等，不见孟浩然领儿子回来，就下楼去找人。

店家一把拽住他不放，要他付两桌酒席钱。

邱老虎平时把一文钱看得比磨盘还大，今天是别人请他的客，他说什么也不肯付银子。

店家见平白无故地混进来个骗食的，就火冒三丈地唤过一帮伙计，围着邱老虎，齐声斥责道："看你穿得怪体面，原来是个二混子！今天不付酒钱，就叫你直着进来，横着出去！"

邱老虎忙分辨道："是一位过去的熟人请我的客，怎能叫我付银子呢？"

"那位请你客的人姓什名谁？是干什么的？"

邱老虎当时只想占便宜，没有仔细去询问，在店家的再三追问下，他是迎风吃炒面张不开嘴。

店家见邱老虎装聋作哑的样子，对伙计们吩咐道："给我狠揍这个骗子！揍罢后送进衙门告他行骗罪！"

邱老虎见众人群情激愤，自己难以解脱，只好忍痛付了两桌酒席的银子。他长吁短叹地出了聚珍楼，才想起了自己的宝贝儿子至今没影儿，急得他抓耳挠腮。这时，街面上传来了儿子的哭声。他循声来到皮货行，但老板无论如何不肯还孩子，要他付两件皮袍子的银子。

邱老虎诈唬道："真是岂有此理！是别人给我儿子送见面礼才买袍子的，怎么要我付钱？"

"刚才取走袍子的人是谁？"

邱老虎依旧说不出个子丑寅卯来。

皮货行老板火了，上前扯着他的衣领要去告他诈骗罪。

在拉拉扯扯、吵吵嚷嚷中，惊动了三街六巷。聚珍楼的人们也来围观，见又是邱老虎，上前责骂他是狗改不了吃屎的本性，刚才骗食被教训了一顿不思悔改，又到皮货行来行骗。

邱老虎见众怒难犯，心想光棍不吃眼前亏，又乖乖地将两件皮袍子的银子照价付了。他抱起孩子回家，发现孩子怀里有一封信，拆开一看，上面写着：

"歹毒邱老虎，
祸害众佃户；
常年吸人血，
可恨又可恶；
劣迹千夫指，
天怨人亦怒；
今日抱不平，
惩恶济贫户。

邱老虎看落款是鹿门山人孟浩然，方知自己聪明反被聪明误，遇到能人暗吃亏，气得个半死。

不用说，那个行乞的老汉平白地获得了孟浩然挑着送来的一桌上等酒菜和两件皮袍子。

☆ 孟浩然：唐代诗人，被誉为“田园诗派”的代表。

智戏班主

这年腊月，张湾镇的人们盼望着新岁开门大吉、招财进宝，准备接戏班子唱三天大戏闹春，里正派了几位精明人跑遍了方圆的城镇，大小戏班子都嫌这里“庙”太小了，不肯屈就。就连里正亲自出马，也接不来。

这件事传到了孟浩然的耳朵里，他走下鹿门山庄，自告奋勇地对里正说：“为了父老乡亲们能看大戏，这接戏班子的事就交给我吧！”

里正正一筹莫展，见一介书生又来搅扰，忙说：“水浅托不起大船，秤砣小了称不起重物。我们这镇小财薄，请不来戏班，先生也不必去白费力气了！”

“我试试看。”

“你要试就去试吧！”里正怕孟浩然发了迂腐劲儿，敷衍了一声。

孟浩然哪管这些。他听说襄阳城内新近从京城里来了一个很有名气的大戏班子，一连好几天都围着这个戏班子转。戏班子的人感到奇怪，上前多次探问，他都笑而不答。这下子惊动了班主。

班主见孟浩然潇洒大方，举止斯文，上前请问：“先生在这里流连忘返，不知为的啥呀！”

“实不相瞒，我是个戏迷，想看看你们戏班子是不是名副其实，以便决定是否接到我们那里唱两年。”孟浩然侃侃而谈。

班主走南闯北，至今还没听说过有地方请他们唱两年戏，惊奇地问：“请问先生你那个地方有多大？要唱多少本戏？”

孟浩然不慌不忙地说：“说起我们那里有多大，有十大景观为证。”

“说出来听听。”班主产生了兴趣。

“我处十大景观是一宝塔、二座桥、三大庙、四口古井、五名巷、六姓堰、七条溪、八角亭、九曲回廊楼、十字街。”

不等孟浩然落音，班主夸道：“好一个繁华之地啊！”

孟浩然自谦道：“繁华之地系班主的溢美之词。不过这十大景观却实实在在。”

班主看到孟浩然那自豪的样儿，换个话题问道：“到你们那里唱戏有什么讲究？”

“我们那里像我这样的戏迷多得很，连小娃子都能从生、旦、净、丑的一招一势看出唱戏人的功夫。若要唱得好，愿出双倍价钱；要是唱得不好，就得罚戏。”

班主听孟浩然这么一说，想到自己戏班的上等功底，就答应立下唱两年的契约，喜出望外地带着大戏班子来到了张湾镇。戏班子到张湾镇一看，原来是一个很小的乡镇，大失所望。

班主找里正扯皮，说他派去的人撒谎骗人。若不赔偿戏班子来往的损失，就去打官司。

里正也不知道孟浩然是怎么把这京城的大戏班子请到本镇的，听班主扯旗放炮地一顿吵闹，失去了主张，火急火燎地找孟浩然问个究竟。

孟浩然哈哈笑道："请里正把心放进肚里，到时候让戏班子按时唱戏就得了。"

"你莫要书生气！这戏班子都是城门洞的雀子见过阵势的，你还是随我去赔罪为上策。"

孟浩然想了一想，说了声"好"，就随里正来到戏班处。

班主一见孟浩然，就指责他是骗子。

孟浩然不气不恼，说："我的话句句是实，若不相信，请随我去看看。"

班主见孟浩然十分嘴硬，讥讽道："你是不见棺材不落泪！看看就去看看，到时候叫你赔银子，还得去吃官司！"

"话莫先说绝！"孟浩然说，"若我的话不假怎么办？"

"我的戏班就白给你们唱两年戏！"

"此话当真？"

"当真！若你有半句谎言，怎样处置？"

"全部家产抵押包赔损失，自戴枷锁进监牢。"

"你休想再骗人！再立一契约，到时候免得你反悔！"

里正被弄得迷糊了。

孟浩然不假思索地立下契约，领着班主去验证。

他们走到北街口，孟浩然指着野地上的一座尸骨塔说："这便是一宝塔。"

"埋葬尸骨之所，怎为宝塔？"

"此处是真佛登天之地，为进入仙界的第一关，难道不可称它为宝塔吗？"

班主被问哑了，又反问道："那其他景观呢？"

孟浩然朝四处一指，说："那汉水河套里有大小两座桥；镇边上有龙王庙、关帝庙，镇附近还有鹿门寺庙；四口古井分布在镇四周；五名巷是张、王、李、赵、陈五家巷；巷外有口堰，除这五姓外，还有姓胡的里正一起共用，这不叫六姓堰又叫什么？镇外有七条小溪汇入汉水；远处躲雨的翘亭得名为八角亭；更夫巡夜七弯八拐才能进入樵楼，远近都戏称那樵楼为九曲回廊楼；这东西南北街的交叉处是名副其实的十字街。你说这十大景观哪点儿不实？"

班主见孟浩然能言善辩，避开正面答对，冷笑道："这区区小镇，你订的契约可是唱两年戏啰！"

"一点儿不假！"孟浩然答道："你们今年腊月三十开锣，唱到明年正月初一，不就是新旧两年吗？我哪一点儿骗了你呢？"

孟浩然一席话问得班主哑口无言，只得开锣。戏班子想到这镇子请唱戏是为了闹春，想图吉利，又打听到孟浩然是个没功名的书生，就在守岁之夜，专门唱了一出《秀才行乞》。

镇上的人们看到京城来的大戏班子到这里唱戏敷衍了事，早就议论纷纷，又听到戏文的内容不吉利，个个心中像塞了一团猪毛。

孟浩然看到戏班子在指桑骂槐，便不动声色地到台上看看、台下听听。正当戏落幕时，他走到台上，唤出班主："请问，你们刚才戏中的秀才是个阔公子还是个穷书生？"

班主说："他是个落魄后丢人现眼的酸文人。"

"那你们刚才唱错了。"孟浩然正色道。

"你别胡搅蛮缠了。若是唱错了，就再罚戏三本。"班主气呼呼地说。

"班主可别反悔！"

"若我的戏班子没错呢？"

"我愿当面头朝下在戏台上倒爬三圈。"

"你说错在哪里？"

"错就错在人物和戏情不符！"孟浩然边说边拉过还未卸妆的穷秀才，将他手臂一举，对看戏的观众说："既然穷秀才破落了去行乞，为什么手上还戴着两枚金戒指呢？"

台下的观众早就对戏班子的报复行为有怨气，见孟浩然抓住了他们的把柄，起哄要砸戏台子。

班主见当众出了丑，无奈何只好按承诺罚戏三本。他怕再出漏子，亲自领衔，认认真真地唱到正月初五才落台哩。

☆ 孟浩然：唐代诗人，被誉为"田园诗派"的代表。

智揭强盗

金桂飘香，秋风送爽。

孟浩然长安落第后，径直下江南，游览风景名胜，探亲访友。这一天，他来到安徽一县城，听说襄阳有个花鼓戏班子，在关帝庙前扎围子唱戏，便兴致勃勃地去观看家乡戏。

孟浩然走到戏棚子门口，见一个中年汉子坐在路边石头上抱头痛哭。常言道：男儿有泪不轻弹。见这中年汉子如此伤心，肯定是有伤心事，就上前询问道："你这人遇上什么委屈事？哭得如此伤心？"

那中年汉子抬头一望，来者是位俊逸文雅之士，哭诉道："我系郧阳府人，搭了襄阳花鼓戏班子唱戏，班主李三黑看我丑角演得好，答应每月给五两银子薪俸。可是跟他跑了半年，他一个铜板也不给。昨天，老家有人捎信说我老母亲卧床不起，今早我向他要银子，他不但不给，还仗着他们是襄阳'窝子班'，欺侮我这外来人，打我、骂我还不算，并把我给开销了。身上没有一文盘缠钱，别说回不了家，连吃饭也发生了饥荒呀！"

孟浩然一听，心想这个班主如此蛮横无理，真是襄阳人的耻辱。他对那中年汉子安慰道："请问你尊姓大名？我这里有些碎银子，你先拿着到客栈里安顿，等我会会那李三黑再作计较。"

中年汉子道："我叫张木生。感谢先生的好心搭救！请问先生的尊姓大名？"

"我是襄阳鹿门山人孟浩然。自古我们襄郧两府田连埂，地连界，实乃半个同乡。请不要推辞。"

中年汉子见千里之外遇到半个老乡，喜出望外，伏身便拜，连忙说："他乡遇故里，真是三生有幸。我万分感激孟先生解囊相助，但劝你千万别去招惹那李三黑。

"为什么？"孟浩然问。

中年汉子凑到他耳旁，神秘地说："我见先生是个好人，实话告诉你，那李三黑就是个强盗头子，拢了一批歹徒，以唱戏作幌子，专干一些见不得人的勾当，我发现了他的劣迹后，才谎称老母病重，要银子离开的！谁知贼班主欺生，做出强盗本性绝情的事，不给我一个子儿。我怕惹翻他们被杀人灭口，只好在此啼哭，看能否引来官府之人，寻找保护。我看先生乃一介书生，还是不去白送死为好！"

孟浩然听罢，说："襄阳出此败类，不除掉还不知道要祸害多少人？那我更得去引蛇出洞，想办法灭掉这强盗团伙！"

中年汉子说："只有官府出动捕快，拿住赃物，才能铲除这伙强盗啊！"

"你提醒得好！"孟浩然想了想，说："为除掉这伙强盗，我给他来个戏中戏！"

孟浩然道："这伙强盗巧妙伪装，谅他也不敢在光天化日之下砍我的脑袋！你放心到客栈里去安顿，待我会罢李三黑后，再作计较。"他说着，递上碎银子。中年汉子接过银子，忐忑不安地离去。

孟浩然心里有数了，来到戏棚子里要找李三黑。

李三黑赶走了张木生，今天挂牌唱《张松献图》缺个丑角，正愁要改戏。忽听有襄阳人找他，只得苦脸装着笑脸迎出来。他看了一下孟浩然，问道："我就是李三黑，找我有什么事？"

孟浩然双手一拱，说："李班主，久仰了！我也在戏台上跑过龙套，又系襄阳人氏，特慕名来贵班找口饭吃。"

李三黑一听孟浩然是来搭班唱戏的，就问："请问先生学的是哪一行？"

"生、旦、净、末、丑都能凑合，不过常演的是丑角。"孟浩然道。

李三黑心想：真是无巧不成书！把丑角张木生开销了，正愁缺个丑角，却又来了个唱丑角的。他就连声答应："好好！先试戏三本，只要你唱得好，月俸白银五两。"接着，他回头对后台喊："我们有丑角了。各人都按原戏快扮装吧！"他转过身来，对孟浩然吩咐道："你今天就扮那张松吧！快去后台上装！"

孟浩然虽不会唱戏，可是爱看戏。他来到后台，也很快装扮成丑角张松的模样，待文武场面吹打过门，该他上场了。他出马念出四句上场引子："正月唱戏在四川，二月出台到湖南，三月湖北麻城县，四月坐船到石泉。"

台上文武场面一听，咦！这新来的家伙怎么跟我们唱的不一样呢？

李三黑听到孟浩然唱得牛头不对马嘴，怕他塌了台，就上来阻止。他刚走到上场门，孟浩然念完四句引子，开口拿腔拿调又唱道："五月到江夏把戏唱。"

李三黑听到这里，急得吼起来："伙计们，还不快把新入班的冒牌家伙给我拽下来！莫让他再乱弹琴谱砸了台！"

李三黑的伙计们蜂拥而上，七手八脚去拉孟浩然下场。

孟浩然正唱"六月唱戏到泰安"刚落腔，就被众人拉下后台。

李三黑气得直咬牙，指着孟浩然吼道："你这混饭吃的家伙，要不是千里之外看你是襄阳同乡，非砸扁你不可！快卸了行头，给我滚！"

孟浩然一本正经地说："叫我滚，拿银子来！"

俗话说，救场如救火。李三黑临场充丑角，此时火急火燎在扮装，听到孟浩然还要银子，就吩咐伙计们："给我将这疯子打出去！不要让他在这里搅凉了台！"李三黑的伙计们挥拳上前，把孟浩然打出了戏棚子。

孟浩然出了戏棚子，没整衣衫，就跑到县衙门击鼓喊冤。

县令升堂。

孟浩然上前喊冤道："我于青天白日之下遭人毒打，请大人为民做主！"

"禀大人，我今年正月搭襄阳花鼓戏班子唱戏，班主李三黑讲好每月给我俸银五两。从四川、湖南、麻城、石泉、江夏、泰安唱到贵县，给他唱了半年的戏，没讨到半个子儿。今日得知远在千里的老母卧病在床，我去要钱，他躲着不见，临上场时又去求他，他不但不给银子，还差人把我乱拳打出，作了开销，请大人为民申冤！"

县令见孟浩然衣衫不整，脸带戏彩的痕迹，就问道："那李三黑现在哪里？"孟浩然道："回大人，他正在关帝庙前唱戏。"

县令喊："来人啦！速到关帝庙将李三黑给我传来问话！"

衙役领签而去，县令对孟浩然说："你且下去将戏彩退去，整好衣衫等着传问对质。"

孟浩然退到堂下。

不一会儿，衙役将李三黑传到公堂上。

县令问："你是襄阳花鼓戏班子的李班主吗？"

"正是，不知大人传唤为了何事？"

县令问："有人搭你班子唱戏，半年一文俸银不给，你还找岔打人，将其开销而走，还赖了俸银，可有此事？"

李三黑一听，以为是被他赶走的那个张木生告他哩！忙辩解说："回大人，他只搭班了不到一个月，没有半年，因无理取闹才被开销的！"

县令冷笑一声，说："你不认账，传原告上堂对质。"

孟浩然上堂说："请大人做主，我足足给他唱了半年戏，不信叫李三黑自己说嘛！"

李三黑一看是孟浩然，忙对县令说："冤枉啊！他根本不是唱戏的。他自称是襄阳人，生、旦、净、末、丑都会，原来为了混饭吃，腰里挂个死老鼠，假充打猎的，上台就胡言乱语，差点儿砸了我们戏班子的台。他上台就唱'正月唱戏在四川，二月出台到湖南，三月湖北麻城县，四月坐船到石泉，五月在江夏把戏唱，六月唱戏到泰安。'"

还没等李三黑再往下说，孟浩然急忙对县令说："我刚唱到半年，他就动手打人，请大人一定为民做主！"

李三黑一听，急了，在公堂上对孟浩然吼道："你唱到六月就快砸了台，还能容你再唱下去吗？"

县令见李三黑咆哮公堂，又见刚才孟浩然那衣衫不整的模样，断定班主是不良之辈，把惊堂木一拍，道："原告说唱了半年，被告说是唱到六月，每个月的地点都和原告说的一字不差。被告在公堂之上还在耍威风，可见平日是如何霸道！原告遭打的模样，本县亲眼得见，现时间、地点不差，人证俱在，李三黑听本县公断：立即将俸银半年之数30两交给原告，现已是秋天，无辜开销雇员还得赔上盘缠钱；无故打人，还得搭上养伤钱。当堂了结，倘再刁顽而赖，重责不饶。"

李三黑听了判决，忙喊："他实属蒙骗，大人别听他一派胡言乱判呀！"

县令见李三黑不服判决，怒火中烧，发话道："将公堂上耍赖的无耻之徒给我拉下去重责50大板！"

衙役们一拥而上，拖下李三黑，打得他哭爹喊妈直告饶。

孟浩然此时对余怒未消的县令说："大人，这人如此蛮横，实乃本性。据我了解，他是个杀人越货的强盗！他拼凑戏班子作幌子，纠集了一伙歹徒，仍有不轨之行动。"

县令听罢，道："本县已为你做主惩办了李三黑，你想借我的手去杀他的头，可是太过分了！"

孟浩然一本正经地说："我所禀告的是实。若大人不信，可到客栈传来一个叫张木生的，让他提供线索，去花鼓戏班子搜上一搜，拿住了人赃，大人就可为朝廷立下大功哩！"

县令见孟浩然说得在理，深感事情重大，忙问道："刚才只顾听你喊冤，请问尊姓大名？"

"在下乃襄阳鹿门山人孟浩然！"

县令久闻孟浩然的大名，今日得见，忙下堂移座问话。

孟浩然将自己来到该县的所见所为，从头到尾作了说明。县令对他嫉恶如仇、侠义行事倍加褒奖。同时，按他提供的案情，速派捕快围住了戏班子，接着，传来张木生问话。

张木生见搭救自己的孟先生和县令平起平坐，就仗着胆子揭发了李三黑几桩罪行。

县令据张木生提供的线索，命捕快去搜戏班子的衣箱子，果然搜出明抢暗偷的金银首饰和古玩玉器。

县令重责了李三黑后，就拘捕了他。

公堂上，李三黑呼喊道："俗话说认罪不认打，认打不认罪，我认罚又挨了打，老爷为何还要拘捕我？"

县令冷笑道："你这个杀人越货的强盗，不要在本县面前做戏了！快将你所犯罪行从实招来！不然，就大刑伺侯！"

李三黑仍在狡辩。

县令传上张木生，又摆出李三黑一伙明抢暗偷的赃物，道："你这个假戏班子戏中有戏，本县我侦破出你等一伙强盗也是戏中有戏。"他说罢这一语双关的话，就吩咐对李三黑动大刑。

李三黑见人赃俱在，知道抵赖不了！对孟浩然、张木生恶狠狠地瞪了两眼，不等动大刑，就招供了。

县令将李三黑的供词仔细查阅，据他的供状，挖出了一个强盗团伙，为民铲除了一大隐患，得到了朝廷的赏赐。他除了资助张木生返回了老家，还将孟浩然奉为上宾，挽留多日进行答谢。

☆ 孟浩然：唐代诗人，被誉为“田园诗派”的代表。

智胜官人

一天，孟浩然由荆州乘船回襄阳，同船的有四川的地方官和陕西的地方官。三个人打赌：每人说出家乡的一样景物，看哪里的最高。

四川的地方官心想，峨眉山自古以高峻闻名天下，看你陕西和湖北有什么能高过它！于是，他抢先咏道：

“四川有座峨眉山，
离天只差三丈三。”

陕西的地方官见他说出峨眉山，眉头一皱，别出心裁，想独占鳌头，接着咏道：

“陕西有个大雁塔，
离天只隔一尺八。”

孟浩然听他俩将家乡的代表景物吹得离天越来越近，自已家乡有什么东西比这更高呢？他想起了汉江边上的钟鼓楼，便咏道：

“襄阳有个钟鼓楼，
半截伸进天里头。”

两处的地方官赌输了，齐说孟浩然是在瞎吹，发誓要亲自登临襄阳钟鼓楼，看它到底有多高。

孟浩然笑了笑，说：“耳听为虚，眼见为实。两位仁兄要想领略我家乡的青山秀水，登临此楼可以大饱眼福，到时候我亲自引路。”

当下两个地方官商定，取道襄阳，要去看个究竟。

这天清早，孟浩然与两个地方官乘船来到襄阳城北门外的汉江中流，只见钟鼓楼被茫茫浓雾笼罩，只有高翘的飞檐依稀可见。他顺手指给两位地方官看：“你们快瞧，襄阳钟鼓楼是半截伸进天里头吧！”

两位地方官见钟鼓楼半截入云头，暗暗咂舌，但仍不认输，齐说要下船实地看看是不是名副其实。

孟浩然说：“在实景面前，两位官人仍不相信，那下船后我就不奉陪了。你们两人登钟鼓楼可得准备好鞋子，不然，磨破鞋底还走不到顶。假若不是我说的这般情景，你们就可四处去说我孟浩然是个瞎扯淡的人。”

两位地方官上了岸，发现前面有个挑草鞋的老头。他们想到孟浩然临别时的几句话，虽说半信半疑，还是有备无患为好，便向老头买双草鞋。

老头说：“我这草鞋恐怕你们买不起。”

四川的地方官抽双草鞋看了一看，只不过是普通的山草编织而成，便拍拍鼓鼓囊囊的钱袋说：“我这里有的是银子！捏几个角子也能买一打，买几个草鞋铺也不成问题。”

老头说：“客官是有眼不识金镶玉！我这草鞋非凡物编织，而是用的龙须，你那袋子银子买个草鞋环也不够哩!”

陕西的地方官听老头高傲的口气,便故作惊奇地说:“你这么多的草鞋无论如何金贵,一双不卖,难道留着当饭吃不成!”

老头不生气,漫不经心地说:“不吃也不卖,留着自己穿!”

四川的地方官问:“你是去云游三山五岳,要带这么多双草鞋?”

老头答道:“三山五岳我不游,专去登临钟鼓楼。”

陕西的地方官一听,惊奇地问:“登那钟楼要穿这么多的草鞋吗?”

老头带着几分教训的口吻说:“客官有所不知,襄阳有个钟鼓楼,半截伸时天里头,进了天空里,不穿上龙须编的草鞋,是上不去的。说不定这钟鼓楼伸进了九重天,备下这些草鞋恐怕到时候还不够哩!”

两处地方官心想:襄阳钟鼓楼果真有这么高。孟浩然打赌的话有水分可以不相信,难道一面不相识的老头也会骗人?即使亲自去登楼,没有龙须编的草鞋,恐怕也是会半途而归。他们觉得自己输定了,就折转身回到船上,就各奔东西了。

他们哪里知道,这挑草鞋的老头是孟浩然的老仆人,这是孟浩然为了智胜两位官人特意安排的。

☆ 孟浩然:唐代诗人,被誉为“田园诗派”的代表。

智吓财主

张湾镇有个大财主叫万富。他家有良田万顷,骡马成群,可他心狠手辣,生窟眼打洞欺压四方百姓,特别是对待家里的长工刻薄得要命,人们看他同谁来过往谁就要烂块肉,都诅咒他不得好死。孟浩然看在眼里,记在心中,决心替大伙儿出口气。

腊月三十是万富的生日。年年这一天,万富过年和祝寿一起庆贺,不是唱大戏,就是摆宴席。转眼他已 69 岁了,想到“人活六十九,不死掉块肉”,这一年格外小心。他深居简出,只要迈出门槛儿,就请算卦先生定准黄道吉日。一年快过完了,万富没遇三灾八难,家里也都平平和和没出啥事儿。他心花怒放,决定在年三十这一天,唱大戏,摆宴席,好好祝贺一番。

年三十这天,万富家里喜气洋洋,吃过寿面后又吃团年饭。他趁着大伙儿兴高采烈之际,十分得意地对满堂宾客说:“都说人活七十古来稀,今天一过,我就无灾无病满 70 岁了,原来是神仙保佑我大富大贵啊!”

这时,一些溜须拍马的客人捧出一帧帧贺寿联。万富看到那“福如东海、寿比南山”的字样,喜眯了眼。他忽然想到,门上的春联还没有贴哩,发话道:“今天来贺寿的都给我想一副春联,谁写的合我心意,我就请他坐席,还赏 300 两银子当压岁钱。”

客人们听万富这么一说,其中通翰墨的人搜肠刮肚地想呀想,写呀写,每写完一副,送到万富面前,他总是摇头。眼看所有的客人快写完了,万富还是没挑出合心意的春联。最后只剩下孟浩然没动笔了,众人的目光都集中到他的身上。只见他挽挽袖子,走到万富坐的桌前，掂笔蘸墨，刷刷几下子，就写好了一副春联。

众人一看，上联是“家大门大好出官”；下联是“年年岁岁官不断”，横批是“事事如此”。万富一琢磨，这春联十分合自己的心意。虽说家里富得流油，可是至今还没出过做官的。有道是有钱能买心里想，家里富庶不能做官总是憾事。这春联是个喜兆。他高兴得合不拢嘴，亲自请孟浩然在首席上落座，奉上300两银子。接着，他又吩咐家人速把这副春联贴到大门上，再三交代要看守好，不过正月十五不准离窝。万富把这件事安排停当后，就让唱大戏、吃酒宴，热热闹闹折腾到深更半夜。

第二天天刚亮，看护春联的家人慌慌张张地跑进后堂，叫醒正在做美梦的万富，说：“大老爷，大事不好啦！”

“何事惊慌？”

“出怪事啦！昨夜散场罢席时，一阵大风将门楼上的红灯刮灭了。我正要到屋里找火，没想到从半空中飞出个拄拐杖的老头，一拐杖落在后脑勺上，我就啥也不知道了。等醒来一看，风停灯亮，老头不见了，地上没留下半点儿印痕，只见春联内容全给改了。

万富忙问：“怎么改的？”

“小人目不识丁，只晓得笔画不对。老爷你去亲自看吧！”

万富火急火燎地来到大门口，睁眼一看，只见春联上的“官”字都加了个“木”字旁。上联变成了“家大门大好出棺”；下联变成了“年年岁岁棺不断”。门旁还有几行小字。写的是：“神仙到门口，添木送万富；过了这生日，阎王领你走！”他看罢这一切，想到家人刚才的述说，吓得浑身打颤，惊叫一声“大事不好”，“扑通”一声昏倒在地上。

从这以后，万富在病床上，只要一闭眼睛，就梦见阎王拿着勾魂簿要勾他的名字。虽说他请了名医，服下好药，可是病一天比一天沉重，没过半月，就一命呜呼了。

作恶多端的万富死后，人们才传出来，那改春联的“神仙”不是别人，就是鹿门才子孟浩然。

原来，万富家的长工们恨透了他这个老不死的家伙，见他既信神又怕死，就找到孟浩然合计，在他庆大寿过新年双喜临门的日子里狠狠地整治他一番。那天晚上，长工头趁万家吃喝玩乐时，躲在门楼上，先用大蒲扇扑灭挂在门楼上的大红灯，看到家人转身取火的时候，经过化妆，临空而降，用拐杖将他打昏，然后长工们点亮红灯，给孟浩然送去笔，只一眨眼的工夫，就改好了春联，并写上长工们事先编好的顺口溜。等到家人醒过来，见到被改的春联和那几行小字，吓得眼都直了。他怕万富怪罪下来吃不完兜着走，就假称自己目不识丁，让万富当场验证。谁知，万富一见“神仙”改联，就被吓死了。

☆ 孟浩然：唐代诗人，被誉为“田园诗派”的代表。

智救樵夫

一天清晨，孟浩然又像往常一样，去找鹿门寺住持品茶论诗，迎面走来一个樵夫，担了一担山柴，擦肩而过。只听“嗤”的一声，孟浩然的长衫，被樵夫的山柴划了条大口子，孟浩然连忙唤住樵夫，想与其理论。

樵夫见此，不紧不慢地放下肩上的柴禾，抱歉地说："尊家可是孟浩然先生？"

孟浩然随口答道："在下便是。"

樵夫道："适才小人不慎划破了先生的长衫，小人愿意照价赔偿。但有一个条件，不知先生允不允许？"

孟浩然道："且请讲来。"

樵夫道："小人亲闻先生诗名，想出一个对子请先生对一下，如果对上了，小人如数赔偿；如果对不上，小人明天就代先生砍一担山柴。"

孟浩然看了看樵夫，心想狭路相逢，樵夫也是无意划破自己的衣服，不但认赔，还来个孔夫子见孟子——文对文，便慨然允诺。

樵夫道："小人系粗俗之辈，其实出不了什么对子，我想就以柴禾为题：'此木为柴山山出。'请先生对一下！"

孟浩然思索良久，摇摇头，对答不上，便向樵夫道："先生你请便罢。"

樵夫道："明天后半晌，我送一担干柴到先生的书斋去陪罪。"

孟浩然又仔细看看眼前这位樵夫，虽然一身山民打扮，倒也有几分俊逸之气，便道："陪干柴的事就免了，明天我还要向先生讨对哩！"

樵夫道："久闻先生诗与襄阳远，以后少不了前去讨教的。"他说完，就下山卖柴去了。

孟浩然蹁跚来到鹿门寺，低眉敛眼。

住持打趣道："孟施主又在冥思苦想何等佳句，这等模样？"

孟浩然将适才发生的事对住持讲明原委。

住持呵呵笑道："属对平干戈，雅事！雅事！先喝杯鹿门清茶，提提神，老衲保你有佳句。"

孟浩然与住持坐而论道，品茶论诗，从清晨直至黄昏，只见窗外夕阳西下，炊烟袅袅，孟浩然叹道："难怪孔老夫子说，三人行必有我师焉！这山中樵夫出对，我琢磨了一天也寻不出佳句，真是愧杀人也！"

住持道："这樵夫出的对子，看似平常，实属高难续对之作。老衲与孟施主切磋一天，深受启发，面对这夕阳晚景，徒生一句，不知妥否？"

孟浩然道："大师学富五车，赶快赐教，以免山人夜不能寐了。"

住持手蘸茶水，在斋桌上写下"因火成烟夕夕多"七个字。

孟浩然一看，拍手击节，道："妙对！妙对！"

住持道："常人说'一人不抵两人智'，今儿我们两人才抵一人智啊！赶明日那樵夫拜会孟施主时，引来让老衲见识见识。"

孟浩然附和道："有道是深山出俊鸟，哪有俊鸟不向佛祖朝拜的哩！大师之托，山民定当照办。"

第二天夕阳西下，樵夫果然肩挑一担干柴来到孟浩然的鹿门书斋。

孟浩然亲迎屋内，切磋诗艺。第二天，他又将樵夫引荐给鹿门寺住持。就这样，樵夫稍有闲暇，便来寺内聚会，联诗吟对，其乐融融。

这样过了一阵子。随后便多日不见那樵夫的影子。

有一天，有一老汉带着包银子，寻到鹿门书斋，一见孟浩然，就“扑通”跪下，请求救命。

孟浩然扶起老汉，急问缘由。

老汉自报家门，说是樵夫的父亲，是来请孟先生救儿子性命的。

孟浩然叫老汉别着急，仔细询问樵夫如何有性命之忧。

老汉含泪叙说着事情的经过。

原来，这樵夫系老汉的的独子，世代都是读书之人，传到这一辈，家道中落，儿子只有靠砍樵度日。有天傍晚，樵夫卖柴回家路过张员外后花园时，天空降大雨。他正无处躲雨时，正巧被正在绣楼上挑帘赏雨的张小姐看见了。

张小姐一见这樵夫，便想起春上去鹿门寺进香，遇到歹徒，多亏樵夫搭救的事。眼下见恩人淋雨，于是，急差丫环下楼开门，请樵夫进屋避雨。

丫环领樵夫走到绣楼下，说道：“此乃后宅，外人不得进入的，我去问问小姐，将公子安置何处避雨才好。”

张小姐见救命恩人淋得像落汤鸡似的，不假思索地对丫环吩咐道：“此时雨大，顾不得去禀报父亲了；先让公子上楼避雨，换下湿衣服，待雨小些起时，再去告诉家父，好好酬谢这位大恩人。”

于是，丫环又走下绣楼，请樵夫上楼。

樵夫见是小姐闺阁，执意不上去，要冒雨而走。

丫环一见急了，边拽住樵夫边喊小姐。

楼上张小姐见樵夫不肯上楼，知他是有碍于男女之嫌，便拿着素色衣服和雨具下楼来。

谁知就在这时，张员外带着家丁闻声赶来，一见小姐、丫环和樵夫正拉拽着，面前还有女儿的贴身衣服，顿时怒气冲冲地走上前，不问情由，便指挥家丁，将樵夫绑下，连夜押送到县衙问罪。

县太爷是张员外没过门的儿女亲家，他偏听张员外一面之词，不容樵夫辩解，当堂便将樵夫判了死罪，并答应张员外到时可掏其心肝，为没过门的媳妇压惊出气。

孟浩然听到这里，禁不住问道：“老伯，这些事情你是怎么知晓的？”

老汉道：“事出之后，张小姐差丫环探得我家住处，前来告知的。”

孟浩然点点头说：“原来如此。”

老汉老泪纵横地央求道：“老朽得知小儿无辜蒙冤，前去探监，从小儿口中得知先生正直仗义，又系襄阳名士，一向嫉恶如仇，望先生笑纳。”

孟浩然道：“虽说当今歌舞升平，实则唯有权和财方能成事。我虽一介书生，但绝非利禄小人，银子我分文不取。但你令郎系我忘年之交，此银倒可派上用场。”

老汉感激地问：“但不知道孟先生有何妙计，可救小儿之命？”

孟浩然早已成竹在胸，便如此这般地对老汉讲了一遍。

老汉听罢，连声说：“此计虽好，但不知鹿门寺住持肯不肯依计而行哩！”

孟浩然道："普度众生乃佛门宗旨，惩恶扬善乃教徒本色，况且令郎也与大师交往甚密，他哪有见死不求之理！你快随我带上银两前去求救。"他说罢，当即领着老汉一同来到鹿门寺内，见到住持，把樵夫的不白之冤和解救出狱的办法讲叙了一遍。

住持乃是嫉恶仗义之人。他听了孟浩然的计谋，口念无量佛，当即唤过一位与樵夫长相和年纪差不多的尼姑兰花，对她说明了原委。

兰花也是一位侠心义胆的女子。当下表示谨遵师命，到时依计行事。

眼看到了秋斩之时，孟浩然领着老汉携带银两赶往县城，去肯求县太爷答应行刑前，让老汉请鹿门寺住持进狱做超度法事。

县令见傲视王侯的孟浩然携银子求自己帮忙，飘飘然送个顺水人情，便签了火签。

事不宜迟，孟浩然带着火签买通了狱卒，当晚就请鹿门寺住持做超度法事。

鹿门住持在做法事时，让兰花换下樵夫的衣衫，打扮成樵夫的模样，坐在牢内，而让樵夫扮成尼姑模样，出了大狱。

这天上午，樵夫就要开刀问斩。行刑前县太爷令衙役将樵夫押上公堂。

张员外早已来到公堂。

县太爷例行公事，向犯人读了刑部批文，并问犯人还有何话要讲。

县太爷话音一落，犯人就大声叫道："大老爷明鉴，小人实在是冤枉啊！"

县太爷惊堂木一拍，厉声喝道："刁民信口，上次本县审讯，你已供认不讳。今日为何又翻供？"

犯人道："大老爷偏听张员外一面之词，大刑伺候，小人屈打成招。本想上诉重审，哪料到今日就要开刀问斩！大老爷呀，不能皂白不辨呀！小人实在没有什么不轨之举呀！问成死罪更是天大的冤枉！"

"大胆刁民！死到临头，还在蛊惑人心，混淆视听！"县太爷怒声喝道："难道是本县判错了不成？"

"大老爷容小人斗胆相问，你判小人死罪是何罪名？"

"私入民宅，强奸民女，不杀不足以张扬王法！"

"难道我一个女流之辈也能做出这种丑事吗？"

"什么？什么？"县太爷瞪直了眼睛问："此话怎讲？"

"大老爷不知小人的身份，可请鹿门寺住持来作证！"

"你，你讲什么？"

犯人又将刚才的话重复了一遍。

县太爷听了，不禁张口结舌，瞪眼直盯着张员外。

犯人见张员外在公堂上，便问道："张员外，我女流之辈怎能和你家小姐干出那等风流事？你如此男女不分，将我绑来县衙问成死罪，是何道理！"

"啊？"张员外又羞又恼，慌忙上前向县太爷说道："这刁民信口胡说，意欲翻供，大老爷快将他押到刑场问斩……"

犯人高声喊道："大人休听张员外胡言乱语，错斩无辜之人，你就不怕掉脑袋？"

县太爷听到这里，倒抽了一口冷气，冷笑几声，说道："本县不可偏信你信口雌黄，当现验明正身，若系谎言，本县立即凌迟处死你！”于是，县太爷唤过女狱吏去验身子。

女狱吏上堂向县太爷禀道：“适才小人查验，这死囚确系女流！”

县太爷和张员外听到女狱吏的禀报，直惊得目瞪口呆。

过了好一阵子，县太爷才回过神来问道：“你既从师鹿门寺住持念佛，女扮男装，去张小姐绣楼做什么？”

兰花从容答道：“大老爷有所不知，弟子师父，听说张小姐极会绣花，想请小姐绣幅佛神像，故差弟子前来张宅。来时师父想到张小姐以前在进香路上曾遇歹徒纠缠。他怕我一女子惹人眼目，故让弟子扮成樵夫，以遮人眼目。谁料，弟子刚登张小姐的绣楼，便被张员外撞见，他不问情由，便将弟子绑来县衙。弟子蒙受不白之冤，便托孟浩然先生求大老爷请师父为我超度。师父交代我于公堂之上自陈冤枉，若大老爷皂白不分，错杀无辜，他将赴京城去告御状。”

县太爷越听心里越打颤，连连摆手道：“罢了，罢了，本县赦你无罪，派人送你回鹿门寺，过几日我亲自去赔罪！”

兰花当即谢过县太爷，起身出了大堂。

县太爷见张员外还傻愣在一旁，怒气冲冲地吼道：“都是你干的缺德事！从此，我们两家断了姻亲！”

张员外翻着白眼，一时说不出话来。

后来，县太爷的同僚将此错判之事告到朝廷，县太爷便被革职查办，那张员外诬告反坐，变卖其家产，才缴够罚银，一气之下，卧病身亡。

张小姐无依无靠，经孟浩然穿针引线，与樵夫结为夫妻。

樵夫携妻子又到鹿门寺进香，专程去感谢鹿门住持。

住持捋着胡须，道：“因果报应，你二人能结成眷属，多亏了孟浩然出的李代桃僵的妙计啊！”

张小姐听后，如坠五里雾中。

住持手捻佛珠，将其中关节细说了一遍。

张小姐知道了事情的真相，又同樵夫一道去谢孟浩然。

孟浩然朗声一笑：“这有什么好谢的！谁叫我和新郎是诗友哩！为朋友两肋插刀是应该的！”

☆ 孟浩然：唐代诗人，被誉为“田园诗派”的代表。

智斗书吏

孟浩然在长安遭到朝廷冷遇后，在亲朋好友的资助下，在襄阳十字街开了一个中药铺，取名叫“百草堂”。他不仅卖药童叟无欺，若遇穷苦百姓有个三灾八难，还经常予以接济。因此，深受人们的欢迎，生意日益兴隆。

百草堂的生意兴隆，同城的其他几家药铺的生意却日渐清淡。几家药铺的老板都是当地的地头蛇，十分嫉恨孟浩然抢走了他们的生意，便串通一气，买通了刺史衙门里的一个书吏，想借官衙势力搞垮百草堂。

这个书吏是刺史的亲信。平素也喜欢舞文弄墨，曾慕名想同孟浩然套近乎，可遭到白眼，心中早有成见。今见一伙人送银来要将孟浩然挤走，正中下怀，就满口应承下来。

这天，刺史在谈到襄阳的文人学士时，书吏乘机挑唆说："遭到朝廷冷遇的孟浩然，自恃才高无处用，在十字街开药铺，不知弄些什么花花点子，使全城都不安宁哩！"

"什么花花点子？"

"这个孟浩然仕途不畅，牢骚满腹，没有地方卖弄，竟挂出'百草堂'的招牌，吹嘘天下的药材无所不有，其实，是存心挤垮同行，唯恐天下不乱哩！"

"真有这等事吗？"刺史疑惑地问。

书吏进一步进谗道："他不但欺行霸市，甚至还把老爷也鄙薄得一钱不值哩！"

"他说些什么？"

"小人不敢面讲。"

"有什么话，只管说吧！"

书吏凑上前去，压低嗓子说："他骂老爷目不识丁，草包一个。"

"什么？"刺史被激怒了。他发火道："看我来教训他！"

书吏干笑几声，道："对付他那样的穷酸文人，何须劳您大驾，我略施小计就可让他在城内站不住脚！"

"你有什么办法？"

书吏对着刺史耳边叽咕了一阵。原来，他出了个鬼点子，由刺史开了一服中药单要孟浩然照单发药，若配不齐或者根本没有，就砸招牌封药店，以行骗罪抓进大牢。

书吏拿着鸡毛当令箭，三步并作两步率着衙役径直来到"百草堂"，进门就将手中的药单往柜台一甩，咋呼道："这是刺史大人急需的药，赶快照单发药！"

药铺的伙计接过药单一看，傻眼了。原来药单上开着从未见过的四味药名："行运早，行远迟，正行运，不行运。"

有个伙计上前对书吏陪着笑脸道："不知刺史大人是请哪里的郎中开的药方，我们从未听说过有此药名，还是另请……"

还没等伙计说完，书吏就破口大骂道："你们不是开的'百草堂'药铺吗？若是配不齐刺史大人的药方，我就要动手砸招牌、封店门，抓你们掌柜的进大牢！"

伙计慌了，忙道："我们药铺确无刺史大人要的药，请到其他药铺看看。"

"哼！自称天下药材无所不有的'百草堂'，今日倒刁难起刺史大人来了！来人哪，先把'百草堂'的招牌给我砸了！"

"慢！"吵闹声中，孟浩然从里面走了出来。他接过药单看了一眼，心里明白这是在出难题，再看书吏和一帮凶神恶煞的衙役的架势，知道来者不善。禁不住付之一笑，问道："既然是刺史大人关照小铺，有劳书吏先生带衙役来抓药，不知有何见教？"

书吏傲慢地说："刺史大人急需几味药，必须照单发药，否则就要砸你招牌，治你行骗罪！"

孟浩然淡淡一笑:“刺史大人的病好蹊跷呀。不过,他所需的药,本店里应有尽有。”

“孟先生别吹!刚才伙计说连药名都没听说过,你说有,当现拿出来看看。”

孟浩然不慌不忙地在柜台上摊开了四味药。

书吏一看,原来是一片萝卜干,一块生姜芽,一粒红皮李子,一枚干桃僵,讥讽道:“孟先生,你自恃才高医精,请问这堆乱东西算什么药?”

孟浩然笑道:“萝卜是‘甘罗’的意思。甘罗12岁就当了宰相,你说他是不是‘行运早’呢?”

“就算是!”

“生姜芽是‘姜子牙’之意,姜子牙83岁才遇周文王,你说他是不是‘行运迟’呢?”

“也算是!”

“这红皮李子,虽然酸不溜溜的,却是紧俏货,所以它叫‘正行运’哩!”

“啊!”

“这干桃僵是隔年的桃子留在树上的,经过雪冻霜打,已算不得鲜果,只能入药,所以它已‘不行运’了。”

孟浩然面对四味药侃侃而谈,书吏无话可驳。

孟浩然见书吏呆呆地愣着,接着说:“我将这李子和桃僵还有一比!”

“比做什么?”

“这红皮李子好比你,干桃僵好比是我。”孟浩然一字一板地说,“你虽初通文墨,不学无术,可有刺史的粗腿可抱,整日摇唇鼓舌,借刺史之名狐假虎威,当是‘正行运’。我空有满腹文才,却受到小人的中伤、忌妒,就是自谋生路开药铺,也有人暗中使绊子,所以‘不行运’。”

书吏见孟浩然借题发挥,暴跳如雷:“你当众羞辱我,等着瞧!管叫你吃不了兜着走!”

孟浩然嘿嘿冷笑道:“势利小人的伎俩我见得多了!有本事尽管使出来,我孟某人奉陪到底!你为刺史要的药已配齐,请从速离开,别在这里影响我做生意!”他说罢,拂袖进屋去了。

书吏找不到岔子下蛆了,像斗败的公鸡一样怏怏回到衙门。

☆ 孟浩然:唐代诗人,被誉为“田园诗派”的代表。

智扬国威

西凉被唐朝打败后仍不死心,觉得武战难以取胜,就派了一个善诗的和一个会画的圣人去进行文战。

唐玄宗一见战表,立即召集文武百官议论此事。众大臣谁也不敢领旨,最后贺知章便保举诗仙李白去会那西凉的圣人。

唐玄宗大喜,宣李白到金銮殿接旨。

李白仅向唐玄宗要了一只渔船、一张鱼网、一名侍童和文房四宝，便来到界河，化装成一个渔翁去迎战西凉的圣人。

西凉的两个圣人带着随从来到界河边，喊叫起来："艄公过来，把我们渡过对岸有重赏！"

李白闻声摆渡过去，等他们上了船，划到河心，将船停了下来，问道："诸位先生是去唐朝经商还是访友？"

大圣人说："我们一不经商，二不访友，是到大唐国去对诗作画呀！"

李白冷冷一笑说："先生好大的口气呀！唐朝的诗人赛过天上的繁星，三岁顽童都会提笔作画，此去你们能获胜吗？"

二圣人傲慢地说："没有擒龙手不敢下大海，我们是西凉王亲点的圣人，他们岂是对手？"

李白说："二位如此高才，我要领教领教。你们若能胜过我这个渔翁，我就上长安去面奏皇上，年年向贵国纳贡；如若败于我手，该当怎讲呢？"

西凉圣人不服气地说："区区一个渔翁敢说此大话，简直是太小看人了！我们真的败于你手，不但收兵回国，还要继续向唐朝称臣进贡。"

于是，西凉的两个圣人和李白打手击掌。

李白问："我们先比什么？"

大圣人说："你说唐朝诗人赛过天上的繁星，那就先比作诗，我出题你作吧！"

李白说："好！以啥为题？"

大圣人说："就以你们唐朝的名山华山为题吧！"

李白听后，从船舱里取出文房四宝，挥笔先写了四句引诗：

"挥笔诗一首，
八山在上头。
若能念成句，
请喝进贡酒。"

他把引诗写完，接着又写了下一首"山"字形的主诗：

"山山
怨外
山莫青山
华碰外天
山险头天青山
华知方景水绿
山川到此万千深山
霞啸虎吟船千鸟百
去无路龙唱怎知有
嶂叠峦重煎知心人"

李白写完后递给大圣人。

大圣人接过去一看那引诗，就知道不妙。他再看那主诗，山字居多，两个居顶，六个各分两旁，合起来共八个山字。他怎么也念不成三句，只好递给二圣人。

二圣人一看，正念、倒念、横念、竖念，同样咋也念不成句，只好双手递给大圣人。

就这样，两人传来递去，还是干瞪眼。

二圣人悄悄对大圣人耳语道："年兄啊，唐朝一个渔翁就有此高招，就别说他们那朝中的宰相、状元啦，依我说认输了吧！请他给咱们念念也好长长见识。"

大圣人点头称是，他对李白说："老渔翁，对诗的事我们输了，请你当即念一遍让我们听听吧！"

李白说："我念一遍倒可以，不过你得先写个认输的字据，我才能念给你们听。"

二位圣人无奈，只好写下字据。

等签字画押完毕，李白接过字据收起来后，接过自己写的诗文念道：

"山外青山天外天，
青山绿水景万千。
深山百鸟千般唱，
怎知有人心如煎。
重峦叠嶂去无路，
龙吟虎啸霞山川。
到此方知华山险，
头碰华山莫怨山。

李白念完，两位圣人拍手称绝，连连叫好。

大圣人说是好向西凉王交旨，想把那首诗拿走。李白就送给了他。

李白说："这绘画之事还要比试吗？"

二位圣人说："既然来了，比试比试，分个胜败，也好回国交旨。"

李白说："作诗是你们出的题，绘画我就不客气！"

二位圣人一听，急忙取出画具，兴致勃勃地画了起来。他们先画山，又画树，丛树丛中，露出寺院的一角。

李白一看，摇头说："错了！深山藏古寺嘛，露出寺院还能称是藏古寺吗？"

二位圣人红着脸问："那该怎么画呢？"

李白说："山中露出个寺塔尖就行了，有寺塔，必有古寺，这样，古寺不就藏在深山了嘛！"

二位圣人又当场认输，同样又写了认输的字据。

李白说："二位圣人倘若不服，我把你们渡过河去，和那唐朝的诗人、画家们去比试吧！"

二位圣人齐声说："不必了！我们回去交旨吧，我们再也不敢前来冒犯了。"

李白拿了两张西凉圣人认输的字据交旨，满朝文武对他诗画退敌扬国威之举交口称赞。

☆ 李白：唐代诗人，被誉为“诗仙”。

智砸神庙

“哐啷——哐啷”，一阵锣响后，当地有个叫“活阎王”的财主带着一家老小，双手捧着放有香炉的条盘，来到村头一棵老槐树下，又是作揖，又是下跪，恳求神树保佑，临走时，还在树上挂了红布条。

原来有个外地人，趁暴雨放晴，从老槐树上采了几把树苗子，为牟取暴利，谎称天神借雷公电母送来了灵芝。这消息传到“活阎王”的耳朵里，他喜形于色，决定要在老槐树上做发财的文章，就上演了合家祭神树的丑剧。

神树的传说像风一般传遍了九村十八湾，并越传越神，一时间，冷清的老槐树下人来人往，香烟缭绕，供品叠起。

没过半月，“活阎王”就在老槐树下盖起了一间神庙，还派了一个人专门看庙，收取火纸蜡烛钱。

“活阎王”家有个长工叫董叫，他看到这座神庙像张开大嘴的妖怪，吞噬着人们的血汗，养肥了“活阎王”，有些气愤不过，就找到了行侠仗义的皮日休，把“活阎王”所玩鬼把戏的底细说得一清二楚，让他帮助想个办法，免得人们再上当受骗。

皮日休想了想，说：“你把村里的青壮小伙串联几十个人，按我的眼色行事，保证当众戳穿‘活阎王’的鬼把戏。”

董叫答应了一声“好”，便邀人去了。

这天，夜深人静时，村头老槐树上突然响起了锣声，惊醒了正在熟睡的人们。大家听到有人在高声呐喊：“快来看！神庙里捉到一个鬼呀！”

大家都点燃火把，手持家伙，把神庙围了个里三层外三层。

人们透过火把，看到老槐树下吊了个怪模怪样的菩萨，不知怎么回事。

这时，皮日休高擎着火把，指着被吊的菩萨说：“父老乡亲们，是‘活阎王’假借老槐树有神灵建下这座神庙，利用这个木头菩萨欺骗大家，盘剥乡邻。如果不相信，大家可以看看证据。”他把手上的火把晃了一下，董叫率一帮小伙子押出一个干瘦的人。

大家定睛一看，原来就是“活阎王”派的守庙人。只见这瘦猴挑着一副担子，一头箩筐，一头是油桶，不明白是怎么一回事。

守庙人被押在老槐树下那吊起的木菩萨旁边，皮日休当众审问道：“我们已经知道榨取大家血汗的恶人是‘活阎王’，与你关系不大，你要照直讲才能放你，代人受过实在是划不来呀！”

瘦猴子转动眼珠一望，火把下的只只眼睛都饱含愤怒，连声回答道：“是是是。”

“当初盖神庙的时候，‘活阎王’是怎么对你说的？”

“他说，盖一座庙比开个烟馆强多了，可以赚一大笔钱。”

“你当众说清楚，‘活阎王’是怎么装神弄鬼盘剥人的？”

瘦猴子见众怒难犯，被迫交待道：“东家命我向前来敬神的人收钱，没有钱就收东西，收的这些东西，让我三天拢一次，实物送到东家仓库里，钱收到再去放高利贷。”

皮日休又晃了一下火把，董叫上前揭开箩筐上盖的布。人们看到，一头是白米，一头是香油。在那白米堆上，还放着一个红布包。有人将布包解开，里面包着两块缺了边的银元。

这时，有位拄拐杖的老人捧起那两块缺了边的银元愤怒地说：“我儿子身患重病，今天早晨去求神，没法子，向‘活阎王’借了三块银元敬神，他当即扣了一块作为利息还不算，还给了两块缺了边的。想不到，是他这个黑良心的家伙变着法子骗人啊！”

“对。”皮日休上前对众人说，“吃人不吐骨头的‘活阎王’立了木菩萨，修个神庙，肥了他自己害了我们大家，不如来个斩草除根，免得糟蹋我们的钱粮。”

皮日休手持火把，点燃了木头菩萨。

董叫带着一帮小伙子，忽啦啦将神庙连夜捣毁了。

大伙望着“活阎王”盖的骗人的神庙被砸了，木菩萨被火烧了，爽朗的笑声回荡四方。

☆ 皮日休：晚唐诗人，以参加黄巢农民起义而闻名。

智夸特产

三年一度的科举考试，天下才子云集京师长安。

一天晚上，襄阳才子皮日休和天南海北的才子们再次聚首。他见各路才子都携有家乡特产，便说：“小生请问各位仁兄，何谓‘天下第一味’？”

金陵的才子笑道：“这还用问，当然是我家乡的香肚了！它形如苹果，外皮细薄，富有弹性，肉质紧密，红白分明，吃在嘴里不油不腻，略带甜味，堪称第一。”

一位广东才子听后矜持一笑，摇了摇头道：“我家乡的蛇肉之鲜，‘龙虎斗’之味美，更胜一筹！”

四川一位才子争道：“我家乡的灯影牛肉酥香可口，乃大诗人元稹所创，可谓天下无双。”

长安一位才子道：“我家乡的葫芦鸡，皮酥肉嫩，香烂味醇，早被誉为‘天下第一味’，何处特产能够匹敌？”

长安才子这么一说，立刻遭到好多人的反对。有的说金华火腿最有名，有的说长江鲈鱼最有名，有的说东北的风干香肠最有名，有的说中原的道口烧鸡最有名……

天下的才子们各执一词，莫衷一是。

皮日休这时拿出一个不起眼的咸菜疙瘩，笑道：“这‘天下第一味’呀，不是山珍也不是海味，更不是那鸡鸭鱼肉，而是我手中这普普通通的菜！”

众才子都莫名其妙地望着皮日休，催他快说出是何道理。

皮日休侃侃而谈：“这是我们襄阳的特产大头菜。因为它是诸葛亮腌制的，又名诸葛菜。大家别看它值不了多少钱，但它确是‘天下第一味’。你们看这‘大’，不正是‘天’字的下边吗？‘头’不就是‘第一’的意思吗？这‘菜’自然是论‘味’的了！”

众才子听到这里才恍然大悟，原来这是一个谜语，于是个个笑得合不拢嘴。最后，大家一致公认，襄阳特产“大头菜”是天下第一味。

☆ 皮日休：晚唐诗人，以参加黄巢农民起义而闻名。

智诲门生

宋神宗在位时，出了两位很有名的文人，一个叫王安石，一个叫苏东坡。王安石是当朝的宰相，他见苏东坡天资聪明，过目成诵，出口成章，才高八斗，非常欣赏他，便把他收在自己的门下。可是苏东坡仗着自己年轻气盛，颇有点儿恃才傲物的样子，甚至对王安石主持的革故鼎新的变法大业也横挑鼻子竖挑眼，往往成为王安石政敌们的口实。王安石爱惜人才，心中虽对苏东坡身上的毛病十分恼火，但从未计较过，总想找个机会用重槌去敲响鼓，让苏东坡日益成熟，成为大宋朝的栋梁之材。可是朝中奸佞小人视心直口快、才华横溢的苏东坡为眼中钉，常借一些捕风捉影的事向宋神宗进谗言。就在苏东坡在直史馆祠任员外郎不久，便被排挤到湖州做刺史。

三年期满，苏东坡又回到京城。在回来的路上，他心想：当年多有冒犯王安石老太师之处，有道是“未曾朝天子，先必见相公”，回去得马上去拜访他。所以，他还没来得及安好家，便向王丞相府上奔来。恰不凑巧，王安石深睡未醒，苏东坡便被门官引至王府书房静等。

门官走后，苏东坡一人等得无聊，便四下打量起来，只见四壁都是书橱，文案上摆着文房四宝。苏东坡走到文案前面，看到一方砚下有一沓整齐的素笺，上面写了两句没完成的诗稿。他从笔迹上看，认得是王安石的。见题为《咏菊》的诗仅写下两句，他不由得笑了起来：“士别三日当刮目相看。三年前我见这老头儿笔下千言，文思泉涌，怎么三年后竟连一首诗都写不完呢！‘西风昨夜过园林，吹落黄花满地金。’”

念完诗稿，苏东坡连连摇头道：“老太师呀老太师，你学富五车，见多识广，怎么如今竟乱开腔！这一年四季的风都有名称，春天为和风，夏天为熏风，秋天为金风，冬天为朔风。这诗开头说‘西风’，西方属金，这应该是说秋季；可是第二句说的‘黄花’正是菊花，它开在深秋，最能抗风击寒，即便是焦干枯烂，也不会落花瓣，这‘吹落黄花满地金’不是在胡诌吗?!”

苏东坡为自己发现这个谬误暗自得意，兴之所至，忍不住举笔蘸墨，依韵续了两句诗：

“秋花不比春花落，说与诗人仔细吟。”

等候多时，还未见王安石起床，苏东坡便向门官留话改日再来拜见，急着回去安顿家小。

过了不久，王安石出堂，内心惦记着自己那首咏菊诗还没作完，便径直来到书房。他一看诗稿，马上皱起了眉头，问门官："刚才谁来过这里？"门官忙禀告："湖州府苏东坡老爷。"

王安石也从笔迹上认出了苏东坡的字，口里不说什么，心里直犯嘀咕："这个苏轼，遭贬三年仍不改轻狂之性，不看看自己才学不到家，却敢来讥讽老夫！定要找机会敲打一番。"

再说苏东坡返回京城后便卷入是非旋涡，被奸臣罗织"乌台诗案"下了大狱，后经太皇太后以先帝"人才难得"的口谕才保住了性命。奸臣们仍不放过苏东坡，力谏皇帝将他削职为民，但王安石特别爱才，出面奏请皇帝将他贬至黄州出任团练副使。

苏东坡临行时，宰相王安石设家宴饯行。酒过三巡后，王安石道："子瞻降调黄州，是皇上的旨意，老夫爱莫能助，你不会错怪我吧！"

苏东坡想到王安石为当朝宰相，权倾朝野，虽政见不合，但人格还是值得信赖的，便回道："学生自知才疏学浅，为人处事不够练达，哪敢有怨老太师之理！"

王安石笑道："子瞻才学在晚生中属佼佼者，哪会不行。只是这次到黄州做一闲官，有空儿还要多学习。有道是天下学问勤方知，世上事杂思则明，望我们师生共勉。"

"谢老太师指点！"苏东坡自认为自己读书万卷，才压千人，此时口中虽然这么说，但心里还是多少有些不服。

"子瞻去黄州后，老夫有三件事相托。"

"老太师所托，学生应当尽心尽力！"

"老夫独爱百花中的菊花，又好美食，子瞻若回京城时，给我捎一盆正宗的黄州菊花，但一定要是赤壁山下第三层岩坎上的菊花。第二，要樊口产的鳊鱼，但一定要是水河庙前的第三窝的鳊鱼。"

"老太师，那第三件事呢？"

王安石叹了一口气说："我幼年读书太贪，染上一症，年老后常常发病，太医说是痰火之症，虽常服药，可难以祛除。为避免发病，太医又开一秘方，说是必须以阳羡茶用瞿塘中峡水烹服。现在，皇上赐给老夫阳羡茶，就缺那瞿塘中峡水。老夫几次想派人去取，都没有找到合适的人，担心所派之人未必肯用心。想到子瞻离那里近，如果方便，能给老夫带一罐瞿塘中峡水来，那老夫的衰迈之年就是子瞻延续的了。"

苏东坡受托后，赶往黄州赴任。他身居闲官，每天游山玩水，饮酒赋诗，日子过得十分轻松。

黄州太守与苏东坡交好，重阳节这天特邀苏东坡到赤壁登高。当他们攀登到火烧赤壁那第三道岩坎时，一阵江风吹过，满枝的菊花瓣纷纷落下，只见满地铺金，枝上空空如也。苏东坡当即惊得目瞪口呆。

太守忙问："菊花落瓣为什么让你如此惊诧呢？"苏东坡叹了口气，把自己改诗的前前后后原原本本地告诉了太守，并说："原来老太师奏本把我贬到黄州，是为了让我看这菊花啊！"

太守听后，建议道："老太师学识的确渊博，但是大人大量，若你能到太师门下赔罪认错，他一定会原谅你一时的无知的。""我倒是很想去，可惜没有一个进京的理由。"太守想了想，说："这事就由我来安排吧！"

转眼到了冬至节，州府照例要派人进京送贺表，太守就将此事交给了苏东坡。

苏东坡想到王安石所托付的三件事，便挖下一丛赤壁第三道岩坎上的菊花移栽到盆里。

菊花有了，苏东坡就到樊口去买鳊鱼。偏偏水河庙前第三窝的鳊鱼很不容易买，他就在水河庙附近买了好几条鲜活的鳊鱼，连水带鱼用箱子装好。

为了去取瞿塘中峡水，他辞别太守后先到夔州，雇船顺江而下。

苏东坡立在船头，见江水浩渺，波光粼粼，一泻千里，从峭壁陡峰中蜿蜒而出，壮丽的景色美不胜收，便想做一篇《三峡赋》。当他构思文章时，船只已驶过中峡，到了下峡。慌乱中，他急忙吩咐水手道："我要取中峡的水，快给我掉转船头！"水手禀道："老爷，顺水行船，船如箭，回船逆水，难上难啊！"苏东坡想了一想，问道："你常年跑三峡，哪峡水最好？"水手说："三峡相连，没有阻隔。上峡水流到中峡，中峡水流到下峡，昼夜不断，一样的江水，难分好坏。"苏东坡暗自想道："老太师真是名不虚传的拗相公啊！三峡相连，一样的水，为什么一定要中峡的水？"于是，他就叫手下人取了一罐下峡江水，用柔皮纸封住，亲手做了记号。

赶到京城后，苏东坡立马去拜见王安石。王安石听到通报，便约苏东坡到自己的书房内相见。

苏东坡落座后，猛然看到自己续写的那首《咏菊》诗贴在对面房柱上，羞愧得脸都红了。王安石指着诗稿说："子瞻，时间过得真快啊，去年做的这首诗，转眼又过了一年了。"苏东坡急忙捧出那盆从赤壁第三道岩坎移栽的菊花，伏地叩拜："学生知罪了！"王安石扶起他，笑道："你从没见过这种落瓣的菊花，也怪不得你！那樊口水河庙前第三窝的鳊鱼和瞿塘中峡水，你帮我捎带了吗？""带来了。"苏东坡应道，赶紧叫人把鱼箱和水罐抬了进来。

王安石先取出鳊鱼，往备下的清水桶里放时，问："这鱼是水河庙前第三窝的吗？""嗯……是的。"王安石就把鳊鱼往清水里一丢，"咕嘟"一声响，一朵油花冒了上来。"这条不是。"王安石又一连丢了好几条鳊鱼到水里，不是一声"咕嘟"一朵油花，就是两声"咕嘟"两朵油花，他都说不是。

怪了！苏东坡住在樊口对岸的黄州，鳊鱼吃过不少，还不晓得怎么分辨水河庙前第三窝的鳊鱼哩！

最后，他拿出一条鱼，说道："这条八成是的。"果然，鱼丢进水里，"咕嘟、咕嘟、咕嘟"三声响，三朵油花冒出来了。"果真是的。"王安石高兴地说。"老太师是怎么分辨出来的？"苏东坡问。王安石一笑，没有回答。

接着，王安石又把苏东坡带来的水用银壶煮热，取来白瓷碗，放入阳羡茶，再拿起银挑子将水倒入碗中，好长时间才见那茶的颜色。

"子瞻，你这是从哪里取的水？""是那瞿塘中峡水。"王安石笑道："你又来糊弄老夫了。这明明是下峡的水，为什么冒名说是中峡水？"苏东坡听后大惊，忙说："当地人都说三峡相连，一样的水，我就信了。这的确是下峡水。老太师又是怎么分辨出来的？""唉，饱读诗书的人也不可轻举妄动，遇事需要细心观察。老夫如果不是亲自到过黄州，见过那落瓣的黄花，怎敢在咏菊诗中乱说呢？若不是推行青草法时，在那樊口水河庙亲眼见过渔民们展示第三窝的鳊鱼遇清水‘咕嘟’三声冒三朵油花，老夫也是无法辨识。再说这瞿塘三峡，西陵峡为上峡，巫峡为中峡，归峡为下峡。那瞿塘中峡在夔州城东边，两崖对峙，重峦叠嶂，遮天蔽日，没有南北风，只有上下风。这瞿塘水性，出自《水经补注》。上峡水性急，下峡水性缓，只有中峡水缓急适中。太医看出老夫是胃中有病，所以用此峡的水沏茶味浓，下峡的水沏茶味淡，只有那中峡的水沏茶才浓淡相宜。适才见到那茶色半天才显现出来，就知道这是下峡的水。”

苏东坡听了，不由得对王安石的学问包罗天地万象佩服得五体投地，赶忙离座再次谢罪。王安石呵呵一笑道：“没什么，都是因为你太聪明了，才这般马虎大意的。”苏东坡红着脸自责道：“有道是‘聪明反被聪明误’啊！今见老太师托学生三件事，其良苦用心是一而再再而三地教诲学生，学生我定会终生铭记。”

王安石原本就很爱惜苏东坡这个难得的人才，现又见他能知错改错，便再次上奏皇帝，将他重调回京城委以重任。

☆ 王安石：宋代著名的“政治家、文学家”，以“变法”而闻名。

智断悬案

安徽无为城里的百姓听说通情达理、能书擅画的米芾来做署衙理事，待到官告公布他到任的这天，衙门口拥来许多要申冤讲理的人。

日上中天，人们伸长脖子等呀，盼呀，还没听见新老爷升堂的号炮，其间有位花白胡须的老汉就把那堂鼓擂响。

衙役闻讯，跑出来喝道：“新老爷还没上任哩，要打官司过两天再来吧！”

那老汉悲怆地当街哭诉道：“我满腹冤枉，几任糊涂官都没断清，今天非要请米大人公断不可！”他也不管衙役的阻拦，硬朝衙门里闯，一路呼喊着：“老爷，快为我做主呀！”

正在吵嚷的当儿，衙门照壁那边传来阵阵马嘶声。人们循声望去，只见一匹高头大马上骑着一老者，一边扬鞭催马一边对人们说：“请让条道，让我进衙门去办事。”

围观的人还没回过神来，那人便骑马进了衙门口，只见他将马朝廊柱上一栓，就一屁股坐在衙门正中的公案椅上。衙役头目见来人奇装异服，举止古怪荒诞，还当是个疯子，挺起杀威棒喝道：“这是朝廷命官的专座，随便坐上去我就敲碎脑袋！”

来人哈哈一笑，从衣袋里摸出一颗亮闪闪的印章往公案上轻轻一搁，对衙役头目摆摆手说：“先将它敲碎，再敲我的脑袋也不迟呀！”

衙役头目见了署衙官印，吓得冷汗直冒。原来他就是新上任的署衙理事米芾啊！

米芾不去扯旗放炮贴告示，脱了外衣，理了理官服，端正坐定后，就拍响惊堂木，对傻愣着的衙役头目发话道：“刚才不是有人擂鼓告状吗，快将状纸呈上来！”

衙役头目定住了神，回禀道：“前来擂鼓告状的是前街做小买卖的李老头。他目不识丁，状告三家邻居和他家兄赖账，又拿不出字据，前几任老爷都判他无理取闹，不予受理，想不到今日又来轰新老爷的台子，待我乱棒将他打出去！"

"大胆！"米芾喝住衙役头目，"人说衙门八字开，有理无钱莫进来，想必他花不起银子就被拒之衙外吧？"

还没等衙役头目回话，那闯进公堂的老汉扑通跪下，哭喊道："我被人赖账多年，早已一贫如洗，请不起人写状纸。今日大人一语道破，万望给小民做主。"

米芾打量着堂下跪的白胡子老汉，见他衣衫褴褛，一副忠厚老实的长相，便问道："你姓什名谁？状告何人？"

老汉抬起头，回道："我名叫李二，因有把子年纪，人称李老头，大半辈子在这无为城里做小买卖，有三位邻居和我家兄串通一气，赊账多年不还，早已使我生计无门了。我找他们讨账，他们不但不还，还说我讹诈，到官衙里告状，全是糊涂官打咱老百姓。万望大人今日公断！"

"赖你账的是何人？"

"就是我的三位邻居，他们一个叫侯山；一个叫马有德；还有一个叫朱进城，另外就是我家兄。"

米芾听罢，当即吩咐差役速传被告上堂。

这四个人来到公堂上，齐声呼道："这老头穷急末路，诬赖好人，望老爷为我们做主！"

原来李老头擂鼓告状时，他们四个人就在一旁看热闹，想到几任八台大轿抬来的官难了的官司，谅骑马进衙的署衙理事也理不清这多年的糊涂账，便以攻为守，将被告变为原告。

米芾问李老头："你状告的是他们四人吗？"

"是。"

"他们赖你的什么账？"

"小民和他们几个都是同街做生意的。前些年，邻居侯山说购批山货，手头紧巴，将我积下的银子全借去了，至今没有归还。后来，又有街坊马有德、朱进城说帮我换货，将店里的货物拿去不少，到现在没结果。还有我家兄，今日赊这，明天赊那，答应过些日子一次付清银子，到眼下连一毫也没见着面。他们四人这一赖账，就把我坑得身无分文了。"

还没等米芾发问，那侯山就申辩说："大老爷别听李老头的胡言乱语！小民做事从来都是快刀切豆腐——利利索索，早上买东西，露水不干就付银子，赖账的事从来没有过。"

马有德、朱进城听侯山振振有词，齐声说："我们根本没有和李老头打过来往，请大老爷为小民做主。"

李老头的家兄见状，也不酸不凉地说："虽说手足之间来往是常有的事，但我们从来都是亲兄弟明算账。你有账，我就付银子。你穷急了，到我柜子支银子用就行啦，公堂之上来讹诈，真为你丢人现眼害臊！"

李老头听到这里，气得浑身直打颤，怒冲冲地回道："不怕你们黑心烂肺地狡辩，我这里有本账记得一清二楚哩！"

这几个人都知道李老头是个斗大的字认不了半升的睁眼瞎子，原来告状都没见过拿出什么账本，一阵冷笑过后，喊道："你那卷鬼画桃符的东西，别再像土疙瘩罩脸来迷新任大老爷的亮眼。你只要拿出有名目的账单，我们公堂之上就付银子。"

米芾对李老头发话道："别急，有话慢慢讲，有证据就往外拿，本大人自会理断清楚。"

李老头见新来的官老爷慈眉善目，在公堂上和风细雨，就从怀里掏出一卷纸，呈上公案，说："他们四个人赖的账都在这上面记着哩！"

李老头的家兄耐不住了，讥讽道："财迷心窍，用画讨账，真稀罕！"其他几个人一见，连连撇嘴。

米芾见这四人在公堂上挤眉弄眼，蛮横霸道，斥道："本大人还没问话，你们竟强词夺理，真是岂有此理！"他说着，丢签给衙役头目，吩咐道："将这四个人押到堂下候审！"

待衙役押走了几位被告，米芾对着李老头的那卷画翻来覆去地看了又看，琢磨了又琢磨，心中开了窍：这不是铁证如山！他怕证据不足，又传来李老头的所有街坊邻居。

这些人见米芾走马上任就查前任积案，心里顺气，又见为老实巴脚的李老头做主，便在公堂上，竹筒倒豆子一般将事情的原本说了个明明白白。

米芾心里有底，又传上几位被告，道："你们赖李老头账的人证、物证俱在，还不赶快在公堂上偿还银子！"

四个被告异口同声地说："他那鬼画符能作数？"

米芾鼻子一哼，立起身，指着一幅画说："这里有只猴子在吃东西，又全是山货；猴子身后有一座山，难道不是你侯山赊银子做山货生意吗？"然后，他指着另一张画说："这匹驮钱的马，蹄子下面有个婴儿，可是马屈着腿，没有将蹄子踏下去，这不就是说马有德行吗！马没德行，不就把婴儿给踏死了吗？这钱袋上的黑点点就是记的马有德赊货的账。"

侯山和马有德听米芾说得有鼻子有眼，还想狡辩，看到众街坊邻居立眉瞪眼望着自己，想到家里有黄金，隔墙有戥秤，佯装过不去，只得乖乖认账，当堂付银子。

朱进城和李老头的家兄一见大势不好，心里发慌，可嘴却像死鸭子一样硬。

米芾见此情景，又指着一张画说："看这头猪在城门内拱食，这醒目的猪食堆不就是你朱进城的赖账吗？"

朱进城羞得无地自容，连声说："是，是。"

最后，米芾将一张画扔下，对前来作证的人说："大家瞧瞧，这就是李老头家兄赖的账！"

众人一看，只见纸上画着两个人叠在一起，上面的一个大人脖子上套着个大钩子，吊着下面小人手里的大元宝，都明白是怎么回事了，纷纷向李老头的家兄投去白眼。

李老头的家兄看到这画上的元宝跟自己赖的数目不差分毫，也便心服口服地把账给还清了。

这样，米芾观画断案的事儿传开后，好人放宽了心，歹人收敛了劣迹，无为城里百姓们安居乐业。那李老头追回了本钱，生意也是越做越红火。

☆ 米芾：宋代著名书画家。

智戏奸相

铁宰相王安石罢相以后，章惇左右逢源，得到了皇上的信任，马上就要入阁拜相了。米芾素来眼里揉不得沙子，对当面是人，背后是鬼的章惇早就看不惯，总想找个机会当众把他羞辱一番解解恨。

章惇写得一手好字，自吹深得二王的笔意，凡是二王的法帖，不是用重金购买，就是巧取豪夺，生窟窿打洞也要弄到手，常常以二王法帖的收藏家和鉴赏家自居。他的一个门生摸透了他的心理，四处物色二王的墨迹法帖，好作为恭贺章惇入阁拜相的贺礼。米芾得知了这里面的弯弯绕，觉得是天赐良机，赶紧翻箱倒柜找出了王献之的《鹅群帖》，把它临摹在皱巴巴的古色麻纸上，又仿一些前朝尽收眼底书坛圣手的笔迹书上跋，自己刻了王献之最心爱的两枚图章朝上面一压，装上玉轴，用锦囊包好，然后让一位穷朋友去卖，并转弯抹角将街市上兜售王献之法帖的消息传到要巴结章惇的门生耳朵里。

果不出所料，那个门生听到这消息，就像猎狗寻找猎物一样，很快找到了卖帖人。一看这古帖，还是头一次发现，如获至宝。但是，一听卖帖人张口就要1000两银子，怕吃亏上当，就想到新近入仕的米芾是这方面的行家里手，就把他请来评鉴。谁知米芾翻过来倒过去一看，便摇着头说："这是赝品。"那门生一听，便打消了购买的念头。没过两天，有人告诉那门生说，米芾爱古帖如命，上次他一眼就看中了那法帖，故意说成是赝品。他转回去，愿出2000两银子把帖买下，因手头拮据，已下了500两银子的定钱。那门生听后，想到几年前，米芾和他的朋友蔡攸同船过渡，蔡攸拿出王羲之的《王略帖》给他看，米芾爱不释手，当即要以他收藏的一幅古画进行交换，蔡攸不乐意，他就要投河，蔡攸怕船翻了，人亡画毁，只好用古帖换了古画。他由此断定，米芾今天又在玩弄花招，于是火速再寻卖帖人，以2000两银子把法帖买下了。

等到章惇拜相的圣旨一下，那门生趁着他大宴宾客的时候，掏出一个锦囊呈上，说："恩师，承蒙圣上慧眼识英才，您入阁拜相，苍生有幸。学生有一帧祖传王献之的《鹅群帖》献上，略表寸心。"

章惇入阁拜相，正春风得意之际，见门生献上《鹅群帖》，欣喜异常，觉得还是自己的门生知自己的心意，在大庭广众之上把桩抬足了，便夸奖道："老夫承蒙圣恩，暂领宰辅之首，但本意赋闲山林，寄情翰墨，难得门生的一番美意。"他说罢，让人取过锦囊，对入席待筵的宾客说："老夫亲得一帧王子敬(献之)的法帖，不敢独自秘玩，今逢各位光临，让大家都饱饱眼福。"

来恭贺的宾客中不乏有精通书法者，听说有名帖问世，都争相围过来观看。只见章惇亲自打开锦囊，展玉轴，众人眼睛一亮，齐道："好帖！好帖！"章惇在交口称赞声中仔细把法帖端详过来，端详过去，觉得比自己收藏的所有法帖更名贵，于是沾沾自喜地说："番邦要出万两黄金购买此帖，今有门生献我，实乃大宋之幸，老夫的福气啊！"

来参加宴会的苏东坡，不声不响地把那法帖盯了一会儿，在章惇正得意忘形之时，上前扯了一下章惇的衣袖，说道："我看未必是真品！"

章惇听罢，一阵长笑，说："我说苏学士呀苏学士，这又不是议朝政，明明新法好，你可硬说有罪过，这是实实在在的王氏名帖，还能欺骗我的眼力吗？"

"那也不见得吧！当今有人搜名帖以媚上，在没有办法时临摹古帖，冒充圣贤者之事恐怕还记忆犹新吧！"苏东坡说到这里，左顾右盼。章惇知道这是在讽刺自己前些日子呈献给皇上的王羲之的《黄庭经》名帖，最后被戳穿是赝品贻笑大方的事。他一个哈哈过后，连说："那是我用此来试试三公六卿有无慧眼。可眼下这法帖，笔法含篆隶而不露痕迹，自然安详而多具含蓄的回锋以敛其气；笔画的粗细变化与用笔的藏露互见，侧笔取势，顿、提、波、磔、使转的运用，结字的疏密斜正变化，字形大小参差，多么有节奏和韵律感啊！"

章惇以行家自居侃侃而谈，苏东坡不为所动。他马上乘势把话锋一转："说实在的，欣赏这王子敬的法帖，就像欣赏苏学士一幅肃穆恬静的山水画卷，更像聆听那一阕抑扬缠绵的乐曲，也像吟诵苏学士一首淡远典丽的诗篇。"

"章宰相切莫取笑于我，这帖上的字确实写得好，只不过那印章恐怕不是前朝古代的吧？"苏东坡不接受章惇的恭维，心直口快地说出了自己的直感。

章惇朝落印的地方瞅了瞅，似笑非笑地说："此乃王子敬经常使用的朱砂印，历千年可保本色，何况数百年而已。自古以来，牛、马、人物照本刻画，一摹便似，就是山水画，想仿摹也难成，何况是字，那虚灵之笔怎么也难摹像。就算你说这帖是赝品，这前人所作的各类题跋，怎不能一人有各神来之笔可为之吧！"那门生听尊师振振有词，也趁势说："这法帖是祖传下来的，伪作之言纯属无稽之谈。"

米芾起先待在一个角落里，听到这席间的争端，对苏学士能一眼看出破绽打心眼里佩服，对章惇假充内行感到十分可笑，一听那门生胡言乱语起来，便挤身上前，透过人缝向那法帖瞟了一眼，一阵大笑过后，说："这是我米元章练笔戏作，怎么被人拿到这里糊弄起当朝宰相来了？"

此言一出，四座皆惊。章惇回身一看，是放荡不羁的米芾，虽有一腔不满，但想到他在天子面前就不拘俗礼，怕当场弄个不欢愉，忙满脸堆笑，说："米贤士别在这里取笑。"

还没等米芾发话，那门生自己觉得把从街市上购买的法帖冒充是祖传的，十分心虚，在这众目睽睽之下，只好打肿脸充胖子，说："米贤士别在这里白日说梦，这法帖在我家珍藏了多少代，怎么倒成了你的练笔之作呢？"

"天下哪有自己的东西变到别人手里就不认得的道理。"米芾笑着说，"这是前些日子，我一个朋友手头紧巴，就拿了我戏笔作的此帖去卖，想不到被一个大买主出了2000两银子把它买去了，我实在是过意不去，要来了买帖的银票，去找卖主退还，想不到却在这里出现了，怪哉！"

那门生听罢，心中大惊，天底下怎会有这么巧的事？连忙打马虎眼："米贤士越说越玄了，怎么会有这种事？"米芾也不答话，从怀中掏出那张银票，朝那门生眼前一亮，说：请君睁大眼睛仔细瞧，看这银票是不是尊府钱庄的。"

那门生不看则罢，看后冷汗直冒。

章惇见场面有异，用蛇一般的眼光死死地盯住门生。那门生又惊又怕，只好硬着头皮编谎说："这银票是购买他物所用，与法帖没有什么干系！"

"你真是死鸭子嘴硬，就算这银票不足为凭，请看这是什么！"米芾边说边从衣袋里取出几枚图章。

那门生一看，竟与法帖上的闲章一模一样，顿时呆若木鸡。

众宾客看这模样，三三两两私议起来。

章惇见状，心想不能在此时丢丑，便板起面孔说："老夫鉴赏了多少法帖，哪会有差错！"

米芾上前一拜，说："宰相大人历来眼力不差，面上让人看得明白，背地里藏机巧就让人难明白了！"

章惇听这话中有话，反问道："米贤士此话是何意？"

"下官戏言，是提醒大人看看玉轴压的缝背面题的字便知道了。"米芾满不在乎地说。

"米贤士不要戏耍老夫了"。章惇听罢，气呼呼地将法帖往桌上一丢，"谁有闲心就去看吧！"

米芾见章惇虽在耍威风，但今晚他想欢愉却适得其反，露出几分得意的笑容。这一切都尽收在苏东坡的眼底，他借机抓起法帖，背转玉轴，只见上面写着"酒足饭饱消闲着，戏作玉帖寻开心"两句话，不禁哈哈大笑起来，连声说："此帖真是米贤士的戏笔啊！虽说以假乱真，可比王子敬的笔迹还好，难得的天下第一书家啊！"

经苏东坡这么一吆喝，众宾客纷纷传看，见米芾不但摹写王献之法帖比真迹还神气，而且连诸家书体的题跋，仿谁像谁，博得了一片称赞声。

章惇自觉得大权在握，在朝野上下有一言九鼎、举足轻重的分量，就是论书学，多少也是王氏笔意通，想不到在庆贺入阁拜相的喜宴上附庸风雅不成，反而当众掉了底子，窝囊气没地方出，命人赶走了那个门生，自己也羞愧难当，面色灰白，逃进了内室，使这朝贺的宴会在十分尴尬中不欢而散。

☆ 米芾：宋代著名书画家。

智斗权贵

米芾用赠画向富户要赈灾款的方法，筹集了不少银子，可是对众多的灾民们简直是杯水车薪。他万般无奈，硬着头皮，以私人名义向蔡京的干爹借一万两银子来解燃眉之急。

蔡京的干爹本来就是个一毛不拔的铁公鸡，想起米芾赠画赈灾，让自己破财丢丑那码子事，肚子里窝火没处出，听说米芾想把手伸进自己的银库里，放出话说："我有银子扔进河里，他米颠子这回也休想借去半毫。"

米芾碰了钉子，过后细一思量，也放出话说："他敬酒不吃吃罚酒，到时候非叫他乖乖地拿出一万两银子，我还不承他的人情。"

蔡京的干爹想到自己树大根深背后有靠山，哪里把一个小郡的芝麻官放在眼里。他听到米芾这番话后，不禁笑破了肚皮，说："一个不知从什么地方学会舞文弄墨的臭'白丁'，竟然像癞蛤蟆打哈欠一样口气大，只要我不吐口，他就是有三头六臂也休想动我一毫银子。"

米芾手下的人看事情已成僵局，就劝米芾另想办法，不要再去碰钉子。米芾毫不在乎地说："事在人为。莫看他口气硬，到时候他送银子来，我连个收据也不用写。"

人在气头上的话谁也没去当真。转眼到了年关，米芾吩咐手下人笔墨纸砚侍候，又来到蔡京的干爹府上。手下人十分奇怪，问："蔡府显赫一方，连对联也有巴结他的文人去送，老爷这是凑的哪门子热闹？"

米芾哈哈一笑，说："我的字，字字值千金，写副对联恐怕蔡府还出不起润笔费，就是写半副对联，蔡京的干爹不付个万把两银子也休想。实话说，不为借银子赈灾，在这个时候，他用八抬大轿来抬也请不动我。"

手下人连忙说："蔡府正团年，财门紧闭，这时候去借银子，那不是像报晓鸡去叫年——错了时辰。"大家劝米芾打回转。

米芾对着那紧闭的大门出了一会儿神，对手下人说："你们说的也在理，这时候不说难借半毫银子，恐怕连肉汤也讨不到一碗。罢罢罢，我给他题上半副对联，换他个万把两银子去救济灾民更好。"他说罢，便吩咐手下人磨墨贴纸。等弄停当后，他饱蘸浓墨，挥毫运腕，在蔡京的干爹大门上题了半副对联。

手下人一看，只见这半副对联的内容是——

"你家今年真好晦气全无财物广进门。"

大家将这半副对联断句言，心中打起鼓来：这样公然在过年的时候，骂当朝宰相的干爹"你家今年真好晦气，全无财物广进门"，说不定有一张黑状告上去，到头来米芾的脑袋会搬家，今天上门的人也会下狱坐大牢，连忙上前劝阻说："这半副对联要是被人看见，恐怕对大人不利，还是趁早撕掉算了。"

"撕掉这半副对联，谁给我一万两银子？"米芾一边打趣，一边又刷刷在上面题着名字，随后，他吩咐手下人："快去整仓理库，好接收银子。"

还没等米芾在官衙内坐定，手下人惊慌失措地对他说："大人，大事不好，蔡京的干爹带人闹进官衙了。"

"是送银子来了？"米芾问。

"哪里是送银子，他们是前来兴师问罪的！"

原来，蔡京的干爹团罢年，一群巴结他的阔佬阔少们按往日的习惯，给他送来大福大贵的桃符，走到门口，看到米芾题的半副对联，个个瞠目结舌。他们醒开窍后，争先禀告了蔡京的干爹。这个老东西也喝过几天墨水，开门一看米芾题的半副对联，勃然大怒，骂道："好个米癫子，竟然在新春佳节亲笔书写对联骂我，我决不与他善罢甘休。"前来的阔佬阔少们都被米芾用赠画的办法挖去过银子，总找不到机会出口恶气，眼下惹翻了当朝宰相的干老子，等于在老虎头上捋须，都鼓噪着找米芾问罪。

米芾看到蔡京的干爹被一伙人拥着，气势汹汹地来到面前，不慌不忙地深施一礼，说:“恭喜您老发财!”

蔡京的干爹一见米芾,怒气冲天地喝道:“你别猫哭耗子假慈悲!你写对联骂我‘全无财物广进门’是何道理?”

米芾故作一惊,回道:“老大人莫不是开门大吉,财源茂盛给喜糊涂了?我哪会骂你,写下那半副对联是在恭喜发财哩!”

“你不要在这里巧嘴舌辩!”蔡京的干爹指着米芾的牌子斥责道:“你身为朝廷命官,也搞起下九流贴黑帖一套来侮骂老夫,我非上告朝廷不可!”

“是不是你人老眼花,没看真切?”米芾和颜悦色地说,“我给你上题的那半副对联全是溢美之词。”

来的那帮阔佬阔少们见米芾满不在乎的样子,起哄道:“骂了当朝宰相的干老子,红纸黑字,再狡辩也抵赖不过去。”

“我米元章堂堂君子,从来不做暗事。今天列位闹到官衙来,索性说个清楚。”米芾板起脸道,“我为了赈灾救民,在场的不少人都赏脸买下画,捐了点儿银子,可是蔡老大人拿去我最好的墨迹,银子从没出过手。我没办法,以私人名义向他借一万两银子,他说拿不出半毫来。我想可能是穷吧?就趁财神进门的时候,我写了半副对联祝他财源茂盛,到时候借银子也方便一些,怎么你们都不识好人心呢?”

蔡京的干爹一听米芾是冲借银子的事来侮骂自己,更是怒不可遏,横眉竖眼地嚷道:“你莫说向我借银子脸面小,就是拿顶比你大的乌纱帽来换我的银子也嫌轻。今日你不当众把写对联骂我的事说明白,我们当即就把你从此地轰走。”

米芾扑哧一笑,说:“老大人可莫把我的好心当做驴肝肺了。我恭喜你发财,才亲自上门写下好对联。今日你既然不领这个情,虽说我这乌纱帽太小,可以拿它来打赌。若我写的是骂人的对联,我不等你们撵,就自己卷铺盖走人;我若是写的好对联,你敢输给我一万两银子吗?”

蔡京的干爹和随他来的一伙阔佬阔少们想到米芾是死鸭子嘴硬,便当众画押,表示永不反悔。

一伙人吵吵嚷嚷来到蔡京干爹的大门口。

米芾指着那半副对联问那帮子人:“你们说坏在什么地方?”

蔡京的干爹说:“你又不是睁眼瞎子!”那帮阔佬阔少们也大嚷大叫起来:“这半副对联连三岁的孩子都哄不过,难道你还想欺我们有眼无珠?还是快摘下乌纱帽滚走吧!”

米芾仰天长笑,说:“众位锦衣玉食,可别都成了酒囊饭袋!我写的那半副对联,连三岁孩子也知道是好对联,你们怎么全都没看懂?有烦蔡老大人将一万两银子搬到这当门口,我亲自念给你们听一听,要是稍有不雅,不劳众位轰台子,我自己就走人。若是大吉大利的好对联,收下这一万两银子,我就不开收据了。”

蔡京的干爹和那伙阔佬阔少们被米芾若无其事的样子激怒了,都像红了眼的狼拼上了,帮蔡京的干爹搬出了一万两银子,逼着米芾摘下乌纱帽,亲自念那亲题的半副对联。

米芾见一万两白花花的银子堆在当门口,边摘乌纱帽边将半副对联断句,朗朗地念道:

"你家今年真好，晦气全无，财物广进门。"

蔡京的干爹一听，梗着脖子说："写得好！"

米芾再问那帮阔佬阔少们这半副对联写得如何。那伙人无言以对，一个个像庙里的菩萨呆在那里。

米芾速令手下人毫不客气地收下蔡京干爹输的那一万两银子，整冠理带，扬长而去。蔡京的干爹当即气瘫在地，那帮阔佬阔少们也自认晦气，灰溜溜地躲开了。

☆ 米芾：宋代著名书画家。

智救挚友

徽宗迷恋上烟花妓女李师师后，为了寻欢作乐更便当，召回先皇驾下司天监提举沈括，要在镇安坊原址上造一座转阁楼。

沈括博学多才，向来被奸臣们所忌恨，被贬谪、放逐了不少年，直到白发苍苍时，才被朝廷恩准在京城闲住。他接到圣旨后，连连跺脚怨起老友米芾来："你发癫献了一幅烟花女子图，弄得满城风雨，今日又平白无故地把我也给牵连进去了，生出这劳民伤财、青史上要落骂名的事来。"

皇帝的话一出口，是很难更改的。沈括只好拄着拐棍进宫见驾，以便见机行事。

等沈括朝拜完毕，徽宗就开门见山地传旨说："听说老爱卿算学造诣奇绝，诸工百技都是盖世通才，特召你为朕造一座外面看着是楼里面不是楼，楼内设飞桥走索，明暗相通，任刮风下雨雪落霜，也不热不凉的楼来。楼里面间间似隔非隔，空心授墙，要九柱十八梁，外搭九九八十一个飞檐，檐上雕龙，檐下凿凤；刮东风，龙舞；刮西风，凤翔；要是刮东北风，龙凤呈祥；那楼盖每一片瓦陇中，都要置一盏莲花灯；楼阁最高处设一卧室，人不起身，也能观赏莲花灯海，眺望袅袅烟云、巍巍皇宫。"

沈括听完，不由倒抽一口凉气，心想，就是鲁班下凡助我，为浪子皇帝盖这样的逍遥奇楼，也会被天下人把脊梁骨给戳断的！他一个踉跄上前，奏道："老臣头脑迟钝，恐怕造不好圣上所要的转阁楼，请圣上另请高人吧。"

徽宗听了沈括的推辞话，满肚子不高兴，冷笑道："在汴梁城内，所有的官邸和官舍，无论怎样富丽堂皇，都一律平房院落，唯独你沈家是自行设计，自行督造的巍峨奇秀的楼阁，朕闻知后，召你来造转阁楼，怎么叫起难呢？"他说完，双眼盯着沈括，责问："你是不是在倚老卖老，恃才傲主呀？"

沈括听到这劈头盖脸的责问，心里发憷，唯唯诺诺地回奏道："老臣不敢。"

"为何不接旨？"

"国家财力多年不足，眼下大兴土木，老臣觉得欠妥。"沈括历经三朝，从骨子里看透了一代一代的皇帝喜的是玩，乐的是享受，忠义之士谁说真话谁倒霉。自己眼看就要入土了，何苦去惹出灭九族的祸来，便转弯抹角地回奏道。徽宗听完沈括这句话，沉下脸说："我还只当是老爱卿也像那些不知眼色的臣子一样，要朕收回成命呢！你只管按朕的意思盖楼就是了，关于人、财、物，自有工部调拨。”

沈括的一肚子话，被徽宗头不是头、脸不是脸地训了一通，全憋死在口内了。他硬着头皮接旨后，哪敢怠慢，当天就到镇安坊勘测来了。那些住在这一带的百姓，听说盖转阁楼要拆毁他们的房子，拦住沈括的轿子，哭的哭，喊的喊，悲声震天；一群老汉围上来递上万民书，请皇上体恤百姓，早日收回成命，不能让千家万户流离失所。

沈括见百姓们悲怆的样子，心里像有千百条锐牙利爪的小虫在拱噬般难受。一阵苦笑过后，骂起米芾来：“你这个颠不可及的家伙，画出个烟花女，扰得天下哗然，万民不安啊！”可是圣命难违，怎样才能建起能复旨的楼来呢？回到府中，他就琢磨开了。

常言说得好：“万事开头难。”要盖圣上所说的那样的转阁楼，首先就得绘图样呀！他日夜苦思冥想，关在屋内描呀、画呀，一连好多天，也没弄出个名堂来。“

过了不少日子，镇安坊处砖没垒一块，石没砌一方。徽宗又召见沈括，责问为何迟迟不开工。

沈括在真佛面前不敢烧假香，如实回奏说：“圣上要的转阁楼，举世罕见，老臣揣摩再三，连图样还没绘好哩！”

徽宗见耽误了不少时日，造转阁楼毫无眉目，难讨李师师的欢心，怒火中烧，刷地立起身来，声色俱厉地喝道：“你三朝受恩，今日为朕办事竟然推三阻四，此后又一拖再拖，是何道理？”他怒目盯着沈括说：“老爱卿可别敬酒不吃吃罚酒啊！”

沈括想到一生历经风风雨雨，到老的时候，还遇到一道翻不过去的坎子，酸甜苦辣一齐涌上心头，拖着蹒跚沉重的步子回到家中。

这时候，米芾早在沈括家中恭候，看到沈括愁眉苦脸的样子，赶忙揖拜，问道：“有何事把号称百事通的沈大人给弄得愁眉紧锁？”

沈括见是米芾，连声怨道：“都是你这个颠子干的好事，画下一个烟花女，弄得圣上神魂颠倒，异想天开，要在妓院原址造座转阁楼，派我监造，害得至今连图样都无从绘起。”

“我不是听说沈大人每造个什么物景，都要先有面糊和木屑造形，再熔蜡垒个样子，眼下遇到难处，何不去如此摆弄哩？”

“往日造物景都是平地起堆，眼下那镇安坊四周万民空巷，若要全部拆除，百姓们如何安身？我想造个新样式的转阁楼，至今还没图样，怎么造型？”沈括气呼呼地回答道。米芾笑将起来，说：“鄙人对百技一窍不通，知道沈大人在费脑子，特送只鸟笼子让你解解闷儿。”他说着，朝案头一指。

沈括见自己急得团团转时，米芾还在逗乐子，气不打一处来，叉手道：“现在我完不成圣命，合家老小都有性命之忧，哪还有什么心思玩耍！所有的事端不是都由你这个扶死人上吊的癫子引起的，还不快与我出去！”

米芾听到沈括在下逐客令，不气不恼，边走边说：“火气太盛防肝碎，瞅瞅鸟笼心自安。”

沈括肝火正旺，听到米芾临出门时还提到鸟笼子，抢起手中的拐棍就要砸。突然，他的手在半空中停住了。原来他看这鸟笼子做得十分精巧奇特，抬眼从上到下，从左到右细看一遍，双眼溢出了会心的笑意：这鸟笼扎得不就是一座转阁楼吗！于是，他起五更，爬半夜，在案子上用木屑和面糊的混杂物仿照鸟笼的样子堆积摹拟，做好了，一看，是那么形象逼真、玲珑乖巧；接着，又用火熔蜡，以蜡泪筑檐饰瓦，是那么晶莹剔透，入意合体，乐得他拍案击掌道："这个米癫子送来的鸟笼子，把我多日思虑不出的事情给迎刃而解了。"

就这样，沈括按照米芾所送的鸟笼子的样儿，一没有拆除原有的街巷，二没有损坏百姓们的房屋，相反，铁索悬梁，勾连会聚，使所盖的转阁楼中各个部位错落有致，格局新奇；从外表上看，飞檐凌空，斗拱拂云，玲珑剔透，巍峨屹立；从总体上看，比徽宗所想象的还要神韵天然，早可拥来红殷殷的朝阳，晚可采撷璀璨璨的霞光，置身在上面，比在仙境还要美十分。

所以，人们常说天下最好的楼是转阁楼。可惜，在金兵攻克汴梁城时，一把火将沈括监造的百般奇特的转阁楼付之一炬，后人不知啥模样了。不过，因这转阁楼是依照米芾的鸟笼子造的，后来人们就把妓女们比作笼中鸟。

☆ 米芾：宋代著名书画家。

智赎名画

这一年，太常博士米芾奉旨到太庙举行祭祀，主持和尚添灯油时不小心将油污溅到他身上。素有洁癖的米芾当即脱下官服让人洗了三遍。事后，有奸臣参本，说他不拘绳检，祭祀时公然洗去官服上水藻和火焰的纹样，违背礼仪，根本不是庙堂之才。皇上和有些大臣也看不惯他那矫俗炫艺的怪样子，就借机把他罢了官。

米芾不拿朝廷俸禄，日子过得很紧巴，不得不将珍藏的一幅很有名的古画拿到当铺里去典当。

这家当铺的老板外号叫黄鼠狼，专门干一些见不得人的勾当赚黑心钱。他见米芾丢官来当画，拼命杀价，并提出十分苛刻的条件要当一还二，将一幅价值千两银子的古画只开价 300 两，还要一个月内赎回，不然就利滚利。

转眼赎期到了，米芾无银子赎回那幅古画，十分焦急。心想折价变卖给识货的吧，一时又难以找到买主。不禁长吁短叹："黄鼠狼呀黄鼠狼，你专卡人的脖子实在太坏了！"突然，一只小老鼠从面前跑过，他灵机一动，自言自语道："哼！我自有办法治一治黑心肝的黄鼠狼！"

这天，米芾双手捧着一个十分精致漂亮的首饰盒进了当铺，对黄鼠狼说："老板，我急着用银子，拿来个宝贝要当！"

当铺老板眯起眼睛端详了米芾老半天，见他喜形于色地捧着个物件，就慢条斯理地问："你要当什么宝贝？"

米芾道："祖上传下来的稀世活宝哩！"

老板听了，心里直犯嘀咕：这辈子东腾西捣，见过的稀罕物什比满天星还多，从没听说过有什么传世活宝。可他见米芾捧着个精致漂亮的首饰盒，又想到：他米家世代为官，专和番邦打交道，他自己常年出入皇宫内庭，又喜欢收藏古玩书画，上次不是拿了幅价值千两银子的古画来典当吗？想到这里，老板走到柜台边，伸手去接首饰盒。

米芾没有递上去，而是紧紧地护着首饰盒，说："你要小心啊，这价值万两黄金的活宝贝千万不能弄丢！"

老板看米芾一副正经的样儿，故意不以为然地说："真是笑话！我当面开盒验货，弄丢了就包赔！"

米芾慎重地对老板说："我这活宝可不是一般的普通物件。"

"天下的宝贝我见得多了，有什么值得大惊小怪的！"老板说完，就要拿过米芾的首饰盒。

米芾拦住说："我这活宝举世无双，你弄丢了可得包赔！"

"那当然！"老板慷慨应允。

"那我们先小人后君子！我这活宝当多少银子随你的便，但我一定要赎回去。为慎重起见，先立个弄丢了原价包赔的字据吧！"

老板见米芾那舍不得忍痛割爱的神情，更坚信又有大敲竹杠的机会了。他二话不说，抓起笔写下弄丢了米芾的活宝原价包赔的字据。

米芾接过字据后，递上首饰盒。

老板掂了掂，不太重，就要开盒。

米芾说："这活宝要平衡放好再看不迟！"

老板小心翼翼地将米芾的首饰盒平放在柜台上，轻手轻脚去揭盒子。他不揭犹可，一揭盒盖，说时迟，那时快，只见黄光猛的一闪，那活宝跳到地上，跑了。

米芾见此，大叫："赔我宝来！"接着，他跺脚自怨道："我那是只黄金鼠呀！传了几代，到我手里被黑心肝的人弄丢了呀！"

老板起先懵了，慌忙说："我不知道它会跳呢？怪不得我！"他听到米芾说是只黄金鼠，愣了一下，便满不在乎："我当是什么活宝贝？原来是只黄老鼠，你存心在骗人！"

"什么？我骗人？"米芾气鼓鼓地说，"世上的老鼠有千万只，哪有黄老鼠？我那明明是吃黄金长大的活宝！你能抓只金黄的老鼠给我，就不叫你包赔了！"

老板想到世上只有黄鼠狼，哪有黄老鼠，米芾这分明是强人所难嘛！他狡辩说："你的物件我还没看清，它就跑了，这不能怪我……"

"不怪你怪谁！"米芾扬起老板刚写下的字据，斩钉截铁地说："因为我这活宝太值钱了！心想只当几天，一则将上次当的古画赎回去，二来兑出银子掘口水井供街坊四邻们饮用。活宝被你放走了，有字据在，你想赖也赖不掉！任你把官司打到金銮殿，我也奉陪到底！"

老板见米芾有凭有据，知道事情闹大了更麻烦，只得自认晦气，赔着笑脸问："米先生，你说怎么办？"

"你赔我的黄金鼠！不然，就去见官！"米芾根本不理黄鼠狼的茬。

老板见米芾那不可冒犯的强硬劲头，只好人到矮檐下，低头认错。任他好话说了千千万，米芾还是那句话："赔我的活宝来！"

老板毫无办法，只好乞求道："只要米先生高抬贵手，你不要黄金鼠了，叫我怎样包赔就怎样包赔。"

米芾沉默一阵子，才说："活宝跑了不复还，算我倒霉！你退还我的古画，并到宝晋斋附近掘四口井。一口供我自家饮用，其余三口作公用，让人们饮水时不忘你是个吃人不吐骨头的坏家伙！"

老板自知理亏，当现退还了米芾当的那幅古画，并请人不分昼夜地去掘井。

这样，宝晋斋附近突添四口水井，方便了周围的百姓，那个黑心的当铺老板一因掘井耗资巨大，二因弄丢了客户的活宝坏了声誉，不久，他那吃人不吐骨头的当铺生意就垮了。

事后，人们惋惜米芾的活宝被黑心肝的当铺老板给弄跑了，米芾总是漫不经心地说不碍事。原来，他是用了一碗菊花汁将那只小老鼠染成了金黄模样，有意去整治那当铺老板的。

☆ 米芾：宋代著名书画家。

智讥奸臣

"蝗虫蝗虫，
像条凶龙！
凶龙一过，
十家九穷。"

米芾走马上任，进入无为郡内就听到这首令人心酸的民谣。他屁股还没在衙门里落座，便四处查看灾情，只见飞蝗像乌云一般，遮天盖地；所到之处，把田里的庄稼吃得一干二净。他心里像火烧火燎一样焦急，便火速修书，将灾情呈报给按察司，要求救济；另外，他夜以继日地带领百姓们捕杀蝗虫。他见蝗群密集，用扫帚捕打不得力，就叫老百姓在田里开沟挖坑，夜晚在沟边坑旁燃起火堆。蝗虫见了火光就成群结队地扑过来，有的被火烧死了，有的被烧伤落在沟中和坑里。这样，土埋水淹，不几天的工夫，就控制了蝗灾。

同无为接壤的邻郡的郡守，看到米芾一到任就遇上了蝗灾，暗自幸灾乐祸。他也修书给按察司，说蝗虫是神虫，发蝗害是上天降下来的灾祸。米芾得罪了当今皇上，一上任就遇蝗灾是上天有意惩罚他。自己施行德政，感动了上天，尽管与无为地连边，田搭界，神虫也不贸然犯境。谁知这纸公文刚到按察使手里，他管辖的境内就发生了更严重的蝗灾。他见密麻麻的蝗虫不仅吃光了庄稼和野草，甚至连糊窗纸也吃光了，钻到有些农户家里，连小孩子耳朵也给咬破了。他慌了手脚，为了自圆其说，上告给按察使说："我见无为发生了蝗灾，怕祸及属地，整日沐浴净身，烧香跪拜，上天没有把蝗虫降下来，近日境内蝗害甚烈，都是米芾带领人给撵来的。"

按察使接到文告，半信半疑，马上将那郡守召来，厉声地问："你状告米芾，有何凭证？"

“米芾素来好颠，眼下亲自挥扫帚灭神虫，得罪了上天，越除越多。大人若不信，请登上城楼观看，无为郡内黑尘四散，可作佐证。

按察使见这位郡守振振有词，便登上城楼，放眼眺望，果然见无为郡内烟尘滚滚，四处飘散，不时还爆出一片火光，就问这位郡守：“这些烟火与蝗灾有何干系？”

“大人有所不知：米芾自身难保，祸及邻郡。他四处放火，八处冒烟，神虫发怒，到处乱窜，我处与他的属地接壤，受害必然首当其冲。”他便说边作揖道：“万望大人与下官做主，千万别让米癫子再把神虫给撵来了。”

按察使想到天灾降此地，手掌手背都是肉，他一边责令这位郡守想方设法去灭蝗虫，一边火速给米芾下道公文说，邻郡的蝗虫是从你那里飞来的，务必严加搜捕，若再侵袭邻郡，便要从严惩处，并责令公务再忙，必须要作回复！

米芾在田头看到按察使送来的公文，觉得十分好笑，不予理睬。送公文的差役急了，一把抓住米芾手中灭蝗的扫帚，哀求道：“米大人不作回书，小人难以复命！”

米芾看到送公文的差役焦急难耐，便吩咐手下人笔墨侍候，顺手在公文的空白处写了几行字，打上火漆印，让差役原封带回。

按察使抓过去一看，原公文上面批了四句话：

“蝗害本是天灾，
不由人力安排。
若说敝官撵去，
即请贵郡押来！”

按察使看过这戏谑的四句话，像迎风吃炒面，有嘴不能张，心里阵阵扑腾：这个难缠的癫子啊，他是在将我的军哩！

☆ 米芾：宋代著名书画家。

智筹赈银

米芾调到无为郡上任不久，就遭遇蝗灾，大片大片的庄稼被糟蹋得不成样子。百姓们生活无着，吃树皮，咽草根，忍饥挨饿度时光。可是那些达官贵人，巨商大贾们趁机囤粮居奇，放驴打滚的高利贷，把百姓祸害得更是黄连里掺苦胆——苦上加苦。不少发了横财的富户，听说米芾是诗书画“三绝”，连当今皇上都对他的墨宝爱不释手，虽说有的人连斗大的字也难认半箩筐，却要假装斯文，附庸风雅，八面钻营向米芾求字画，去装潢门面。

米芾为赈灾忙得焦头烂额，看到这些花天酒地、脑满肠肥的家伙们为了抬高身价，居然把主意打到自己头上来了，便一概回了个干干净净。这些富户仍不死心，便找到居住在这里的当朝宰相蔡京的干爹，送上“红包”，托他去打通关节。

米芾知道了这内中的弯弯绕，本想狠狠地羞辱奸相的干爹一顿，解解心头之恨，但转念一想，何不用这老东西当个牛鼻栓，牵着那些为富不仁的家伙们的鼻子走，到时候剜下他们的一大块肥肉来。

这天，蔡京的干爹来拜会米芾，一阵寒暄过后，便竹筒倒豆子——直来直去地说："你这位闻名天下的大书画家荣任我处父母官，老夫亲自过府求墨宝，总要赏个脸吧！"

"恭敬不如从命。"米芾当即铺纸挥毫，给蔡京的干爹写了一帧条幅。这个老东西一看米芾还挺主动、随和，觉得还是自己脸面大，恭维中又厚着脸皮说："今日得见这墨宝，果然赛过书圣二王。我这一挂出，本地的一些名门望族都会眼馋。若他们来求墨宝，请看在老夫的面子上，可别再一一谢绝啊！"

米芾朗朗一笑，说："既然承蒙你的吩咐，哪有不识抬举之理。不过，我初来乍到，人生地不熟，不知道索要字画的是何等有脸面的人物，就麻烦你把本郡的殷实富户早日登记入册，我好照本题款，一次还清墨债如何？"

蔡京的干爹一听，心里像抹了蜜糖一样高兴。他暗自划算：这下子，不知道又要收多少"红包"。米癫子倒成了我家招财进宝的财神了。他便笑眯眯地说："只要父母官肯给地方富户赏脸，我尽快造个详细的册子送来，以供备用。"

真是人有利益，忙早忙起。蔡京的干爹没过几天就将登记好的册子送到米芾的手上。

米芾按上面的姓名，逐个调查他们在蝗虫事件中发了多少横财，然后把事先准备好的字画，在上款添写某某人雅属的字样，用上等的绫罗包好，派衙役抬着字画，敲锣打鼓挨家挨户送上门去。

官衙里派人大张旗鼓地送字画，人们感到十分稀奇，纷纷围上前去观看。那些富户巴不得人多的时候借米芾的赫赫大名来炫耀自己，一个个都美滋滋地当场展字画来光耀门庭。谁知道这些字画里都附有一张盖有米芾印章、数额很大的收据，写着收到某某人润笔银子若干两，移作赈灾用。那些富户知道自己中了米芾的圈套，心里暗骂蔡京的干爹办了一件混账事，但在大庭广众下，为了顾全各自的脸面，只好忍痛如数认下了米芾赠画赈灾的银子钱。

智救国师

朱元璋以刘伯温为军师，平定了天下，建都南京。他怕别人来谋他的皇位，便想把一些曾经跟他打江山，而他认为不可靠的人杀掉，但又怕别人骂他是卸了磨就杀驴的负义之君，便想了一条妙计。他兴建了一座功臣楼，把功臣们都请到楼里来参加庆功宴，借放失火，把他们烧死。

刘伯温看破了朱元璋火烧庆功楼是玩的"飞鸟尽，良弓藏；狡兔死，走狗烹"的把戏，十分苦闷，便奏本退隐还乡。

朱元璋看出了刘伯温的心思，假借家宴以作挽留。

朱元璋和马皇后在御膳房接见刘伯温。

刘伯温来晋见时，朱元璋正在吃饭。

朱元璋道："先生素有文才，请赋诗一首！"接着，他举起手中筷子道："就以这个为题吧。"

刘伯温应声吟道：

"一对湘竹并眼看，

二妃曾洒泪痕斑。"

朱元璋一听，道："这是书生之见，不怎么样！"

刘伯温望了望朱元璋那似笑非笑的样子，想到他登基后的所作所为，便道："我还没赋完呢！"他随即续吟道：

"汉家四百年天下，

尽在留侯一借间。"

朱元璋听了大悦，连连称赞："好诗！好诗！"

马皇后见刘伯温即兴吟诗，前后各两句使丈夫判若两人，事后她向朱元璋垂问原因。

朱元璋道："我那天是给军师打哑谜。"

马皇后问："打的什么哑谜？"

朱元璋道："你应该知道张良借箸为筹的典故吧！"

经朱元璋这么一点拨，马皇后想起了这个典故：当年刘邦正在吃饭，他的军师张良走进来，张良借他桌上的筷子为筹，向他陈述了不可封六国之后为王的八条理由，成为关系到汉家事业成败的决定性的一策。她想到这里，只当朱元璋把刘伯温一直当做刘邦的张良一样看待，马上起身作贺道："军师足智多谋，就是当今的张良啊！"

朱元璋沉吟良久，叹道："我就是担心他的智谋啊！"

马皇后见朱元璋对刘伯温也起了猜忌之心，便担心刘伯温多有不测，就对朱元璋奏道："国师才高八斗，就让他教太子读书吧！"她心想，这样做虽使刘伯温屈才，但不卷入朝政，多少可以打消丈夫的猜忌之心。

朱元璋想到让刘伯温做太子的老师，表面上可示恩宠，实际上却削去他的权，便同意了。

于是，刘伯温便成了太子的老师。

那太子才十岁，朱元璋每晚都要查问他读的什么书，写的什么字；国师说过什么话，做过什么事。原来朱元璋想借此摸清刘伯温的心思，寻他个不是。

一天黄昏，刘伯温陪太子散心，来到皇庄，太子见屠夫正把一头黑糊糊、毛茸茸的活物抬到凳上杀，便问："师傅，他们这是在干什么？"

刘伯温道："宰猪。"

太子又问："为啥要宰猪？"

刘伯温回道："杀来吃。"

太子又问："猪都要杀掉吗？"

刘伯温道："小猪不杀杀大猪。"

当晚朱元璋得知后，疑心顿起："朱同猪音，岂不是暗指寡人。刘伯温啊，你竟敢指桑骂槐，侮辱寡人，看我们谁先杀谁！"

马皇后见朱元璋对刘伯温起了杀意，觉得丈夫做事太不应该，便想给刘伯温透个信儿加以防范，可又怕被人察觉，反倒坏了大事。她便想出个主意，做了两件礼盒，在礼盒里装着枣和桃两种果子，派亲信连夜送给刘国师。

刘伯温一看，知道这是马皇后示意自己"早逃"，暗暗称谢，急忙写下辞职奏表，连夜离开京城飞马回到故里。

☆ 马皇后：明朝开国皇帝朱元章的妻子。

智夺首席

解缙的邻居姓王的大地主为了贬低解缙的声誉，请了本县一些颇有名气的文人学士商量，设法出点儿难题，压压解缙的威风，让他的名声扫地，以长自己的志气。

商量的结果决定由王地主做东，办一次宴席，给解缙送去大红请帖，就说是"会文宴"，他肯定会来，因为不来参加就说明他害怕，来后谅他再神也斗不过众人，那时再给他好看。

春节的一天，解缙接到地主送来的一张大红请帖，内容是邀他去参加全县知名人士的会文宴会，他把这个消息告诉了父母，父亲不同意他去，因为父亲知道这是地主搞的鬼，目的是要解缙出丑，以破坏他的声誉，自古道：双手难抵四拳，地主请来的都是一些颇有社会经验的有文化修养的文人，肯定会输给他们的，即使解缙赢了，他们日后也会寻机报复，解缙可不顾这些，只考虑如果不去会文，他们一定会耻笑他，他很清楚这次的所谓会文是冲着他来的，在这种情况下他更不能回避，所以他还是决定去参加会文，父母没有办法，只好让他去。

当解缙快走到地主家大院门口时，一些穿戴讲究的文人学士慌忙退进大院，将院门关拢，只留一点儿缝回解缙的话："解秀才，我们老早就在此恭候你，这里有个规矩：凡来参加会文来迟的人必须先对联，对上了开门请进，对不上，不客气，旁边有个狗洞，爬进来，你看如何？"

解缙毫不惧怕，很爽快地回答他们说："可以！出对吧。"

门缝里有个人咳了一声，说："你听清楚。"然后拖长声调："小子无才嫌地仄，"解缙毫不经意地回答："大鹏展翅恨天低。"

这些文人见对上了，没有办法，只好开院门请解缙进院，解缙一跨进院门，文人们又立即退进了大门，将大门关上留了个缝，从门缝传出了话："对不起，对上了请进，对不上就站着等、听着！"

门缝里传出了上联："马过木桥蹄打鼓。"

解缙重复了一句"马过木桥蹄打鼓"，他用眼睛朝四周瞭了一眼，看见院里有几只鸡在啄盆里的食，灵机一动，有了下联：

"鸡啄铜盆嘴敲锣。"

大门在鸦雀无声中开了，解缙很自然地跨进了大门，问那些文人："还需要对对吗？

这些联都不很难，还有就说吧，既是请我来赴宴的，我有意留了点儿肚子，都饿了。”

一中年秀才说：“我说小秀才，果然文才不错，不过还没有到时候哪，还有一套二门，对上了，就请进客厅会文，对不上嘛，那只有在这儿等着，到时我们会送饭给你吃的。”

解缙轻松地回答他：“要是这一次我又对上了呢，是不是请我上座，大家都敬我一杯呢？”

文人们互相挤眉弄眼，意思是可以答应这个条件，有个年纪大点儿的李秀才对解缙说：“只要你对得好，我们请你上座，还敬你杯酒，如何？”

解缙说：“你们出上联吧。”

李秀才清清嗓门，唱出了上联：

“风吹马尾千条线，”

解缙又重了一句，这时他看见厅堂中间的餐桌上已摆满了很多菜，其中一只盆里装的是一条煎得黄黄的大鲤鱼，他想到了江边上渔民打鱼的情景：清早，渔民们捞起许多活蹦乱跳的大鲤鱼，阳光一照，鱼鳞闪烁着光亮，耀人眼目，顿时心生一联，嘴里轻轻吟唱着：“日照鱼鳞万点光。”

他自言自语地连续吟唱了几遍，觉得气势不很大，如果把‘鱼’字改成‘龙’字，那气派多了，再把‘光’字改作‘金’字，不但气魄宏大，而且在文字上也通顺优美得多！

文人们见解缙一时没有对出下联，脸上都露出得意之色，便开始议论起来，并夹杂着窃窃的讥讽声，以为这下可难住这位“神童”了。

这时候的解缙依旧从容不迫，对这群人高声说道：“诸位先生听着，这上联学生本不想对，太浅！既然大家都认为是佳联，那我就依着大家的兴趣说个下联吧，你出的是‘风吹马尾千条线’，我对个‘日照龙鳞万点金’可以吧！”

众人议论声戛然而止，笑意也钻进肉里不见了，不知哪一位乖乖地打开了二门，大家伴着解缙也都进了客厅。

那位姓王的地主见这么多人都没有难倒解缙，苦笑着脸显得很尴尬，考虑由自己导演的假戏既然已经真做，也只有边演边寻找机会下台，他皮笑肉不笑地招呼众人：“大家请上席，边吃边谈，没什么好招待的，请大家原谅，请！请！请！”

文人们辜负了主人的期望，颇感难为情，像是很对不起主人，这么多人都没有难倒一个小孩，有何脸面高兴饮酒，不过，他们还认为‘比试’还没有结束，如果大家用点儿心也许会转危为安。

这些人都不好意思争上下席位，解缙却很大方地边走往席首边说：“大家既然很客气，许了让我上座的愿，那我就恭敬不如从命啦！”

解缙正待坐下，一位干瘦的老秀才拦住他，说：“且慢，刚才这许多先生都许愿让你上座，我可还没有答应，我这里有一上联，请你对，如果你能对上，这上座让给你，对不出嘛，那就麻烦你在下座挂个角，如何？”

解缙爽快地回答他：“可以！如果我能对上，是不是请你在下座挂角，你要答应，我便对，不答应，在座诸位‘君子一言，驷马难追’，这上座，我还是要坐的，如何？”

大家都望着老秀才，老秀才不服这口气，满口答应。

解缙对老秀才说："请你说出上联吧。"

老秀才干咳两声，便摇头晃脑地吟唱起来：

"天作棋盘，星作子，谁人敢下？"

老秀才话音一落，众人便纷纷捧场，一个个伸出大拇指："好对联，好对联，姜还是老的辣……"

老秀才见众人称好，脸上也露出得意之色。

解缙心里有数：你天上有星，我地上有路，你天作棋盘，供玩乐，我地为何不能当琵琶欣赏，星可当棋子，路为何不能做琴弦，他脑子一转，下联也就出来了，他站在首座笑着对这些人说："那我就开始对下联了，请大家听清楚：

"地当琵琶，路当弦，哪个能弹？"

这些文人学士一个个口瞪目呆，老秀才像根木头站在桌边不动，厅内一片寂静，这时有位年轻人说了话："解秀才实乃奇才，鄙人佩服，这上座理当你坐，请坐，请！"他又招呼其他人："大家都入席吧，我们吉水出了这等才童，大家高兴才是呀，来，咱们该庆贺庆贺。"

这些人经他一提醒，大家都就梯下台，一致叫着："好主意，好主意……"

解缙老老实实地坐在上首，他瞧了瞧身边的那位老秀才，老秀才被他看得满脸通红，脸上挤出一堆苦笑，躬身对解缙说："果然名不虚传，自古道：'先生的眉毛不如后生的须（指胡子）'，老夫佩服、佩服，有得罪之处，还望解秀才见谅！"说完老老实实地搬了条凳子在桌子下首挂角坐下。

☆ 解缙：明朝《永乐大典》总编修，以少年才子闻名天下。

智斗衙役

明朝洪武年间，江西吉水县城出了个神童，叫解缙。父亲解开，是位私塾先生，母亲高妙莹，也出自书香门第。由于家道中落，这个家庭慢慢变得贫穷，仅凭教书来维持一家生计是远远不够的。因此，高氏每天做点儿豆腐上街卖，以弥补经济上的不足。

解缙是父母的独生子，父母希望儿子能成"龙"，所以老两口自小就对解缙进行文化教育和道德教育，对其大讲自古以来那些自强不息、奋发攻读的故事，比如像《凿壁偷光》、《头悬梁锥刺股》等都在解缙幼小的心灵中打下了深刻的烙印。

由于家庭生活贫困，他白天要帮助母亲上街卖豆腐，晚上才能跟着父母亲读书识字，听讲古典、对诗填词，解缙因为记忆力超人，过目能诵，他四岁就可以从头到尾、从尾到头一字不漏地背诵唐诗宋词、《孝经》、《论语》等，特别做对子，更是精练敏捷。

九岁那年，有一天大清早，解缙挑着一小担豆腐上街赶集，他老远看见平常不大的文峰街，这时候却行人熙熙攘攘、摩肩接踵，街两边摆满了做买卖的，叫卖声不断，他两眼直扫两边的菜摊，想找个能挤出个放担子的空隙，哪知这些摊位一个紧挨一个，挤得水泄不通，这时候路边有个认识解缙的滑头见他很吃力地挑着豆腐担走来走去，就对解缙朝县衙门口指了指："大绅（解缙别名），那块空地卖船都可以，还容不下你'兄弟'三个！"（讥讽解缙和豆腐担一样高，像兄弟三个）。

解缙朝衙门口一看，果然好大空场，当时也没有考虑别人为什么不去那里做买卖，便挑着担子摇摇摆摆停在衙门左侧卖起豆腐来。

不一会工夫，有个叫张三的衙役，手里拿着'杀威棍'来到解缙面前，指着解缙的鼻子吼叫说："你是哪家的无赖，敢在这里摆摊卖豆腐，快走开，否则，挨了'杀威棍'还要罚你银钱！"

解缙毫不害怕，理直气壮地回答他："我卖豆腐犯了什么法，要挨打还要受罚？"

衙役指着衙门边贴着的一张'告示'说："你违犯了县太爷的禁令！"

解缙摇摇头："我不相信县太爷会有这样不讲理的禁令！"

衙役气愤不过，用手提着解缙的耳朵往'告示'跟前拉，一边骂人："你睁开狗眼看看上面写的什么，看你还怎样抵赖！"

解缙把告示从右到左仔仔细细地看了一遍，然后转身朝豆腐担走去，一边还自言自语地说："有道理、有道理。"

衙役还以为解缙赞赏县太爷的告示写得很有道理呢，不想解缙一到豆腐担跟前，解下绑在担上的小木凳，坐下，口里喊着："卖豆腐呀，又嫩又新鲜，一个铜板一斤，二个铜板三斤，不买可要后悔啰！"

衙役气得直翻白眼，拖着杀威棍三脚并作二步赶到解缙面前，用手揪住他的衣领，咬牙切齿地骂道："你这小浑蛋，刚才便宜了你，你倒是神气起来，走，同我见县太爷去！"说罢拖起解缙便走。

解缙瘦小的身子哪经得住衙役那股牛劲儿，衣领一边被衙役拖着一边大声辩护："君子用嘴驳，小人动手脚……"

围观市民都遣责衙役张三不应该这样对待一个为了生计卖豆腐的瘦弱孩子，衙役见此，只好松手，在后面押着解缙去衙门见县太爷。

路上，解缙对衙役张三说："我的豆腐担等会儿可要你代我挑到家啰！"

"你放屁！"张三瞪圆眼睛骂解缙。

解缙笑了笑："你不相信，等着瞧吧。"

"你……"

公堂上的王知县见衙役押进一个孩子，不知什么事，待衙役回报了刚才在衙门口发生的事后就对解缙说："你小小年纪，竟如此大胆违犯本县禁令，若不处理，怎能取信于民，治理本县？你说，你为何藐视本县禁令，擅自在衙门禁地摆摊做买卖！"

解缙装做害怕的样子回答说："小民不敢违犯县太爷禁令！是见告示上有明文规定，才敢在衙门买卖。"

王知县听得莫名其妙，问堂下衙役是怎么回事，那位叫张三的衙役忙回答："老爷，别听这小子胡说，本县百姓们一到衙门口，见了老爷的禁令都避而远之，唯恐挨仗受罚，独这小刁民偏偏违抗，请老爷照章处置。"

"你有何话说？"知县问解缙。

解缙不慌不忙地说："老爷，您的告示上不是说：'市民等不得，在此卖菜，违者杖责20，并罚金'吗？我正是按照老爷您颁布的这样做，新鲜豆腐不可久留，时间一长就会坏掉，我家生活十分贫困，坏了一担豆腐，连本带利都没有了。就等于断了我家几天衣食，所以，我实在等不得，再说，如果不蹲在衙门口卖，挨20棍打不算还要罚金，我可是挨不起也罚不起，只好遵命，那些个视老爷禁令为儿戏的刁民不受罚，倒罚起我来了，请问老爷是何道理？"

"你！"衙役张三气得举起杀威棍要打解缙，被知县拦住："且慢！"

知县问解缙："你叫什么名字，哪里人氏，今年多大年纪？"

解缙恭恭敬敬地回答："回老爷的话，小民姓解名缙，字大绅，本县人氏，今年刚九岁。"

王知县又惊奇又欢喜："怎么，你就是那个被称做神童的解缙？"他心里在想：怪不得如此年纪就能违犯我的禁令断章取义，拆开来读，有条有理，真谓名不虚传也。

解缙点点头。

王知县走下坐位，笑嘻嘻地对他说："据说，你很会做诗、填词、对对子、做文章，现在你能不能当着本县的面做篇文章？"

解缙爽快地回答："可以，请问老爷以什么为题，须长须短？"

王知县想了想说："题目不限，内客越精越好，如果写得好，本县当众封你做秀才，供你去官办学堂读书怎么样？"

"老爷，不是晚生不愿意做，只怕做好了老爷不承认，会反悔。"

王知县拍了拍胸脯说："我乃堂堂朝廷命官，一县之父母，说话岂可儿戏！"随即，吩咐衙役笔墨伺候。

解缙见衙役真的拿来了笔墨纸砚，便对知县客气地说："晚生献丑了！"随后，便卷起衣袖，端端正正地在纸上写了七个字："之乎也者矣焉哉"，就停下笔，搓了搓手。

王知县见了，慢慢收敛笑容，说："这七个字能有什么名堂，算个什么文章，好啦好啦，什么神童，你回去吧，今天的事免了，以后若是再违犯我的禁令，那可要从重处罚。"

解缙还是不慌不忙地说："老爷莫急，我只写了一半，还有一半我正写呢。"说完，在"之乎也者矣焉哉"后面加了一句"安排七字做秀才"，然后放下笔，把写好的两句话双手交给知县。

知县拿着这两句话的文章，反复认真地看了几遍后脸上终于露出了笑容，禁不住拍案叫绝，伸出大姆指对解缙说："妙、妙、妙，真是太妙，两句话，十四个字就把做秀才考八股文的诀窍说穿了，神童！神童！果然名不虚传，现在本县正式破格封你为秀才，收为养生，供你官费进学堂读书。"

解缙向知县行了礼，表示感谢，并向知县提出了两个要求："老爷既看重晚生，封了秀才，又收为养生，乃晚生三生之幸，自然也是老爷门下学生，但学生之父母和市民并非知晓此事，是不是依照老规矩……"

知县不等解缙说完，便对众衙役说："先往解秀才家报喜，然后骑马游街示威，解秀才，你还有什么要求？"

解缙说："老爷，我今天是出来卖豆腐的，后要我到县衙来见老爷，豆腐担还在衙门口，是不是请那位张衙役帮忙，将豆腐担挑到我家里，向我父母解释一下，以免父母责怪，不知老爷……"

"好，就这样，张三，你把豆腐担先挑到解家，回来再同他们一路去报喜。"知县吩咐着。那个叫张三的衙役白了解缙一眼，很不情愿地回答了个"是"便走出县衙挑豆腐去了。

解缙九岁智斗衙役和县官当上秀才的美传，家喻户晓。

☆ 解缙：明朝《永乐大典》总编修，以少年才子闻名天下。

智惩老板

这年深秋，庞正坤搭一艘官船回家。突然天降大雪，睡在船上如同待在冰窖里一样冷。乘客向船老板借被子御寒，庞正坤挺起打颤的身子也凑上前去。

船老板见庞正坤一副布衣打扮，板着脸说："出门自己不准备好行李，来找什么麻烦？"

庞正坤自己出门忘记了带被子，只好忍气吞声在船仓里跺脚擦掌。他见一位做官的从船老板那里抱出来一床锦被，又上前哀求说："天寒地冻的，你有被子我租下来也行！"

船老板没好气地说："船上又不是客店，少啰唆！"

庞正坤退到旁边站着，又见一个富商找船老板借被子，船老板笑脸相迎，笑脸相送。庞正坤明白了：原来这船老板是个势利眼，看人行事。无奈冻得够受，他又去跟船老板商量道："你行行好，借不出被子，就借你的被窝暖暖身子也行。"

船老板奚落道："哪有客扰主的道理！想挤到我的床铺上睡，也不看看你是啥人物！"

庞正坤听了船老板这一句，更坚定了自己的看法，便默不做声。等船老板睡熟后，他就在船老板的锦被上悄悄地盖上了自己的印章，并且不声不响地掐破手指，滴了几滴血在被子角上。

第二天，船靠岸了。

庞正坤捆起船老板的锦被就要离去。船老板一把拽住他说："你平白无故地把我的被子捆走干什么？"

庞正坤回道："这被子明明是我的，你还想抢去吗？"

两个人拉拉扯扯，船客们分不清是非。那位做官的和富商上前怂恿船老板说："看这捆被子的小子就不地道，别跟他啰唆，扭到衙门去见官，挨顿板子就服帖了。"

船老板觉得自己完全有理，就扯着庞正坤来到县衙门。

县官问："这床锦被究竟是谁的？"

船老板说："这是我的！"接着，他把被面上的花纹、被里的颜色都说得一清二楚。

县官将惊堂木一拍，对庞正坤说："船家说得明白，快从速将锦被还给他！"

庞正坤不卑不亢地说："请老爷明鉴，我这锦被的被里、被面是明摆着的，不说乘了几天船，被人看熟了，就是老爷你外看一眼，也会和他说的一个样。”

县官问：“那你有何证据说明这床锦被是你的呀？”

庞正坤说：“我经常出门，怕在外地不方便，就随身带着行李、被子，为了不和别人的搞错，我在被子上盖有印章。这次出门时，我妻子亲手为我套好的，不小心，手让针扎了，还有血滴在被角上。不信，请老爷当堂验证！”

县官派人展被一看，果然见被子上盖有“庞正坤”三个字的印章，被角上确实有一滴血印。于是当堂判道：“证据俱全，锦被属于庞正坤！”

船老板被眼前的事搞懵了，但在证据面前像哑巴吃黄连，有苦说不出，只好自认倒霉，恼怒地走出县衙。

庞正坤赶上前去，对船老板说：“为人别有势利眼！我昨晚三番五次向你借被子，你眼中只有做官的和富商；同你好商量，借你被窝暖暖身子，你还讥笑我是‘啥人物’。今天是想教训教训你，人势利了没啥好处，本人绝不是真的要你的被子。”他说完，就把那床锦被还给了老板。

船老板受到耍弄，怒气未消。接过那床锦被，连一个“谢”字也没说，恶狠狠地瞪了庞正坤几眼，转身就走。

庞正坤见此情形，掉头又进了县衙门，一边擂堂鼓一边大喊：“青天大老爷啊！快与我做主呀！我的那床锦被被船老板抢去了。”

县官升堂后，一听缘由，大怒。心想：我刚刚据实判定，这个船家怎么出门就无王法了。他派衙役火速将船老板抓来。县官见他死死地抱着那床锦被，猛拍了一下惊堂木，喝道：“大胆刁民，目无王法，不服本官判决，抢占他人锦被，杖责50大板，轰出县境！”

船老板被打得皮开肉绽，丢下锦被，一跛一跛地朝码头走去。

庞正坤早就恭候在船旁，向船老板嘲笑道：“这一下算应了那做官的和富商的话了：‘挨顿板子就服帖了’！”他说罢，将那床锦被朝船仓里一甩，扬长而去。

☆ 庞正坤：中原一带著名的机智人物。

智戏债主

庞正坤有个远房侄儿，从小死了爹妈，为了抵债，给债主当放牛娃，讲好了干两年，超过两年，干一天算一天的工钱。这个放牛娃在债主家整整干了五年，临走时，债主不仅不给他三年的工钱，还要收他的伙食钱。这娃子急得没办法，跑来找庞正坤拿主意。

庞正坤听完事情的缘由，就对侄儿说：“既然你给债主多做了三年苦工，他赖账不算，还倒要伙食钱，那么你就不要讲客气，只要你看中了他家的什么东西，我帮你要来抵工钱。”

“债主黑心烂肺，洞里拔蛇难啊！”

“你只管对我说，叔叔自有办法。”

这个放牛娃想到自己在债主家放牛五年，整日相伴的是那头大水牛，要是那头大水牛能属于自己的话，往后与穷伙伴们耕田种地就省心了。他想到这里，就对庞正坤说："我想要他家那头大水牛。"

庞正坤说："这个容易，那大水牛只要听你使唤，你明早就悄悄地把它牵来就是了。要是债主找上门来，就说是我叫你牵的。"

第二天，这个放牛娃真的把大水牛给牵走了。

债主闻讯，气呼呼地赶到庞正坤家里。他见庞正坤在烈日当头的正午，翻穿着一件皮袄，坐在火盆旁边，手摇蒲扇，怒冲冲地说："是庞先生装神弄鬼，唆使你家侄儿牵走我的大水牛吗？"

"有这回事。"庞正坤连眼皮都没抬一下回答道。

"为啥子这样？"债主质问。

庞正坤说："我侄儿在你家多放了三年牛，你不是没给一文钱吗？用这头大水牛抵工钱，如何？"

"就是他干十年的工钱，也抵不上一头大水牛哟！"

"俗话说，桥归桥，路归路。你给他三年的工钱，我保证我侄儿亲自把大水牛还你。"

"庞先生可别食言！"

"到时候保险兑现！"庞正坤拍了拍翻穿的皮袄说。

"这三年的工钱怎么算？"

"按你家的规矩算。"

"那得扣除三年的伙食钱！"

"这个容易！"庞正坤说："你把我侄儿的三年工钱，扣除伙食钱后，打个欠条交给我，明天让他送牛结账两清算了。"

债主心想，这庞正坤是个鬼精灵，弄得不好没有自己的好果子吃，就将放牛娃三年的工钱扣除伙食后，写下欠五两银子的字据。

庞正坤代侄儿收下债主的欠条后，连夜把欠条交到侄儿手里，交代说："债主已答应将大水牛抵你三年的工钱，不够的部分都在欠条上，你该干什么就干什么，债主以后找事。自有我来对付！"

债主一等再等，不见放牛娃把牛送来，并听到庞正坤扬言，这牛永远归他侄儿了。他急忙跑到县衙去告状。

县官问明了情况，就传来庞正坤的侄儿。

庞正坤的侄儿说："我叔叔交代，这大水牛是债主给我三年的工钱，不够的部分，还给我写了一张五两银子的欠条呢。"他边说边呈上债主的字据。

县官边看字据边想："放牛娃的话也在理，不然，放牛三年怎么只有五两银子的工钱呢？"

债主见县官狐疑的眼神，连声说："这欠条是庞正坤要我写的，不信，可找他前来对证。"

县官传来了庞正坤。

庞正坤到大堂上，指着债主对县官说："我又不在他家干活，他又不欠我的钱，我要他写个什么欠条呢?”

债主一听,反驳道:“是那天烈日当空的正午,你翻穿着皮袄,坐在火盆旁,手摇大蒲扇,亲自谈妥还牛、写欠条两清的,怎么就不承认了呢?”

庞正坤听罢,哈哈大笑,说:“县太爷明鉴,这个人是不是疯人说疯话?”

债主分辩说:“事情都是庞正坤捣的鬼!我所说的句句是实话!”

县官一听,大声喝道:“你疯了,老爷我走南闯北大半辈子,从来没见过大热天正午穿皮袄、烤火盆的人哩!”

债主急了,还犟嘴说:“老爷,我说的全是实话呀!”

县官仔细盯着债主那变了色的脸,不耐烦地将手一挥,对差役吩咐道:“这个人疯三癫四的,给我轰出去!”

众差役一哄而上,将这个债主乱棒打出了县衙。

庞正坤跟在后面讥笑道:“你还欠我家侄儿五两银子呢,那就算他送你治棒伤的膏药钱吧!”

☆ 庞正坤:中原一带著名的机智人物。

智惩小吏

唐朝时候,襄阳就是个繁华的大县。唐僖宗荒淫无度,弄得国库空虚,民不聊生,便巧立名目加收捐税。襄阳县令为了借机中饱私囊,便独出心裁地从县衙派出爪牙下去当里正,一竿子插到底去搜刮民财。

东津湾土地肥沃,又是个水旱码头,襄阳县令便委派自己的小舅子到东津湾当里正。

县令的小舅子原是他身边的一名小书吏,整天满脸堆笑,肚子里却装满了坏水,人称“笑狐狸”。他见自己摊上块大肥肉,乐颠颠地立马乘一顶小轿子到东津湾各村去转悠。经过明察暗访,他心里有了底。这天,他在城内饭庄设宴,把东津湾的乡董们全部请来,置酒以待。在酒宴快结束时,笑狐狸起身拱手,笑嘻嘻地对众乡董们说:“本人是个外乡人,到东津湾任里正,还望各位乡董们多多相帮!”

乡董们受宠若惊,连连哈腰回话说:“哪里,哪里,大人有什么吩咐,尽管开口!”

一阵寒暄过后,笑狐狸发话道:“前几天我到东津湾转了转,看到各村庄稼长势不错,江滩上鹅鸭成群,老百姓真是安居乐业啊!看来此处的鸭蛋不会贵吧?”

“不贵,不贵。一钱银子就可以买到二十个大鸭蛋。”乡董们以为新里正考察民情,也就如实相告。

“哦,一钱银子能买二十个大鸭蛋,一两银子就是二百个……”笑狐狸翻着眼睛计算一番,取出三十两银子,吩咐说:“我这三十两银子,有劳各位,帮忙代买六千个大鸭蛋。”

“代买六千个大鸭蛋?”乡董们起先一愣,细想这也是挑水洗菜顺带的事,便连忙答应说:“好说,好说,但不知大人买这么多鸭蛋是腌咸蛋呢,还是滚皮蛋?”

“不不,我家里人口不多,也吃不了这么许多,请诸位来,是有求各位帮忙,找几处孵房，把这六千个鸭蛋全孵成小鸭子，到时再告诉我一声。”

乡董们大眼瞪小眼：这哪是帮忙代买什么鸭蛋，分明是出蛋钱买小鸭子！但大家看笑狐狸酒席相待，又是笑脸商量，有道是伸手不打笑脸人，也不便拒绝，只好你一千我八百地摊派了数目，回去想方设法把小鸭子孵出来。当然也少不了不出壳的坏蛋，只好自掏腰包补足了六千只。

笑狐狸听说小鸭子都孵了出来，满心快活，又到各村转了转，一路说尽好话，接着又一一吩咐：“小鸭子先放你们这儿暂养着。过几天，待我帮县令忙完公务后，再来收取。”

等笑狐狸“公务”忙完，已是四个多月过去了。小鸭子也都长成了两斤多重的壮鸭子，眼看要生蛋了，笑狐狸把乡董们又请进城内饭庄，待酒过三巡后，他起身拱手笑眯眯地吩咐说：“这六千只鸭子，我公务繁忙，也没有工夫饲养。我已经打听过了，市面上一只快生蛋的鸭子可卖一钱银子。你们还是分头替我卖了为好。有劳各位了！”

乡董们肚子里虽一百个不情愿，可一个个都害怕得罪了县令的小舅子日后没有好果子吃，嘴上却连连答应。隔了半个月，也不知那六千只鸭子卖掉没卖掉，反正笑狐狸整整收回了六百两白花花的银子。他想自己掏了三十两的本钱，仅仅管了两顿饭，略施小计便赚回了五百多两银子，高兴得连睡梦都笑醒了。他初次得手后，便总结出一套赚钱发财的法子，于是变本加厉地又是买鱼苗，又是买瓜秧。买鱼苗他放养在养鱼户的鱼塘里，年底再捕捞，条条都是二斤多重的大鱼。他买瓜秧寄种在农户的地里，秋后去售瓜。这样一来二去，两年下来，笑狐狸数数腰包，已有三千多两银子。他肚子里又打开算盘了：再做一次大买卖，待县令三年任期一满，自己也可揣着鼓鼓的腰包打道回府了。

这件事传到了游历归来的皮日休耳朵里。他想到朝政腐败，无官不贪，连个小小的里正也无孔不入地搜刮民财，愤然以《蚊子》为题写道：

“隐隐聚若雷，
吒吒不知足。
皇天若不平，
微物教食肉。
贫士无绛纱，
忍苦卧茅屋。
何事觅膏腴，
腹无太仓粟。

眼下，乡董们又接到笑狐狸设宴的请帖，一个个像捏了条七寸蛇，在束手无策时，找到了侠肝义胆的皮日休诉苦水。

皮日休在弄清了笑狐狸搜刮民财的伎俩后，决计要惩治笑狐狸一番，让他把精心搜刮的民财统统吐出来，还要让他捏着鼻子叫不出苦来。于是，他和众乡董们合计后，便提着礼物，自报家门进城找到了笑狐狸。

笑狐狸一见号称襄阳狂客的皮日休登门拜访。满心奇怪：这家伙，天生一幅反骨，常常作文赋诗讥讽衙门官吏，今日却带着礼物主动找上门来，这葫芦里到底卖的啥药？笑狐狸虽一肚子怀疑，仍满脸堆笑地问道：“皮先生今日贵客登门，不知有何见教？”

“谈不上见教。”皮日休放下礼物，拱拱手，开门见山地说道：“皮某近几年游历在外，听说里正大人来东津湾两年，就不显山露水地赚了几千两银子，不知是否属实？”

“这……”笑狐狸一惊，知道瞒不了，也就摆幅坦然自若的样子，冷笑着回答说：“赚是赚了点银子。银子人人爱，只要取之有道，又有何妨？”

“正是，里正大人言之有理！”皮日休一脸诚恳地说：“不瞒大人说，我祖传的那点家业，差不多已经坐吃山空，很想跟大人合伙做一笔大生意，赚几个银子贴补贴补，不知大人意下如何？”

“哦？看来不光是我们这些俗吏爱钱，你们读书人也想发财呀！”

皮日休听这笑狐狸不冷不热的语气，明摆着信不过，便发感慨道：“唉，人生在世，有啥不能有病，缺啥不能缺钱，不想发财的傻瓜可不多见。诚如大人所说，只要取之有道，赚个金玉满堂又何妨哩！”

笑狐狸试探着问：“不知皮先生究竟想与我合伙做什么生意？”

皮日休压低嗓门说：“我看，您那买蛋孵鸭、买鱼苗放养、买瓜秧代种的法子，就很巧妙，可以说是生财有道。恕我直言，这些都是黄鼠狼娶媳妇小打小闹的搞法。我经过深思熟虑，这一回，我们合伙买上几千只猪娃，寄养到农家各户……”

“不行不行，”笑狐狸连连摇头，“这办法我已经用过多次，各村的百姓怨言甚多，就连那些乡绅们也颇有微词。近日连我发请帖请乡董们来吃酒席，一个个均找托辞躲避不见面哩！如今再寄养猪娃去收肥猪，谁个情愿呢？”

皮日休道：“里正大人，这您就不懂子吧！买蛋孵鸭之类的事，老百姓们白费工夫得不到丁点好处还倒贴钱，当然有怨言。而买猪娃寄养就不同了。这一带四乡百姓大多是种田的、养鱼的。庄稼一枝花，全靠肥当家。养猪带养鱼，鱼儿喂得肥。眼下猪娃价钱贵，一般农户、渔户想买也买不起。我们把猪娃送上门去寄养，再垫上几钱银子的饲料本钱，老百姓有了猪粪去肥田喂鱼，感激还来不及，哪还会有什么怨言呢？”

笑狐狸实想在任内最后一年大捞一把，冥思苦想也没想到个好点子，经皮日休这么一说有点动心，但也有点担心，拿腔拿调地对皮日休说：“一两银子能买两三头猪娃，一头大肥猪可是能卖七八两银子。我身为县令直派的里正，传出去怕是有碍名声……”

皮日休心想：这个假仁假义的家伙，名声早已是王母娘娘的裹脚布——臭上了天，居然还在装模作样地假正经，不禁暗暗发笑，但嘴上却说：“这您放心。合伙做生意嘛，我皮某定会尽心尽力的。事情由我出面张罗，要是有什么牵累，您尽可往我身上一推了之。不要说农户百姓，四乡的乡绅富户们，哪个不知道我皮某是个吐口唾沫砸个坑的人。要是得到利，您拿七成，我得三成。不过，我常年游历，手头没闲钱，这买猪娃、贴饲料的本钱，可得由里正大人垫上。”

“这，这哪成？合伙做生意，自然是一人出一半本钱！”

“一人一半，凭什么我让大人得七分利？”皮日休说：“我要是拿得出这笔本钱，就不会上门找您合伙了。我是看大人一是管着东津湾的公事，二是手中有闲钱，这用权去赚钱过了头会有风险，我才利用我的声誉找上门来合伙做笔生意。您不想去钱生钱，皮某就告辞了！”

笑狐狸心里盘算，觉得确实有大利可图，又不由自己出头，暗中还能得大头，忙不迭地挽留道："皮先生，有事好商量。"

于是，经过一番讨价还价，最后以赚的钱皮日休得二成，笑狐狸掏本钱得八成立下字据。

笑狐狸派人租了两条船，先后从江南买回来六千头猪娃，由皮日休出面分派到各村农户中，说定寄养十个月，每头猪娃又垫了五钱银子的饲料钱。笑狐狸还真没有想到，农户们竟一家比一家积极，你家捉了两头，我家捉三头，他家又捉四头，六千头猪娃毫不费事地全部寄养出去了。眼看三千多两银子差不多全都出了手，笑狐狸忍不住阵阵心疼，又想到十个月后就可收回大几万两银子，扣去本钱再按二八分成，他至少能赚到一万多两，便又乐得一团欢喜。

两个月后，皮日休叫上笑狐狸到四乡里看了看，猪娃已长有三十四斤。笑狐狸开心地连连对着养猪户点头："槽头兴旺！"

半年后，皮日休又拉上笑狐狸到四乡里走了走。各户的猪已有一百多斤重。笑狐狸高兴地连连对养猪户拱手："猪儿肥壮！"

眼看八月到了，笑狐狸以体察民情为由，带上秤，到几家寄养户猪圈里称了称那猪，每头猪都是一百八十斤朝上。笑狐狸十分欢喜地对皮日休说："我看差不多了，现在可以把寄养各家各户的猪收上来了！不肯交猪的，交钱也行，照市面上的价钱算。早出手早赚钱。"

"我打听过了，各家的饲料也不多了，收到是能收上来，不过，这些猪正长膘，见天就长两三斤……"

笑狐狸一听每天猪长两三斤膘，又盘算开了：一天长两三斤，一个月少说也就是六七十斤，这能多卖近一两银子呀！何不再寄养两个月？于是，他吩咐乡董们，再过两个月，由他统一来收猪！

两个月很快就过去了，笑狐狸打听到江南的猪价比襄阳一带贵很多，又租了七八条大船，准备把收上来的猪全运到江南去卖，然后让皮日休走村串户去收大肥猪。

其实，皮日休早就和寄养猪娃的农户一家一家交代好了：到时候，养一头小猪交一只肉老鼠，每只肉老鼠装进底部透气的严丝合缝的大猪笼，每只笼子塞着百十斤重的大石头，叫庄稼汉子们抬上这些笼子装上了笑狐狸租的货船。

笑狐狸见一个个庄稼汉子抬猪笼累得黑汗水流，就像看见白花花的银子向自己腰包里流。他见装船的猪笼严丝合缝，怕大肥猪有闪失，急忙命人打开笼子让大肥猪透透气。待他近前一看，只见肉老鼠在石头上蹿来蹿去，顿时目瞪口呆："这，这……这是怎么回事？"

皮日休走上前，哭着腔道："里正大人呀，两个月前，都还是一百八十多斤的大肥猪，我提醒过养猪户饲料已不多了，大人不再投本了，养猪户都没有了饲料，肥猪天天挨饿掉膘，见天少五六斤，一个多月下来，就瘦成这样子，好在一个也没死……"

"你，你……胡说，胡说！"笑狐狸再也挤不出笑脸了，气得又蹦又跳地喊："你骗人，竟然骗到我头上来了！"

皮日休一脸严肃地说："我皮某明人不做暗事，你被派到东津湾当里正以来，天天都在使骗术搜刮民财，我这是以其人之道来治其人之身！"

笑狐狸知道上当了，气急败坏地道："你这个长着反骨的家伙，使我三千多两银子打了水漂，我要告，告你这个刁民！"

"告我？"皮日休一阵冷笑过后，朗声道："里正大人，你狗仗人势，仗着是县令的小舅子祸害我的众乡邻，早已犯了众怒，你中饱私囊卑鄙伎俩东津湾的人们都可以作证，我已搜集全了你的罪证，你不告我，我正要率乡邻们去告你哩！"

笑狐狸被镇住了。可不，这寄养猪娃收肥猪的事动静太大，整个襄阳都沸沸扬扬，自己哪能占理呢？说不定，连以前干的那些"买蛋孵鸭"、"放鱼苗收大鱼"、"买瓜秧收瓜果"之类的事也被抖出来。他越想越后怕，"哇"的一声，口吐鲜血，气瘫在地。

皮日休率众乡邻越衙到刺史衙门状告笑狐狸。在确凿证据面前，刺史便将笑狐狸和他的后台襄阳县令一并查处，这对贪官污吏在大牢里度过余生。

☆ 皮日休：晚唐诗人，以参加黄巢农民起义而闻名。

智审神虫

据传，在朱才哲到台湾以前，台湾地方的农民，常为一种拱垮田界的"拱界虫"闹纠纷，官府说这是一种神虫，人力无法制服。农民常常为甩"拱界虫"打官司，告状到衙门。这"衙门口朝南开，有理无钱莫进来"。农民为了打赢官司，就只有使银子。官府塞饱了私囊，"拱界虫"成了官老爷生财的"神虫"。

朱才哲到宜兰县上任不久，就碰到这打不断的"拱界虫"官司。这天，他刚升堂，那县衙门口就挤满了打"拱界虫"官司的人。最先上堂拉拉扯扯的是两个农夫。

朱才哲一问，原来是兄弟两人，分家时各分得水田一块，这两块田紧挨在一起，老二田高，老大田低，中间有一条田埂为界。那老二头天晚上将田里的水灌满了，把田界做得严严实实的，谁知，第二天早晨一看，两条"拱界虫"将田界拱穿了好几个洞，有的地方还缺了个口子，水都流到老大田里去了。老二认为一定是老大甩过来的，捡起"拱界虫"就往老大的田里甩，刚好被老大看见。两人发生争执，互不相让，拉拉扯扯来找县衙评理。老大说老二居心不良，要放干自己田里的水；老二说"拱界虫"本来就是老大甩过来的，应该甩过去，在公堂上又争了起来。不等朱才哲开口，两人各拿出一锭银子要朱县令收下，因为这是历来的老规矩，谁给的银子多，谁的官司就会赢。

朱才哲想了一想对他们说："你们先莫吵，也莫送银子，本县连'拱界虫'见都没见过，还不知道审不审得清呢！你们去田里把那'拱界虫'捉来，让本官看看，再作公断！"

这兄弟俩便赶忙跑回田里去捉虫去了。

不一会儿，两条尺把长的"拱界虫"捉来。那朱才哲仔细一看，这虫不就是老家那做菜的黄鳝嘛！家乡人们看到它争相捉回家，从没有哪个往别人田里甩呀！怎么这里为它打官司打了这么多年，连兄弟之间都闹得不可开交呢？朱才哲猛然看到兄弟俩手中的银子，便恍然大悟：难怪以前官府说这是神虫呀！原来是官府把它变成了生财之道啊！他心里不由得恨起那些贪官来，决心公断这虫案，使百姓不再受害。于是，他告喻所有告状的人说："从今以后，凡见到这'拱界虫'的，再不准往别人田里甩，都一律送到县衙来，本县按大小论价，付银收买，再选个良辰吉日，开堂审虫，了结此案，到时候请大家到堂听审。"

那些告状的，见新来的县太爷不但不收告状的银钱，反而还出钱收买"拱界虫"，都满意地回去捉虫交县衙了。

当天，朱才哲就命人在县衙门前放了两只大木桶，凡农夫送来的"拱界虫"都被放到大木桶里喂养，领去银钱。不几天，这两只大木桶里都装满了"拱界虫"。

这时，朱才哲把从家乡带来的厨师领到大木桶跟前，指着那一条条"拱界虫"说："这两只桶里，少说也有千把条拱界虫，要是都像那天兄弟俩打官司，一人送官府一锭银子的话，这官府就可以得一大堆银子啊！百姓们为这打了多年官司，该向官府送了多少银钱啊！"

那厨师说："这些贪官，真是黑良心！"

朱才哲又感慨地说："是啊！总说这里的百姓不开化，我看是那以前的官府愚弄百姓。我请你帮我来公断这官司吧，也好为这里百姓做点儿好事啊！"说到这里，他问厨师，这些黄鳝能做几种菜。那厨师毛算了一下，炸、炒、蒸、烘，总可做十几种以上。朱才哲大喜，便要他拿出全部手艺快去准备，并交待说事关重大，一定要尽力办好。

第三天是五月端阳，朱才哲贴出告示，说端阳节午时三刻开堂公审"拱界虫"，凡原、被告及受害的乡民，准时到堂听审。

这告示一出，立刻轰动了方圆几十里的百姓们。

五月端阳这天，宜兰县衙门前挤满了前来看开堂审虫的人，午时三刻一到，堂鼓三声，道锣三响，县衙大门打开，人们一拥而入。衙门前两只大木桶不见了，只见堂上堂下摆了好几十桌席面，每桌上都摆满 16 盘菜，热气腾腾，香气扑鼻。只见朱才哲从后堂走出，请大家先入席就坐。

众人都怔住了，不敢多问，只好听令入席，但看到那桌上从未见过的一盘盘的菜，都你看看我，我看看你，不敢动筷子。

朱才哲笑嘻嘻地走到每个桌前，将每个盘子里的菜都先尝一口，人们才慢慢放心吃了起来。

这菜味道十分鲜美，众人越吃越爱吃，不一会儿，就一扫而光。这时，朱才哲才坐在堂上宣布："今日'拱界虫'已经审完了，由于它多年危害百姓，闹得诉讼不断，本县已请厨房大师全部开刀问斩了。"

在场的百姓个个面面相觑，不解其意。

这时，只见那厨师提着一条"拱界虫"，手拿菜刀，走了出来，对大家说："这'拱界虫'在我们家乡叫鳝鱼，是上等菜肴，刚才大家吃的菜，都是用鳝鱼做的。"说着，指着那留下的一盘盘的菜说："这盘是炒鳝丝，那盘是蒸鳝鱼，这盘是鳝鱼桥，那盘是糖吊鳝鱼……"

厨师解说这鳝鱼做的菜，这里的百姓们从未听过，仍懵懵懂懂。朱才哲就让厨师当堂做道菜以作示范。

那厨师将鳝鱼肉一条条从中顺直剖开，切成长条盛入碗内，下精盐抓捏后，加上粉子拌匀挂糊上浆，待炒锅芝麻油烘至七成熟时，将挂糊的鳝鱼一条条地下锅，待到炸至条条分开呈金黄色时捞出，倒入兑好的卤汁烧沸，用湿粉勾芡，将鳝鱼条下锅颠翻几下，淋入料酒后起锅盛盘。

人们见这样做出来的鳝鱼，色泽金黄透明，外酥脆，肉软嫩，味道香厚，见它形似皱皮蛇条，便称之为“皮条鳝鱼”。

从此以后，这里再也没有人去打“拱界虫”的官司了，当地百姓也喜欢吃起鳝鱼来。虽说这鳝鱼可烹制如烧鱼桥、炒鳝片、鸡腰鳝、酿酥鳝、炒软肚、二回头、炖生翅、鞭打绣球等数十种菜肴，但由于朱才哲的官声远近传扬，所以那当堂审“拱界虫”鳝鱼宴上示范的“皮条鳝鱼”最著名，后流传于世。

☆ 朱才哲：清朝台湾道台。

智服太子

乾隆皇帝共有17位皇子，但有的年幼夭折，有的身残智缺，为了大清江山永固，他选来拔去，便将皇十五子颙琰密定为太子，并选拔学识渊博的大臣做皇太子的师傅，加以教导。无奈颙琰从小娇生惯养，野马无缰，自恃有点儿小聪明，也不知换了多少个侍讲、侍读、太子太傅，都被他撵跑了。

乾隆见此，心中非常着急。

一天，乾隆又在为颙琰选择师傅的事长吁短叹。官拜九门提督的乾隆义子和珅灵机一动，奏道：“启奏万岁，微臣保举一人，不知主子意下如何？”

乾隆道：“珅儿，何不快快说来。”

和珅奏道：“此人不是别人，正是万岁爷所器重的关东才子，现任翰林院三通馆编修王尔烈。此人才高八斗，学富五车，落笔万言，潇潇洒洒，大有曹子建之才干，宋祁之智慧，而且性情耿直，秉赋忠正。如用此人为皇子之师，岂不万无一失。”

乾隆一听，一拍龙案道：“对呀，朕怎么就没有想起来呢？他的才学朕是知道的。好，就这么定了。快传旨宣王尔烈进宫，朕要当面交待他。”

和珅见乾隆将此事定下，心中暗自得意：“这个关东来的老夫子，遇事动不动就与我作对，今儿个我给你使下绊子，弄个棘手的差事将你拴上。你要教好了皇子，我也有进荐之功；你要是教不好皇子，违背了圣意，到时找机会收拾你易如反掌。这样以来，你王尔烈就被我玩在手掌之中了。”

当时，王尔烈正在三通馆伏案纂修进献的《四库全书》入选原书，突然被宣进大内。乾隆当朝宣召王尔烈为侍读。

王尔烈急忙跪告：“皇上圣恩，微臣愚笨无识，恐延误了皇子的颖慧天资，岂不是弥天之罪过。”

乾隆笑道："此意非朕本人，圣母太后也有此心，而且多次对朕说过了一定要请王爱卿做顒琰师傅，才肯放心。若他人来教授这个皇孙，她老人家实在难以放心啊！"

太后听了，也笑道："自从你殿试取中传胪，我心中就有了你这个世间奇才的学士。上年我寿诞之日你送的祝寿诗，字字玑珠，忠贞之心尽含其中。现今教授我皇孙顒琰这事，如不是你，还能有谁？"

王尔烈此时见当今圣上和皇太后一片赤诚，心中油然升起一股热浪，当即叩首谢恩道："承蒙圣母、圣上垂爱，委以重任教授皇子，此乃定国安邦、继先承后之大事，臣定尽心竭力以尽天职。只是皇子是凤子龙孙，是微臣的主子，倘若不听臣的教诲，又如何是好？"

乾隆道："王爱卿不必担心，朕为你做主。但可有一件，师道必严，师道不严则不威，不威则令不行、教不诲也。"于是，随即召顒琰，令他拜认师傅。

乾隆当面封王尔烈为侍读大学士，并对顒琰道："这个师傅不同别人，你要唯命是听，不准越规。虽然你是皇子，然在圣先师牌位前，他有责罚你的权利。"

顒琰一看王尔烈貌不出众，相不惊人，穿着打扮也不过是关东土相，心中很不自在。可父皇当面交代这老夫子有责罚自己的权利，小眼珠瞪着，表现出不服气的神色。

皇太后见顒琰如此模样，怕王尔烈又会像先前那些师傅一样被撵走，当即授王尔烈龙板一块，若顒琰不服管教，有权代施家法。

王尔烈领旨教授顒琰，尽心竭力，整天看着这位皇子，不学不行，不写不行，管教甚严。这样，顒琰像烈马被套上了笼头，十分不自在，每每想发难，可一见到那祖传的龙板，就心惊胆战，不敢造次。但他内心十分不服气，总想找碴儿撵走这个关东老夫子。

这天，王尔烈写了"明月叫天边，黄犬卧花心"两句，让顒琰联句。

顒琰一看这个文题，便大笑道："师傅你这是胡说八道。虽然说天下之大无奇不有，但怎会有'月在天边叫，犬在花心卧'的道理？"

王尔烈启发道："常言未读万卷书，难识万里路，没走万里路，不知天地之大、万物之众、无奇不有，不见则为不知也。"

顒琰想到这下可抓住了王尔烈的小辫子，得理不饶人。他根本没将师傅的话听进去，嘴一撇，冷笑几声，就回宫去到乾隆处告御状。

乾隆一听，连声道："王尔烈呀王尔烈，你这位老夫子怎么连这点儿小事都不明白，月亮能在天边叫吗？狗能卧在花心吗？待朕一问。"他召来王尔烈就问："王爱卿，你所出的文题是不是弄错了？"

"怎么错了？"

"只有'明月天边照，黄犬卧花荫'才是正理。"

王尔烈奏道："启禀我主，天地万物不知者甚矣，岂可坐在家里枉言吗？"

乾隆一听愣住了，道："王爱卿，你说此句可有出处？"

"臣奏请圣上，命皇子去川南蒙山走一趟，便可知分晓。"

"出处在哪里？"

"不仅是寻找出处，也使皇子经受一番民情的体察。"

乾隆道："那就依爱卿之意。"

王尔烈又奏道："圣上，我还有一个请求，自古以来，蜀士茶称圣，蒙山味独珍。唐朝白乐天那'扬子江中水，蒙山顶上茶'有口皆碑，想请求皇子去蒙山，将蒙山茶带回几片，再把扬子江水灌回几瓶，以作沏茶用。"

乾隆准奏。

于是，颙琰带着几名随从，微服简装来到蒙山，住在山顶上青云寺。

寺里的方丈是志空和尚。

颙琰观罢山景，想起了师傅王尔烈所出的文题，并要到这里来寻访，想必是能够得到解答了。于是，他向志空老和尚问道："老师父，听说这里有一奇景，称之为'明月叫天边'。我真有些不明白，这明月能在天边叫吗？是不是应为明月照天边？"

老和尚双手合一答道："阿弥陀佛，施主所说的明月，乃是本寺树上的一种鸟。它为黄顶翠尾，蓝胸红嘴，叫声清脆，在月光下尤为动听。此鸟在松林中飞翔，喜食松子，每食一粒，跳荡一下。每跳荡一下，便叫一声。其叫声婉转动人，非常悦耳，施主可到庙后松林中一看。"

老和尚带领颙琰来到庙后松林，只见树上的翠鸟啼叫十分动人。

老和尚指着翠鸟对颙琰道："你看雀的前胸脯长一个白圈，白亮如明月，所以称它为'明月'。"

颙琰一听，才清楚"明月叫天边"确实言之有据。紧接着，他又问道："老师父，'黄犬卧花心'可有出处吗？"

老和尚听了笑道："施主有所不知，在蒙山这里，黄犬可不是黄狗啊。此处的黄犬，乃是一种蜜蜂。它在茶花盛开季节，便卧在花心采蜜。这种蜜蜂，黄膀黄翅，黄腹黄背，黄顶黄尾，那颜色很像黄犬，故获此名。"

老和尚说着，又引颙琰来到庙后茶林，眼见那茶花竞放，斑斑灿灿。再一细看，每朵花都是五瓣，花心处正落着一只只黄色的蜜蜂。

老和尚指着茶花心中的黄色蜜蜂对颙琰道："你看，它像狗不像狗？你看，这是不是'黄犬卧花心'？"

颙琰一看才口服心服，感到真是不经一事不长一智。他得知了两个文题的出处后，忽地又想起了王尔烈让带回山顶上茶和扬子江心水的事，随即请教志空老和尚。

老和尚道："这蒙山位于邛崃山脉之中，东有峨眉山，南有大相岭，西靠夹金山，北临成都盆地，青衣江从山脚下绕过。山势巍峨，绝壑飞瀑，林木苍翠，烟雨不断，乃茶树生长的风水宝地。这蒙山顶茶乃仙人携灵茗之种，植于峰峦之中，虽高不盈尺，但不生不灭，迥异寻常，其叶细长，网脉对分，味甘而清，色黄而碧，世称这种仙茶为'口茶'。这种'口茶'得之实在不易。每年，要在'雨水'过后不久方能采。采的时候，只能由童男童女来采那一芽一叶初展的嫩尖。这种茶叶，采下树来后，要立即放在口里含着。直含到山下后，才能由口里吐出来，在明丽的阳光下晾晒。要晾晒九遍，不要使它改色，还要让它晾干晒透。在存放时，要使它不受潮湿，不要捂了，免得发霉。这种茶，是举世罕见的绝品，香味悠长，有九思不得一忘之作用。有诗称赞为'旧谱最称蒙山味，霞芽云液胜醍醐'。不过，这种茶，由于这些年来，采茶人草率从事，世上几乎已经很少见了。"

志空和尚说着,从青云寺内香案上存放的"口茶"中,给顒琰包了九片。

顒琰见志空老和尚所包茶叶为九片,知道志空已经明白了自己的身世,用"九五"之尊的礼数相待。此次来青云寺见老和尚的举动,足见他知识宽广、智慧高明,因此越发尊重起老和尚来,又问怎么取那扬子江心水为好。

老和尚道:"你要取那扬子江心水,不能在此处取。此处山高水响,凉冷过甚,不易煮沸,不宜泡茶,更不适宜泡这名贵的'口茶'。你得到苏州金山寺底下去取。那地方江水中间打漩处的水最宜,用此水沏这'口茶'有一种特殊的香味,切记左岸的水不能要,右岸的水也不能要,一定要取江心打漩中的水,用它沏茶,茶花能开,茶香能放出。这叫'奇水沏佳茶,鼎茗扬天下'。"

顒琰听了,更是刻骨铭心。他辞别了志空老和尚向苏州金山寺赶去。

顒琰在路上心想:这个王尔烈真是知识渊博,坐在屋中便知天下事。好啊,我倒要试试他如何认得出扬子江心水。他分别从左岸、右岸和江心各灌了一瓶水,回到京城。

恰巧,这天乾隆正在御书房与王尔烈对弈。顒琰走进来施礼后,禀明远游所见。乾隆大喜,遂让太监速用扬子江水沏那"口茶"。

顒琰早有心要试试王尔烈,遂交给太监一瓶左岸江水。

不多一会儿,水已烧开。太监沏上一碗茶。

王尔烈一看,茶叶无色,散在玉碗中由右向左转,就知道不是扬子江心水。于是,他便道:"此非扬子江心水也!"

"怎么见得?"乾隆问。

"此乃扬子江左岸之水也!"

乾隆惊问:"王爱卿,你怎能认得出来呢?"

王尔烈指着玉碗道:"万岁,左岸为南岸,日由南照,有岸相罩,不见阳光,南水属阴,水质沉重,沉浊过多,冲力过弱,故冲不开茶。且左漩,知其左岸也。"

乾隆一看,果然是茶叶未开,水内发浑,遂让顒琰拿出扬子江心水让太监煮沸沏茶。

不多一会儿,水又烧开了。

太监又沏了一碗茶。

王尔烈看了,见茶叶无色,散在玉碗中由左向右转,知道仍不是扬子江心水。于是,他便道:"此也非扬子江心水也!"

"怎么见得?"乾隆问。

"此乃扬子江右岸之水也。"

乾隆又惊问道:"王爱卿,你是怎么知道的呢?"

王尔烈说出缘由后,乾隆大异,再命顒琰拿出最后一瓶扬子江心水煮沸沏茶。

不多一会儿,水烧开了。太监再次沏上一碗茶。

王尔烈一见茶叶有色,散在玉碗里,于中间旋转,知道是扬子江心水了。于是,他高兴地道:"此乃扬子江心水也!"

乾隆细看这扬子江心水所沏的蒙山顶"口茶"清碧如玉,鲜香俱佳,不禁赞道:"琴里知闻唯渌水,荣中故旧是蒙山。"

颙琰亲眼所见王尔烈如此博学，十分折服，赶快捧上所沏的“口茶”，恭恭敬敬地奉上，并行拜师大礼。

乾隆见十五皇子出游后判若两人，心中大悦，对颙琰说：“皇儿此次远游，见识了世面，长进不小哩！”

颙琰道：“最使我长见识的是师傅的才学。”于是，他将蒙山青云寺方丈志空老和尚点破文题，自己自作聪明考试师傅的事说了一遍。

乾隆见三沏“口茶”，颙琰折服了王尔烈，高兴地道：“王爱卿，皇子对你已经心服口服，这下不用龙板也好教授了！”

这席话，说得君臣乐哈哈。

从此，颙琰在王尔烈的教授下，日益长进，为后来继承皇位治理天下打下了良好的基础。

☆ 王尔烈：清朝著名文学家。

智嘲举人

一条大路曲曲折折地伸向远方，路过的行人络绎不绝。

路边的大树下，蒲松龄热情地招呼过路行人：“大热的天，歇歇再走哇。”

过路人站住了。

蒲松龄又说道：“歇歇吧！我这小茶馆内随意坐，只要讲个有趣的故事，茶就随便喝，烟就随便抽，不收一文钱。”

原来满腹学问的蒲松龄多次参加科举考试，均没考取，使他看到封建社会科举内幕的肮脏、黑暗。为了排遣自己的满腹愤懑，便开始著书立说。写书要材料呀，上哪儿去搜集呢？于是，他想出自设茶馆、以烟茶换故事的鲜招。

这天，大路上来了三位进京赶考的举人。他们虽然坐着八抬大轿，仍然走得口干舌燥，见到路边有家茶馆，便下轿走进茶馆饮茶歇息。

三位举人进入茶馆后，见很多乡下人在品茶聊天，便皱紧了眉头，这时听到蒲松龄请问尊姓大名，三人便自命不凡地摆起文架子。他们相互使了个眼色后，一个举人道：“茶房请听，我的姓名是‘四围山色中’。”

另一举人也不直答，似笑非笑地道：“我姓‘半春半秋’，单名‘雨打残舟’。”

第三个举人更是得意地道：“茶房要问我的姓嘛，请听一曲《忆江南》。”他随口吟出：

“遥望处，
牛女正双栖。
天上人间相与共，
银汉杳渺忆迷离，
新月落西陲。”

蒲松龄见三位举人把自己当做茶房玩起文采，毫不介意地道："原来是周峰、秦彤和滕先生三位光临这小茶馆，请留下有趣的故事，照例管上好茶，奉上好烟，分文不收。"他说完，用手一指喘着粗气的轿夫们道："也请他们一道进茶馆饮茶歇息吧！"

三位举人同时鄙夷道："请他们进来和我们一起饮茶歇息？"

蒲松龄道："怎么不行呢？他们也是人呀！"

三位举人同时又道："他们人倒是人，只是个轿夫。"

蒲松龄听到这里，已经明白这三个举人是何色人物，便戏问道："请问三位先生属于哪个夫？"

一个举人道："我们乃堂堂举人，系孔夫子的门徒，当属大夫的夫。"

蒲松龄接着道："有句话想问举人老爷们，你们是夫，那轿夫也是夫，为什么不能一起喝茶呢？"

另一个举人道："茶房问这个，我讲给你听。夫者，不只轿夫、大夫，天底下的夫字有多种解法。"接着他摇头晃脑地道："天？夫字写起，再出头，这个夫，是孔夫子的夫；大字写起再一横，是大夫的夫；二字写直，再加个人，是夫妻的夫；二条横杠加在人字肩上是轿夫的夫；那工字写起，再加个人，是工夫的夫。看来都是夫，但字同意不同，而意不同也就是说人与人不同啰！"

蒲松龄听后，接口道："你们举人老爷自称是孔夫子的门徒士大夫，可去掉那功名，就是人，他们轿夫，去掉二条横杠，也是人。看来都是人，管他夫不夫！只要留下有趣的故事，我这里茶管饱、烟管好，分文不收。"

第三个举人冷眼旁观，已知蒲松龄不是个省油的灯，便插言道："我等饱读诗书之人饮茶赋诗乃为雅事，那讲故事是下里巴人之举，何足启齿！"他说着，指着另外两个举人道："今天我们来个即兴赋诗，每人一首，赋不出诗来，统付三人茶钱，不知可否？"

另外两位举人表示赞同。

蒲松龄一旁听得清楚，见衣冠楚楚的三位举人卖弄起来，便想借机嘲笑他们一下。他笑嘻嘻地对三位举人道："听说三位举人老爷饮茶赋诗，我也想凑个热闹领教领教，如何？"

三个举人见貌不惊人的茶房也想赋诗，心中不禁觉得好笑。他们齐刷刷地把蒲松龄上下打量一番，轻蔑地问："你也想赋诗？"

蒲松龄点头笑道："试试看。我若赋不出来，这小茶馆当即歇业关门。"

三位举人又相互使了使眼色，其中一个年纪稍长的道："你若赋出诗来，我们付双份茶钱。"

蒲松龄道："茶钱我分文不收。只是今天赋诗，得立下规矩，要说话算数。"

三个举人齐声道："君子无戏言。"

蒲松龄道："请讲规矩吧。"

年纪稍长的举人皱了一下眉头说："诗句中必须有象形的两物，有能分能合的一字，而且要物字相关，工整对仗。"

蒲松龄笑了笑道："举人老爷们先请。"

三个举人看了四周围观的茶客，又互相推让了一番，其中一举人开吟道：

“像是庙与屋，
林字分开是两木，
一木盖庙，
一木盖屋。”

这个举人吟罢，得意地一笑。

另一个举人又顺口吟道：

“像是霜与雪，
朋字分开是两月，
一月下霜，
一月下雪。”

这个举人吟罢，骄傲地绷了绷嘴。

年纪稍长的那个举人接着吟道：

“像是橘与柑，
出字分开是两山，
一山栽橘，
一山栽柑。”

吟罢，竟摇头晃脑起来。

该蒲松龄了，只见他略一思忖，随口吟道：

“像是茶与酒，
吕字分开是两口，
一口喝茶，
一口喝酒。”

三个举人听完蒲松龄的诗句，虽然暗自吃惊，但仍装做一副不屑一顾的样子。

蒲松龄看在眼里，笑道：“我再来一首三物象形，一字分合的诗，请举人老爷们指教。”

年纪稍长的举人今日见这茶房竟得寸进尺在他们面前玩起文采，心中恼怒，便出难题道：“即兴赋诗，随类附形，你若当着众人的面依三物象形，赋出一字分合的诗，我们爬出门外，若赋不出来，就请关门歇业吧！”

蒲松龄笑道：“我若赋出诗来，让举人老爷们爬出门外有失体面，可不可以让我给轿夫们送上烟、酒、茶，由你们付钱？”

“那若赋不出来诗呢？”一个举人挑衅道。

蒲松龄朗声道：“若不能按举人老爷立下的规矩赋出诗来，不仅当即关门歇业，且由我爬出门外。”

3位举人环视了一下这小茶馆，并没有入诗的物件，便齐声应了声“好！”

蒲松龄给轿夫们送上烟、酒、茶后，他一一指着三位举人吟道：

“像是李、杏、桃，
毳字分开是三毛，
青毛杏、绿毛桃，
李子没毛口莫嚼。”

蒲松龄一吟罢，围观的茶客们捧腹大笑。

三个举人羞得面红耳赤，急忙付了轿夫们的烟、酒、茶钱仓皇离去，那个年纪稍长的举人被人绊了一跤，扑倒在地，只好爬出了门外。

☆ 蒲松龄：清代著名文学家，以《聊斋志异》而著名。

智荐贤士

黄庭坚自幼天资聪颖，七岁作诗“骑牛远远过村前，吹笛风斜隔岸闻，多少长安名利客，机关用尽不如人。”被人们称为“神童”。由于他苦学不辍，文采风流，年轻时即负有盛名。

一年初夏，黄庭坚来到长江畔的繁华胜地江州府，当地一班文人幕其名，前来陪他同舟共游，观赏水色风光。

船出码头不久，有个当地才子对黄庭坚拱手道：“久闻大名，如雷贯耳，今日幸会，愿当面领教，以开眼界。”他说罢随口吟道：

“远树两行山倒映，
轻舟一叶水横流。”

另一位江州才子对黄庭坚道：“请问这诗句含着个什么字？”

黄庭坚看到波光粼粼，一片云蒸霞蔚，想到丹青妙手常把远树画成“丰”状；“彐”扣山倒映，“心”则像在横流的水（氵）中飘浮的一叶小舟。这谜面写景的诗句，那谜底胜似一幅优美的画图。他淡淡一笑，取笔写了一个“慧”字。

江州的才子们一看，连连拱手道：“果然文思聪慧，名不虚传！”

不久，黄庭坚参加乡试，主考官见他文章宏富，字写得骨神秀逸，不由得连连击节惊叹，当即大笔一挥，取他为本届乡试的解元。

那主考官为了一瞻才子风采，第二天召见了黄庭坚，亲自将他迎进客厅，并吟出四句诗道：

“面对青山来谈心，
二入席地说古今。
三人骑牛牛无角，
草木中间藏一人。”

黄庭坚一听主考官所吟，乃“请坐奉茶”四个字，连连拱手躬身：“谢谢大人。”

主考官和新科的解元晤谈，更觉得黄庭坚满腹经纶，年轻有为，便亲自保荐他进京殿试，果然会试又高中，官授国子监教授。

当时，司马光正编撰《资治通鉴》，想物色几个得力的助手。他听朝野上下称赞黄庭坚好学有文，而且谙熟经史，有意亲自面试，好向朝廷荐才。

这天，黄庭坚应司马光之邀，前去面试。司马光一不问他三经五典，二不问他诗词歌赋，便笑吟一首古诗考他。

诗云：

“历览前贤国与家，
成由勤俭败由奢。
何须琥珀方为枕，
岂得珍珠始是车。
远去不逢青梅马，
力穷难拢蜀山蛇。
几个曾预南薰曲，
终古苍梧哭翠华。”

熟读唐诗的黄庭坚听罢，拱手回道：“老前辈所咏，乃大唐李商隐的佳作，诗题即为一个字。”他说着，取笔在纸上写下一个“史”字。

司马光连连点头，第二天便上奏神宋皇帝，推荐贤才黄庭坚帮他编撰《资治通鉴》。

☆ 司马光：宋代大学者，以主持编撰《资治通鉴》而闻名。

智降主教

鸦片战争后，腐败的清政府与外国人侵者签订了卖国条约，一些披了宗教外衣的侵略者纷纷渡海来到中国。一个叫约翰的主教窜到襄阳，他看到这里山清水秀，水陆交通便利，又是军事要地，便要在十字街口修一座教堂。

这十字街口是商业繁华地带，寸土寸金。约翰经过多方打听，找到了当街做房地产生意的老板，说是奉了天主旨意，要在叫“十字”的地方建教堂，并送上厚礼以求帮忙。

这位老板说：“主教大人，十字街口我只有几间铺面，其余是街坊邻居的，我还要和他们商量才行。”

约翰拍拍老板的肩头，笑道：“我只要羊皮大的一块地方就够了。”

“只要一块羊皮大的地方？”老板疑惑地问。

“对！”约翰狡猾地一笑。

“钱呢？”老板试探地问。

“我出。”

“出多少？”

“在羊皮上摆银元。羊皮有多大，我就摆多少银元给你。”

老板想，这可是从天上突然掉下位财神爷。但转念又一想，这些人连皇上都怕他们三分，莫非诓人不成？连忙赔着笑脸说："按我们中国的规矩是空口无凭、立书为证才行！"

"按天主的旨意，从不撒谎。"约翰用手在胸前画着十字说。

"行，我马上宰只羊，剥了皮去量地。"

"那你就快去买只大肥羊吧！"约翰连忙同意，还特意交代说，"另外请人把契约也写好吧！"

老板依讲好的条件一一办妥。正当他望着约翰送的一大堆银元发愣的时候，一位伙计猴急马跳地跑来说："东家，不好了！那洋人把半条街都给圈去盖教堂了。街坊邻居听说是你背着大伙儿干的勾当，正集合起来对抗洋人，还要找你问罪哩！"

老板心想，我只卖了块羊皮大的地方，那洋毛子在变什么戏法？他便揣上卖地契约，前去看个究竟。

十字街口聚满了人。大伙儿看到做房地产生意的老板过来了，便把他拽到约翰身旁，质问这究竟是怎么回事。

约翰高叫一声"罪过"，接着说："我按契约买下这块地盘，这位老板可以作证！"

"你当初可说的是买一张羊皮大的地盘啊！怎么变了卦？"老板看到街坊四邻个个眼里冒火，质问道。

"天主可以作证，一点儿不错！"约翰道。

"那你为何圈去半条街？""快说！快说！"众人也催道。

约翰头一摆，对一帮子传教士喊道："快将羊皮拿上来！"

不一会儿，传教士们抬来了一捆细羊皮绳，放在老板面前。

约翰说："这就是你买的那只羊皮，我用它来圈地，连两个耳朵还没算哩！怎么收了大堆银子又想反悔！天主要惩罚你这个罪人啊！"

老板一听，傻眼了：这个洋毛子钻了个大空子啊！气得他哆哆嗦嗦地说："你骗人！"

约翰掏出契约亮了亮，说声"有契约！不能违背！"就闭起双眼当众叽哩呱啦祷告起来。

街坊四邻知道做房地产生意的老板是个要钱不要良心的坏家伙，眼下不知道他与洋毛子捣的什么鬼，便不管三七二十一，拽起他们来到襄阳县衙门打官司。

一阵堂鼓响后，知县李祖荫升堂问案。

被圈地的人们知道李祖荫是个为民请命的好官，将事情的来龙去脉细细地讲了一遍，求他为民做主。

李祖荫听后，细细一揣摩，觉得内中必有关节。当他接过契约，细看了上面的条款后，冷笑了一下，对原告的百姓们说："我自有公断！"接着，他换了副笑脸对约翰说："主教先生，现有中国民众将你告下，为论个公道，请你召集所有传教士和教徒来公堂当个见证吧！"

约翰看到李祖荫那谦恭的样儿，以为在帮自己的忙，就召来了所有的传教士和他们的信徒。

李祖荫扫了一下这帮来襄阳干尽坏事的洋鬼子，便传来那位老板和十字街的百姓。他一拍惊堂木，喝道："原告、被告和见证人统统给我跪下！"

众差衙也同声吆喝："跪下！"

中国的百姓都齐刷刷地跪下了，那约翰和一帮子传教士却像木桩似的立在那里。

李祖荫当堂问约翰："你等来到公堂，为何不跪？"

约翰画了一个十字说："我们是上帝的儿女，只按天主的旨意行事！对不起！天主叫我们不能对异教徒下跪！"

"真的吗？"李祖荫问。

"你怀疑天主？罪过！"约翰念念有词。

那帮传教士和信徒们起哄道："我们抗议异教徒怀疑天主！"

李祖荫佯装不知地问："请问你们的天主姓甚名谁？"

"他就是耶稣！"约翰道。

"什么？"李祖荫装着不懂，对约翰说，"你写下来我认认，是哪两个字？"

约翰见堂堂中国官员不知道什么叫天主，用鄙夷的眼光瞧着李祖荫。他见李知县那一本正经的样儿，傲慢地说："快拿文房四宝侍候！"

李祖荫看约翰的举动像个中国通，就顺手抽出判案的笔，说："请主教先生就在我的手心写下天主的名字吧！"

约翰走南闯北，从没把中国官员放在眼里。他见李祖荫伸过手掌递过笔，便不假思索地在李知县手心里写下"耶稣"两个字。

众百姓见李祖荫尽摆弄些与本案无关的游戏之举，一个个愠怒地盯着他的一举一动。

那伙传教士和信徒们看到中国知县如此荒唐之举，发出阵阵窃笑。

李祖荫全不把这一切放在眼里。只见他将写着字的手心靠近耳边听了一阵子，郑重地对约翰和那帮洋鬼子说："天主耶稣刚才对我说，让你们统统跪下祈祷！"

约翰和众信徒愣在那里。

李祖荫又听了一下手心，提高嗓音说："天主说你们这些儿女再不跪下，就要受到惩罚。"

约翰和众教徒只好按天主的旨意，齐刷刷地跪在公堂上。

李祖荫随即又把手掌放近耳边听了听，对约翰厉声说："万能的主耶稣告诉我，你利用财迷心窍的异教徒，玩弄偷梁换柱的鬼把戏去骗人，叫我当堂代天主重责你40大板！"

约翰一听，大叫："你撒谎！"

李祖荫质问："怎么你也怀疑天主？"接着，他对众教徒说："你们怀疑天主的旨意吗？"

众教徒面面相觑，不知如何做答为好。

李祖荫将手掌附在耳边，连声对差役们下令道："快代天主惩罚他的罪人吧！"

众差役一拥而上，按倒约翰，噼哩叭啦将他揍得哭爹喊妈。

李祖荫继续说："万能的天主说只要这只迷途的羔羊退还契约，永不提及此事，就饶恕他的罪过！"

约翰疼痛难忍，只好当场具结：买地契约作废，所付的银元全部赔偿给受损失的中国百姓们。

李祖荫见制服了洋鬼子，又将做房地产生意的老板重责一顿，令他取来银元当堂散给受损失的街坊四邻。

众百姓见李祖荫以其人之道还治其人之身，降服了连皇帝佬都害怕的洋鬼子，编出顺口溜称赞道："襄阳来了个李知县，听字也能判公案；为民做主有计谋，洋鬼子见他也胆寒。"

☆ 李祖荫：清末襄阳知县，湖广总督张之洞的得意门生。

智审难案

襄阳渔梁坪，土质好，出产的萝卜个大味美，远近闻名。由于这种萝卜又长又粗，仅露在外面的部分就是尺把高，被人们誉为"拴马桩"。有对无依无靠的孤老就靠种二三分地的这种萝卜过日子。

到了采摘上市的时候，这对孤老种的萝卜却一连几天不翼而飞。老两口无奈，便哭着到县衙门去告状。

知县李祖荫听完他们的哭诉后，安慰道："二老年老力衰，又遇到小偷，本县深表同情，因没有证据，无法破案。"

老两口听后，哭得像泪人一般，一再恳求县衙破案，缉拿窃贼，赔偿损失，好度余生。

李祖荫想了想，交待老两口到了晚上如此这般，才能捉拿到贼犯。

老两口回到家里，依计行事。

第二天凌晨，刚开城门，门官对众菜农说："今天凡是渔梁坪卖萝卜的，都送到县衙门，让衙役挑选，因为知县大人特别喜欢吃这里产的上等萝卜。"

渔梁坪卖萝卜的不敢怠慢，都朝县衙门走去。

衙役从送来的萝卜里每筐各抽一个萝卜瞧瞧，随即指着一人说："你把萝卜挑进去，李知县就要你的。"

谁知这人刚把萝卜挑进县衙内，李祖荫就把他传到公堂上，一拍惊堂木，喝问道："你这萝卜是从何处偷来的，快快从实招来。"

那人道："是小人家自己种的。"

李祖荫一声冷笑，道："你拿萝卜看看，为什么要戳一个个的小洞眼？"

那人一看筐内的萝卜，上半部果真有洞眼，吓得目瞪口呆。

"还不快快招供！"

在李祖荫的厉声催问下，那人只好供认不讳，说这萝卜是偷孤老的，而且一连偷了几次。

原来老两口回家后，按照李祖荫的嘱咐，当晚用竹子削成尖头，凡是露出地面的萝卜都戳一个洞。

李祖荫推断，小偷在夜深人静时才会去偷萝卜，必定要在凌晨天不亮前赶早市出手。他关照衙役，凡是渔梁坪卖萝卜的都给予留心，哪个卖的萝卜上面被戳了小洞眼，就将谁“请”进衙门。

事情果不出李祖荫所料，小偷自投罗网了。

老两口见李祖荫施计智破了无头案，再三叩谢。

☆ 李祖荫：清末襄阳知县，湖广总督张之洞的得意门生。

智破谜案

这年正月初一，财主张扒皮一早就到襄阳县衙报案，说他家长工王四偷他祖传的两只金元宝，现已绑来，请知县李祖荫重办。

李祖荫升堂理案。

长工王四连呼冤枉，并陈述道：“是东家张扒皮赖他一年的工钱不想给，诬陷好人。”

李祖荫听了两面之词后，想了想，一拍惊堂木，问道：“张财主，你告王四偷了你家祖传的金元宝，有何证据？”

张扒皮连忙说：“是我亲眼所见。”

“什么时候发现的？”

张扒皮连珠炮似的说：“大年三十夜里，王四趁我们全家守岁时，在月光下鬼鬼祟祟用镐刨地，我闻声后，从窗户内望见他刨出两个金元宝藏到身上了。”

“那你当时为什么不喊也不捉他？”李祖荫问。

张扒皮道：“他身强力壮，手里又有家伙，惊动了他，我怕他动手吃眼前亏。”

王四听到这里，争辩道：“张扒皮大年三十也不给我碗饭吃，半夜里饿极了，我到菜地里刨了两个萝卜充饥。”

张扒皮接过话道：“这个该死的长工明明偷了我家的传家宝，却狡辩刨的是萝卜，望知县大人一定为我做主啊！”

李祖荫听到这里，马上一拍惊堂木，喊道：“来人！”

“喳！”

衙役们以为要打王四了，涌上前去。

谁知，李祖荫却说：“把张扒皮抓起来，他诬陷好人。把王四放了。”

张扒皮连声喊道：“知县大人，莫弄错了！”

李祖荫冷笑道：“本知县怎会弄错！”

张扒皮撒泼道：“你不审不查，凭什么抓我？”

“凭什么，凭天象！”

张扒皮大笑起来：“自古以来凭证据，你凭哪门子天象抓良民？”

李祖荫道：“连三岁小孩都知道，大年三十夜里，黑得像锅铁，根本不出月亮，天象告诉我你纯粹是在扯谎，本官断定你是诬告！”

张扒皮一想，是自己诬告他人心切，怎么没想到这一点呢，只得自认晦气，当堂认了罪。

☆ 李祖荫：清末襄阳知县，湖广总督张之洞的得意门生。

智破奇案

一天，襄阳知县李祖荫从四乡巡查归来，见到一位手牵毛驴的汉子在城内洞号啕大哭，他派差衙上前问个究竟。

牵毛驴的汉子见是李知县派人询问，像找到救星般地扑在李祖荫的轿前，状告有人拐了他的银子。

李知县听到大白天出了拐银案，立马住轿问案。

牵毛驴的汉子陈述道："我从山里往城里购货，雇了一头毛驴赶路。毛驴的主人见我背着钱褡裢不方便，主动替我背。我想骑在他的驴身上，还怕他跑了不成，就把褡裢给了他，约定日上三竿在城门洞会合，现我已等到日落西山，还不见驴主人的影子。进城的好心人风传襄阳城外有个拐子，专门设法拐过往客商的财物，我定是遇见了拐子了。"

"你褡裢里装有多少银子？"

"足够买三头毛驴。"

李祖荫听完事情的经过思虑了一阵子，对那汉子道："你把这头驴交给本官，不出三天定会侦破拐银案。"

那汉子千恩万谢后，把毛驴交给了差役。

李祖荫吩咐人将毛驴拴在县衙后院，两天没喂它一口草。第三天一早，李祖荫令人将毛驴放出，带着两个衙役跟在后面。

毛驴饿了两天，腹内空空，径直走到城外十余里的一个三岔路口的客店门口停了下来。

客店老板一见，连声喊道："王三，王三，你的毛驴跑回来了。"

差役拦住客店老板，道："这毛驴四处撒欢，怎么说是你处王三的？"

客店老板回道："官人有所不知，我店住进一位叫王三的客人，常用毛驴给人当脚力，虽说连换了两三次，可这头驴养了半年，头顶上三撮白毛最惹眼，我哪有不认得之理？"

"只怕是你想赖这头毛驴吧！"

"小的不敢！不信喊出王三自己来认。"

"好吧！快去喊王三。"

客店主人喊出了王三。

王三一见来了官府的人，连说这驴不是他的。

客店主人怕担干系，忙扯住王三说："客官常说买了头白毛驴最懂人意，脱了缰绳也能寻回来，三天前你说弄丢了，今儿个这驴自个儿归来了，为何说不是你的呢？"

王三不耐烦地边摆手边抽身道："我说不是的就不是的！"

谁知，那毛驴恋主，王三抽身，它便撵在身后。

李祖荫见状，忙吩咐差役把王三锁进县衙，给予审问，这王三正是用脚力拐人财物的惯犯。当即从他客房处搜出那钱褡裢。

这桩拐银案得以侦破。

☆ 李祖荫：清末襄阳知县，湖广总督张之洞的得意门生。

智服山官

从前有个山官，家住疏起河畔。这家伙贪得无厌，终日里鱼肉山民，到处霸占财产。他叫狗腿子到高高的小寨子山顶上一敲鼓，凡能听到鼓声的山冈就宣布是他家的；他叫狗腿子到疏起河套一敲锣，凡能听到锣声的大小河滩就宣布是他家的。从此，疏起河一带的山呀、河呀，全给他占光啦！老百姓砍柴、捕鱼、走路、喝水，都得向山官缴租纳贡。可这家伙仍不知足，还想子子孙孙升官发财。他派人到处打听风水宝地，要找块“龙脉”之地做老坟。一天，山官听说夫子崖对面阳坡是一块龙穴地，龙头却在宧家竹园里。于是，亲自带领着狗腿子，不问青红皂白就要占宧家竹园。

宧家是一对孤儿寡母。这家寡妇见了，急忙捧出地契与山官讲理。山官根本不理睬，将宧家寡妇踢翻。

乡邻们气得牙齿咬得吱吱响。

这时候，忽然从人群中挤出个身着绿袄，手执牛鞭的放牛娃，原来是宧寡妇的儿子宧古风。只见他一边拾地契一边脆生生地叫道：“就是皇帝也得讲三分理啊！”

山官闻声，先是一怔。斜眼一看是个放牛娃，不禁冷笑一声，道：“乳臭未干的小娃子，逞什么能？怕你连句话都对不上，同我能讲什么理！”

宧古风大声说：“我对得上你怎么样？”

山官鼻子一哼，说：“你对得上，我就不砍这竹园了。对不上，你就到我府上白放三年牛！”

宧古风一拍巴掌，说：“算数，你说给我对！”

山官倒愣了一下。他朝竹园望望，摇摇胖脑袋瓜子，说：“一园淡竹细簇簇，是什么宝贝，乱叫！”

宧古风眨了眨眼睛，举着手中的地契，对道：“满纸浓墨亮堂堂，有这个地契，讲理！”

山官见放牛娃所对无懈可击，恼羞成怒地喝道：“你知道，滴水难起千层浪！”

宧古风见他仗势欺人，就气呼呼地说：“我晓得，星火能烧万重山！”

山官见放牛娃十分厉害，瞧瞧穿着，咬牙切齿地骂道：“呸，小小蚪妈{青蛙}穿绿袄！”

宧古风冷笑一声，说：“哈，大大螃蟹披红袍！”

乡邻们看到山官的大红官衣，不禁哄然大笑。

山官今日当众栽了，气急败坏地向宧古风扑过来。

乡邻们护住宧古风，齐声喝道：“山官当众红口白牙说话要算数呀！不然，我们要讨个公道!”

山官见山民们愤愤不平,摩拳擦掌,他怕吃眼前亏,只好领着狗腿子溜啦。

众乡邻见宦古风聪明伶俐,将来肯定有出息,就大帮小凑,送他到书院读书,巴望他长大为穷人争口气。

众人的愿望没有落空。十年之后,宦古风果然高中头名状元。他要回乡祭祖,上奏一本,说是家境贫寒,无田无地,连喝的水都是租的,要求皇上能赐一“望”之水。皇帝一听,区区一“网”之水,有何不可,当却就准奏啦。

宦古风回到家乡,他和乡邻们登上小寨子山顶上,把眼睛望得见有水的地方都免去了租税。

这一下,山官气昏啦!他一打听,新科状元就是当年的那个放牛娃,要免除租税的地方正是当今皇上所赐的一“望”之水。他是老鼠子啃铁钉,干恨没有办法。

从此,小寨子山顶能听到鼓声和疏起河套能听到锣声他地方,砍柴捕鱼,走路喝水再不用交租纳贡了。

山官日后虽然败家了,可是锣响套和石鼓槽的传说仍在传颂着宦状元智斗山官的故事。

☆ 宦古风:北宋末年状元。

智破积案

宜城有一家富户被盗,捕快根据蛛丝马迹捉拿了十几个嫌疑犯,审来审去,就是审不出谁是真正的盗贼。堂堂县令束手无策,想到襄阳知县李祖荫断案如神,便专程来请教。

李祖荫问清了事情的来龙去脉,对宜城县令说:“我管的地盘上有座鹿门古寺,寺中有宝磬,十分灵验,谁做了不法之事,用手摸磬就要发出铮铮的怒声。为何不将一干人犯带去摸一摸,此案便可知晓。”

宜城县令怎么也猜不出内中之窍,呈请李祖荫现场指点,以求早日结案。于是,李祖荫嘱咐宜城县令将一干人犯押往鹿门寺。

宜城县令喝令嫌疑犯逐个将手伸进布幕里去摸磬,说谁是罪犯,古磬自会发声,然后一验手指,就可以结案。

十余个嫌疑犯个个手中都有墨迹,唯有其中一个人手指上没有。坐在一旁的李祖荫向县令赶紧使了个眼色。

宜城县令密对衙役吩咐去那人家中搜寻,同时喝问那人:“你为什么不敢摸磬,莫非是做贼心虚?”

那人无奈,只得重新去摸磬,他怕手中无墨迹,伸进幕布的手一抓挠,就听古磬铮铮作响。

那人想起县令开宗明义的话,听到磬响,吓得心惊肉跳。

宜城县令陡地喝斥道:“你盗人财物,还不认罪吗?”

正在此时，搜寻的衙役将搜出来的赃物尽数摆在公堂上，盗贼立即低下头认罪。

众人惊奇万分，以为是古磬神灵显圣，连宜城县令也对李祖荫说："仁兄帮助破此案如此神奇，内中有什么关节，请当面指教。"

李祖荫笑着说："这点儿障眼小技，何足挂齿？"

"我见此案破得奇巧迅捷，一定要向仁兄讨教是如何神机妙算的？"

李祖荫见宜城县令一副虔诚的样子，一阵哈哈大笑，过后，说："自古来无事者心自安，鸡鸣狗盗之徒决然心神不宁。我事先在磬内深着浓墨，并用幕布遮住，让嫌疑犯摸磬是假，帮作神奇是真。那些心地坦然的就会大胆伸手摸磬，心虚的人就不敢伸手，结果使盗贼露出破绽。我使眼色让你立即派人搜寻赃物，同时让盗贼再次摸磬，他必然心慌手颤，一旦用心不良，古磬就会自然发声，此乃是敲山震虎之技。一旦赃物露馅，再狡猾的盗贼也必然束手就擒。"

宜城县令和众人听到李祖荫说得入情入理，都十分折服。

☆ 李祖荫：清末襄阳知县，湖广总督张之洞的得意门生。

智写酒幌

从前酒店为了招揽生意，总在门口挂起酒幌子，幌子上写着大大的一个"酒"字，以此吸引顾客。据说，在明朝洪武初年，石花街一家姓黄的酒店，出现过与众不同的酒幌子。

黄家家境贫寒，本钱短少，租不起靠官道的门面，只好把一小酒店开在一个背巷子里面。平时很少有人光顾，生意非常清淡。同行们都说这黄家小酒店像兔子的尾巴长不了。

黄老板见门可罗雀，也很灰心丧气，正在打着关门歇业的主意。说来也巧，就在这个时候，他的姑表弟任亨泰准备赴京应试前来辞行，言谈之中得知这小酒店已经到了山穷水尽的地步，便开导说："死店活人开，地段不是主要的，酒才是主要的。俗话说'酒香不怕巷子深'。关键在于有没有本领酿出好酒来。"

黄老板拍着胸脯说："不是我这做哥哥的在你老弟面前吹牛皮，酿酒这行当，在整个石花街上，我排不上第一，也挨得上第二，买过我家酒的人，都称赞我的酒好。可石花这地方，是方圆几府商家的集散地，生意全靠来往的过路客们支撑。我这里酒再好，背巷子里头陌生人哪能知道呢？"

任亨泰想到自己读蒙学时，时常为人扇面作诗题对，引来不少人瞩目的情景，笑着对黄老板说："我也不是在你老兄面前夸海口，让南来北往的客人上你酒店的门，容易之极。你快去拿块大布来，我亲手替你做个酒幌子，包我半月之内生意兴隆起来。"

黄老板晓得任亨泰自幼聪慧过人，又喝了一肚子的墨水，做事一向踏踏实实，从来不说过头话。于是，他马上买来一大块布，连同笔墨砚台一并送到任亨泰面前。

任亨泰一反常规，抓起笔，调好墨，在布上刷刷写下这样一段文字："谁能在本店照壁和墙上写下酒联，谁就可以在此免费饮酒三斤。"

这个与众不同的酒幌子一挂出去，消息就像长了脚，一传十，十传百，很快就传遍了四面八方。那许许多多爱好联对的人，都纷纷赶来，抢着在黄家酒馆的照壁和墙上题对。

张三写："猛虎一杯山中醉，蛟龙两盏海底眠。"

李四写："风来隔壁千家醉，雨过开瓶十里香。"

王五写："酿成春夏秋冬酒，醉倒东西南北人。"

郑六写："座上不乏豪客饮，门前常有醉人归。"

马七写："水为万古无情绿，酒是千年不老丹。"

方八写："买酒取来春几许，消闲休问夜如何。"

就这样，不出十天，黄家酒店的照壁和墙上写满了酒联。这些爱好联对之人，有不少是知书达理之辈，讲究体面，没有一个肯白吃黄家的好酒，反而把黄家酒店当做相互切磋、比试才华的场所。结果，黄老板没有白送一滴酒，却把酒店的名声扬了出去，看热闹的、买酒喝的人越来越多，他家的酒也越做越好，生意也就越做越大。

洪武二十一年，任亨泰一举夺魁，考中了状元，他别出心裁地为黄家酒店写酒幌的趣事传为美谈。四海之内慕名而前来的客人络绎不绝，深处石花街背巷子的黄家酒店从此独领风骚了许多年。

☆ 任亨泰：明洪武二十一年状元及第。曾出使安南。官至礼部尚书。

智守寨子

清朝咸丰年间，被官兵打散的红巾军，在首领张文治的率领下，陆续退到三岔上的小寨子，坚守在那里。

小寨子周围都是悬崖绝壁，只有独路一条，要爬到寨顶，则要爬一段绳索，若要收起绳索，那就插上翅膀也难飞上寨子。大有一夫当关，万夫莫开之势。

这寨上有泉眼可以汲水，有岩洞可以避风雨，有滚石擂木可以去打官兵，只可惜都是岩巴子，不长粮食。好在红巾军上寨子时备足了粮食和蔬菜，大家节约点吃，少说也可以撑个大半年。

四五千官兵围住小寨子，攻了多少回也没攻上去，反而死了千把人。人爬不上，炮打不上，连放火烧都无济于事，急得官兵干瞪眼。官兵最后想出个毒辣的办法，不进不退，妄想把寨子上的红巾军活活饿死。

张文治见官兵这架势，便想办法在断粮前把官兵撵走。于是，他吩咐手下把带上山的冬瓜、南瓜统统找出来，在半夜里一起动手，把这些瓜都扎在岩缝的树枝上和山洞边的葛藤上，打扮得像真的一模一样。

第二天早上，寨子里唱起歌来了：

岩石缝里长冬瓜，葛藤上头结南瓜，

你我大家摘来吃，再围三年也不怕。

官兵听到歌声，又果然见寨子上的树藤上都长了冬瓜和南瓜，怕难把红巾军围死，不过转念一想，总不能一年四季都结瓜，围到冬天他们还会有瓜摘？于是，官兵还是围下去。

张文治看到官兵没有退去的迹象，又想出第二个办法。

这时候，天干地燥，寨子上有山泉，山下人多水少，官兵越围下去越为难。莫说洗脸洗澡、喂马刷马没有水，就连每天煮饭烧茶都十分欠缺。

正在官兵闹水荒的时候，寨子上的红巾军天天到山边上，脱下衣衫，故意冲凉给山下官兵看。还把井里养的鱼往山下丢，又唱道：

山上泉水流不尽，井里养鱼数不清，

我们越守越有劲，干死气死狗官兵。

那些干渴难耐的官兵，更加没有心思围山了。只是那个领兵的提督还不甘心，信誓旦旦地对部下们讲："不怕寨子上有水、有瓜还有鱼，崖巴子上长不出粮食，他们总还是守不到多久的。他们咬咬牙再围上一阵子就可大功告成了。到时人人有重赏！"

张文治见官兵没有撤走的迹象，又想出第三个办法来：他派手下连根挖来几十根竹子，锯成一个个竹筒，把带上山的豆子和苞谷装进竹筒后，边向山下扔边唱道：

小寨子上田地好，豆子苞谷收得早，

稻谷明日就要收，可惜田多人手少。

山下的官兵捡到装着豆子和苞谷的竹筒，又听到山上传下来的歌声，军心彻底动摇了：山上有水、有瓜、有鱼又有粮，再围十年八年也狂然！

提督见军心不稳，也没信心再围下去了，派兵抓了百十个流民，谎称是小寨子上的叛军，慑于皇上威德，俯首投诚，凯旋而归。

至今，还流传着这样一首山歌：

小寨子哟厚又高，

易守难攻很险要。

不使弓箭不用刀，

唱歌就把妖撵跑！

☆ 张文治：清朝咸丰年间红巾军起义首领。

智辨盗贼

有个老奶奶在襄阳庙会上买了些穿戴的东西，用包单包了，提着往回走，走到一条背街上，东西被人抢走了。老奶奶急得大喊捉贼。

有个过路人见贼人大白天抢东西很气愤。他挺身而出，替老奶奶把贼捉住了，并夺回抢走的东西，还给了老奶奶。

这时有不少人围过来观看。

贼人怕犯众怒，要受皮肉之苦，就反咬一口，说这过路人抢人家东西，被他捉住了。

两人你说他是贼，他说你是贼，大吵大骂。

围观的人叫老奶奶辨认谁是贼，由于事情发生得太突然，老奶奶眼睛也不太好，竟辨不出到底哪个人是贼。

围观的人见贼人无法辨认，就把他们二人送进县衙，请知县李祖荫审断。

李知县问明情况，就叫把两个人暂押下去，对围观的人说："这个案子大伙都来参加破吧！只要大伙参加，我保证不出一炷香的工夫，就能把贼人找出来。"

围观的人问他们怎样参加破案，李知县说："我派人在荆州街两头监视，你们十来个人把守住街两旁所有的岔路口。然后我叫他们两个人沿街赛跑，跑罢把后到终点的人抓回来。"

准备停当后，李知县把两个人传上来说："现在我命你们二人赛跑，从荆州街的一端跑到另一端，跑罢结案。"说罢让衙役将二人带了出去。

比赛不多一会儿就结束了。监视在终点的衙役把后到终点的人抓到了县衙。

李知县问："这个是后到终点的人吧？"

衙役和围观的人都说"是"。

李知县喝道："大胆贼人，光天化日之下进行抢劫，还诬赖他人，两罪要并罚。快从实招来！"

这人很不服，冲着李知县说："大人不审不问，仅仅凭跑得慢就定罪，是不是太没道理？"

"道理很清楚。"李知县说："你大白天抢走人家东西，人家一吆喝，你肯定是拼命逃跑。那过路人闻声在后边追，他竟把你追上了，这说明他跑的速度比你快。不然，你不早就溜之大吉了？"

这人又说："大人说的确有道理。但抢东西的不是我，我是过路人。正因为追贼用了力，所以才在赛跑时落在后边。大人您善于分析事理，怎么就没分析出这个道理？"

李知县把惊堂木一拍："大胆！你这贼还真会狡辩。假如你是过路人，当时追的时间较长，这个道理可以成立，但事实不是那样。你赛跑落后，是因为你跑时想找机会溜掉，每见到岔路口都东张西望，没有一门心思去跑。这个事实当堂就有人可以作证。"

这时，把守荆州街岔路口的人，纷纷讲起贼人跑到岔路口想溜走的情景。

贼人无法抵赖了，只得低头认罪……

通过这件事，人们都说李知县料事如神。这个故事也就随之传开了。

☆ 李祖荫：清末襄阳知县，湖广总督张之洞的得意门生。

智降恶虎

有一支无恶不作的土匪队伍在狗咬狗的争斗中无法立足，为了摆脱困境，便以"接受红军改编"的名义，想借庙躲雨，扩充势力，派人找贺龙联系。

因这件事关系重大，贺龙在司令部召开"诸葛亮"会。会场里像一锅浇开的水，沸腾起来了。

有人说:“收编是好,但人家有几千人马,我们是不是降得住?”

有人说:“这帮土匪现在成了跛脚老虎,今天收了他,说不定明天又要伤人。深山养虎,虎必伤人,引狼入室,祸害无穷。”

有人说:“关起门来,再凶恶的老虎也可以降得住。”

贺龙认真听了大家的发言后,谈出了自己的看法:“这只跛脚老虎要求收编是假,扩大地盘,趁机吃掉我们红军才是真的。自古以来兵不厌诈嘛!我们识破了他们要求收编的本意,就来他个将计就计,关门打恶虎嘛!况且他们的兵,大多数是穷苦百姓走投无路受欺骗的,只要那些人知道红军是为穷人谋利益的,他们就不会为土匪头子卖命的,这几千人不就可以变成革命的力量吗?”

贺龙的分析集中了大家的智慧,就订下了收编土匪部队的方案。

一个形似瘦猴的土匪司令在鸦片烟床上反复看了贺龙的来信,又同匪参谋长研究了红军提出的收编条件,一阵狞笑过后,说:“贺龙乃匹夫之勇,他们做美梦真的想收编我们,到底谁收编谁,走着瞧吧!”

匪军参谋长巴眨着一双老鼠眼,叹了口气,道:“唉,这阵子,逼得我们好苦啊!还是司令高明,订出了这个借庙躲雨、占庙为王的妙计,明天大军开了进去,后天贺龙就会成为阶下囚,蒋委员长到时论功行赏,我们说不定弄个正牌的军长、旅长干干。”

两匪首谈得天花乱坠,做着绝处逢生、因祸得福的美梦。

按红军的计划,几千土匪部队开到了湘鄂根据地。等他们一到宿营地,老百姓就帮助他们收拾好房子,送粮、送菜、送柴草;红军干部和地方干部到营房问寒问暖,又是欢迎会,又是座谈会,介绍红军官兵平等、官兵一致的优良作风,介绍根据地百姓的生活。一向受匪首折磨、迫害的士兵,如同从黑暗的冰窖里来到了温暖的光明之地,很快就和红军战士、根据地的百姓建立了一种特殊的感情。

这些情形,匪司令看在眼里,怕在心头。他找来匪参谋长在昏暗的角落里,密谋计议表面上和红军周旋应付,暗地派人联络中央军内外夹攻,妄想一举歼灭红军。

土匪司令派去向中央军送密信的奸细,刚出门便被红军抓住,当场交出了密信,并招供了他们的全盘计划。

贺龙掌握了这些情况后,嘿嘿笑道:“早就晓得恶虎要咬人,现在真的磨牙了。”他和司令部几个领导同志商量之后,便下令把那个奸细锁在密室,严密封锁消息,并决定亲自走访贼营,稳住匪首,然后撒下天罗地网,把恶虎给降住。

匪司令和参谋长正在议论援兵什么时候到达,勤务兵忽然跑来报告:“贺龙军长登门拜访!”

两个家伙顿时吓得冷汗直冒,连问:“贺龙带了多少人?”

“只有八个人。”

“真的?”

“是真的,我亲眼看到的。”

两个家伙听了勤务兵的回答,心神略定,慌忙整理衣冠,走出房门,将贺龙请进了客厅。

匪司令像演戏一般夸赞着贺龙和红军。

匪参谋长假装十分热情，在一旁频频帮腔。

贺龙听到他们这些言不由衷的恭维话，不露声色地应付着。随后将关于收编的具体细节谈了一遍。

两个家伙装着百般恭顺的样子，说："军长您怎样安排，我等绝对服从。"

贺龙连叫了几声"好"，便骑马转回了红军司令部。

两个匪首待贺龙身影消失后，不约而同地放声大笑起来。

匪参谋长说："司令说贺龙系匹夫之勇果真不假。老子们就要动手取他的脑袋了，他还蒙在鼓里呢，可笑！可笑！"

匪司令十分得意地嘿嘿冷笑一阵。

第二天，红军司令部给接受收编的土匪队伍送来了肥猪、烧酒，说是慰劳士兵的，并送上大红请帖，专请匪司令和参谋长和营以上的长官到红军司令部赴宴。

两个匪首捧着请帖，如同捧着烧红的木炭。

匪参谋长皱起眉头说："怕是鸿门宴吧？"

匪司令猛吸了一口鸦片，忽然哈哈大笑起来，对参谋长说："老弟多疑了，贺龙一个粗心直肠的武人，你看他昨天的那个样子？现在是万事俱备，只欠东风。如果我们不去，岂不要引起他的怀疑，坏了我们的全盘计划！还是去赴宴的好。"

参谋长想了想，说："司令高见！当前主要是把贺龙拖住，等中央军一出兵，那我们内外夹攻，就可稳操胜券啰！"

两匪首自以为得计，当即带着所有营以上的长官和一些警卫到红军司令部赴宴。

红军司令部里张灯结彩，喜气洋洋。

贺龙请两匪首在首席落座。其他来的长官也都由同等职务的红军干部相陪，警卫另外开了几桌。

酒过三巡后，贺龙放下酒杯，站起来对匪司令说："改编的事，我们已讲妥了，可是据了解，你们当中有人从中搞破坏，想借收编之名把我们红军吞掉。你看，这事该怎样处理？"

匪司令虚张声势地说："有这样的人，就该枪毙。"

贺龙又转身问匪首带来的长官们："诸位看呢？"

这干子人齐声回答："该杀。"

贺龙说："既然大家的意见一致，那么今天在酒席筵前，共同来审一个坏蛋吧！"他大喝一声："把坏蛋带出来！"

匪首举目一看，押上来的正是前次派出去送密信的那个心腹。见事已败露，他们知道情势不妙，正要拔枪时，贺龙一挥手，几个红军战士冲了上来，夺了他们的武器。与此同时，那些陪着吃酒的、端盘的、上酒的，全都拔出短枪，对准那帮匪长官们。

两个匪首面如土色，瘫在地上磕头求贺军长饶命。

一干子匪长官还不晓得是怎么回事，贺龙便命令那个奸细当众交代匪首的全盘阴谋，并出示了由匪参谋长所写的亲笔密信。随后，贺龙宣布说："除土匪司令和参谋长外，其余的一概无罪。”

就在开宴的同时，我红军主力部队团团围住了驻扎在根据地里的土匪部队，公布了匪首的罪状，号召他们放下武器，不要为匪首卖命了。

这些士兵早就有心归顺红军，见此，便纷纷举起白旗。红军没费一枪一弹，便解除了这支土匪部队的全部武装。

红军司令部门前，红旗招展，军号嘹亮，几千原土匪官兵和红军战士一起开了庆祝大会。贺龙在会上下令镇压了匪首，其余士兵，愿意留下的收编入红军部队，不愿意留下的发给路费回家，除少数人外，绝大部分官兵留了下来，加入了红军。从此以后红军的力量更加强大了。

☆ 贺龙：中华人民共和国十大元帅之一。

智斗班头

贺龙的家乡——洪家关一带，学武术的风气很盛行。每当农闲的时候，许多人就操事习棍，想练几手过硬的功夫，以便防身和对付恶人。

年幼的贺龙是个武术迷。他和寨子里的小伙伴们比大人们练得还起劲儿哩！在学武术的过程中，他常想：学了本领，就不怕恶人欺侮了，你要动武，我这拳头和棍棒也不是吃素的！

洪家关每逢单日就有人来赶场。从拱桥边到花桥边，赶场的人络绎不绝，小小的洪家关被挤得水泄不通。可是，官家也不放过刮地皮的机会，每到交易红火时，县衙里的班头就骑着高头大马，率一帮子打手，耀武扬威来收捐税，稍不顺心，不是打就是骂；若进行顶撞，不是没收货物就是抓进县大牢。赶场的人一见这帮“瘟神”就浑身起鸡皮疙瘩。

贺龙赶场卖山货，多次见到县衙班头无恶不作，恨不得上前扒了他的皮。后来一想，自己只有两个拳头，力量单薄，把小伙伴们喊拢来，就人多势众了。于是，他召集来小伙伴，把自己的想法说了一遍。

有的说：“班头骑着高头大马，又领着一帮人，惹不起。”

贺龙捏紧拳头，说道：“惹不起坏家伙，好人就要受欺侮。怕什么？我们练武就是打恶人，不打恶人，练武有什么用？”

小伙伴们点点头，表示同意。

有伙伴说：“我们明着去惹那班头，他们认出来会连累家里人的，得想个法子呀！”

贺龙想了想，觉得有道理，就给小伙伴们悄悄地讲了一个办法。大伙儿一听，都称赞说妙，各自暗暗准备起来。

这天，班头又骑着马，率着一帮人来到洪家关收捐税，当他趾高气扬起来到拱桥边时，两个跳绳的小孩装着害怕的样子，提起两个绳子头飞似的跑到桥两边，迅速将绳子系在桥柱上，等班头骑马踏进绳子，两个孩子一紧绳子，马忽一下前蹄屈下。贺龙等一干小伙伴一见，挥着棍棒猛揍马屁股，还骂道：“畜生，快爬起来，摔坏了官，揍死你！”

这马受了惊，前蹄一弹，屁股一翘，把那班头从马背上摔在石阶上。

后面的随从急忙上前把班头扶起，往四周一看，小伙伴们早已跑得无影无踪了。

贺龙及小伙伴们老远听见班头摔倒的哀叫声，一个个笑得前仰后合。

☆ 贺龙：中华人民共和国十大元帅之一。

智擒歹徒

辛亥革命后，军阀割据，连年混战，弄得民不聊生，许多地方连食盐都金贵得不得了。

贺龙家里很穷，为了糊口，小小年纪就外出帮人贩盐。一天，他和伙伴们挑着盐担子往集镇上赶，不小心，扭了脚脖子，掉了队。当他经过一处密林时，猛听身后一声断喝："不准动！"

贺龙站住了，扭头一看，见一个黄瘦汉子正用手枪对准他。他本来想上前拼个鱼死网破，转而想，相距只有几步远，如果来硬的，恐怕不等近身，自己就会死在对方枪下。他见拦路抢劫的汉子也是穷人模样，就作求情状说："好汉，念在我们都是穷苦人的份儿上，你就高抬贵手放我过去吧。"

黄瘦汉子喝道："少废话！留下盐担子就饶你一条小命！"

贺龙目光落在黄瘦汉子的枪上，忽然生了一计，不慌不忙地说："好汉，我是替主人家贩盐的，把盐担子留给你，我砸了饭碗事小，可一家老小就是剁成肉卖也赔不起啊！你行行好，对天放一枪，这里距领班的主人家不远，主人听到枪响，我回去就好说了。"

黄瘦汉子听了，心想：一颗子弹换一担盐，太合算了。就朝天开了一枪。

枪声一响，贺龙抽下扁担直逼近黄瘦汉子，冷笑一声说："把枪缴过来！"

黄瘦汉子手中的那支枪是"单打一"，贺龙在关卡上见得多啦！他不等那汉子打开枪机再装子弹，就一扁担劈下去，把"单打一"打落在地。

黄瘦汉子见势头不好，扭头就跑。贺龙的伙伴们听到枪声，急忙赶来，见到有歹人拦路抢劫，呼啦一下包抄过去，将黄瘦汉子团团围住。贺龙一个箭步冲在前，扭住了那汉子的胳膊。

黄瘦汉子见众怒难犯，扑通跪下磕头求饶。

贺龙起初认为他是穷人，没有生路才拦路抢劫的，想狠狠教训一顿就放掉他。谁知拧胳膊扯落那人的破衣时，看见那人露出了盐警的黑皮（警察的服装）。一时，贺龙怒火万丈，抡起扁担就打。

伙伴们感到事情蹊跷，便上前盘问。原来这黄瘦子在卡子上奉命行事，捞的油水不大，他想发大财，就假冒强人外出捞外快。见贺龙年少，就起了歹心。

贺龙和伙伴们一听，这个平时就仗势欺人的家伙，现在又乔装打扮，为非作歹，个个气得咬牙切齿。二话不说，一阵拳打脚踢，将那汉子揍了个半死。

☆ 贺龙：中华人民共和国十大元帅之一。

智闯险关

一个大雾的早晨，在离保安队把守的渔洋关不远的地方，来了一批做小生意的人，吆喝喧天。

站在卡子上的哨兵慌忙向队长报告："从山那边来了不少人。"

队长正在吸鸦片烟，不耐烦地问："有多少人？"

"不太清楚。"

"你的眼珠子掉了？"

"队长，今天雾大看不清啊！"

"赶快把他们拦住，查清楚了再开卡子门。"

"是。"

哨兵站在卡子上向山里喊话："你们是干什么的？"

"我们是做生意的。"

"做什么生意？"

"做什么生意的都有。"

"你们站住，我来检查。"那哨兵从固定的绳索上滑下卡子，来到一伙人面前，阴阳怪气地问道："你们是做生意的？"

"怎么，你还不相信！"一个身材魁梧、蓄八字短胡的人回答。

"怎么来了十几个人呀？"哨兵盘问道。

"路上土匪多，我们穷帮穷，结伴而行。"

"从哪里来的？"

"从桑植来的。"

"桑植？不许动！你们是红军的探子。"那个哨兵把子弹推上膛，凶神恶煞地说道。

"哈哈！"那个蓄八字胡的人笑着说："你们怎么这样怕红军呢？他们早就离开桑植了。告诉你，我们真的是做生意的。不信，你可以查看。"

这一下，哨兵才松了一口气，背枪上前，命令着："把担子打开！"

一个年轻人，似乎有点儿害怕的样子，慢慢地靠近哨兵，恳求着："老总，不瞒你说，我们有几个是卖鸦片烟的，我送你几两，让我们过关吧！"

那哨兵是个鸦片烟鬼，听说是鸦片烟，瘾就上来了，哈欠连天，口水长流，连说："好好，先给我吞一颗。"

那个年轻人打开包袱，抠了一颗交给哨兵。

哨兵一口就吞到肚里了，又逐个问："你们真的都是做这个生意的？"

来人齐声回答："是的。"

哨兵说："你们坐一下，等我报告长官再说。"

那个哨兵回到卡子，爬上了卡楼，急忙向队长报告："队长，有笔生意来了！"

队长喜出望外，问："有多少？"

哨兵说："山那边来了十几个人，每人都带有一大包上等的烟土哩。"

队长一听，自言自语地说："今天看来要双喜临门啰！烟土，弟兄们分；人嘛，当红军押到司令部去，起码能落个百把块的赏钱。"他想了想，给那个哨兵交待了一番。

哨兵又站在卡楼上，朝下面喊话："你们来吧，长官要亲自检查。"

卡门洞开了。

那个蓄八字胡的见此情景，把手一挥，说："伙计们，他们要抢我们的鸦片，快转去，不做这个生意了。"

做生意的人飞也似的就向后跑。

队长一见快到手的财喜要丢了，慌忙跑上卡楼，扯起嗓子喊道："不——要——跑——！只要你们是做生意的，我们就放你们过关。"

"你们是在骗我们呢，在我们这些做生意的人面前动枪干什么呀！"

队长一心要把鸦片烟和人骗到手，连忙答应说："快回来，我们把枪收了。"

"这还差不多。你们要点儿货，我们可以送给你们一些嘛！"那留八字胡的人边说边领着十几个做生意的转回了。

队长率人下来，叉着腰道："快把包袱打开，是做生意的就过卡去！"

十几个做生意的把包袱打开。果真，全是烟土。

卡子里的匪兵都是鸦片烟鬼，今日见了鸦片，就不分当官当兵的，像饿狗子抢屎一样，你抢一包，我抓一把。那个队长，眼疾手快，左手抱了一个背篼，右手抓了一把烟土。有几个匪兵为争抢一个包袱还打架起来。

正在匪兵手忙脚乱地抢鸦片时，那个蓄八字胡的人拔出双枪，堵住上卡子的木梯，大喝一声："不准动！哪个敢动，我这家伙就不认人了！"

这时，卡子对面山林中传来阵阵喊声："你们被红军包围了，缴枪不杀！"

那些饿狗似的匪兵顿时吓得不敢动弹。其他做生意的人顺势冲上卡楼，把保安队的枪支全提了。

蓄八字胡的人说："告诉你们，我就是贺龙。今天闯渔洋关，顺便借几十条枪用用。过几天，还要借保安司令的狗头祭刀，麻烦转告一声。"他说罢，把手一挥，一队红军战士突出山林，飞也似的越关而去了。

那守卡的匪兵一个个都不敢抬头，只是抱着脑壳，钻进路边的杂草里。

☆ 贺龙：中华人民共和国十大元帅之一。

智钓大鱼

1928年秋，湘鄂西的武装斗争遭到了暂时的挫折。为了避免同过于强大的敌人正面交锋，保存实力，贺龙只带了几十个战士，隐藏在两省交界的尖峰庙内。这里山陡谷深，古木参天，人烟稀少，终年云雾缭绕，从山脚到山顶，只有东西两条崎岖的山道，地势十分

险要。小庙坐落在顶峰上，年久失修，只有一个聋和尚在这里看守香火。

部队隐藏在这里，贺龙便高兴地对大家说："这些日子天天在炮火里滚，这个地方既安静又险要，让我们好好休息几天吧。"他布置好隐蔽任务后，每天一早，总带一个警卫员到山脚下一条丛林浓掩的水潭里去钓鱼。

山下的风声很紧。

敌人的部队跟踪而来，已在山脚下的村里驻扎了，在尖峰庙里经常可以听到附近村子里的鸡鸣狗叫声和敌人的吆喝声。

隐蔽在尖峰庙的红军战士早闻到了火药味儿，一个个忍耐不住，纷纷要求下山去打敌军。

贺龙却好像周围没有发生敌情，每天照常到老地方去钓鱼。他回来有说有笑，要战士们好好品品山潭里的鱼味。

战士们焦急地说："军长，情况这么紧急，莫说是鱼，就是海参燕窝，也品不出味道了。"

贺龙哈哈大笑起来，对战士们说："任凭风浪起，稳坐钓鱼台。敌人搜他的山，我钓我的鱼，那么紧张做什么？大家养精蓄锐，等我放长线，去钓大鱼哩！"

大家看见贺龙那沉着的神态，知道他心里已有数了，也就安定下来。

一天晚饭后，贺龙叫战士们紧急集合。他用手指着尖峰庙对面的一个山垭子说："今晚潜行到那个地方，明天太阳出山前请大家看出闹戏。"

"什么闹戏？"

"是狗咬狗的闹戏哩！"

战士们感到有些不解了，心想：两只狗怎么会跑到这深山老林咬起来呢？莫非是贺军长同我们讲笑话？当大家听到贺龙严肃又郑重地交待等两只狗咬伤了去消灭掉，一定要擦好枪磨好刀时，明白又有仗可打了，个个精神抖擞起来。

晨雾茫茫，整个尖峰山淹没在雾海里。

红军战士按贺龙的部署，隐蔽在山垭口两旁。

没过多久，尖峰山东边的山口响起了清脆的枪声，紧接着，西边山道上也响起了枪声。霎时，东西两侧枪声大作，喊杀连天，山谷震动，仗越打越激烈。

贺龙轻轻地对战士们说："怎么样，狗子咬得厉害吧！"

战士们明白了"狗咬狗"的意思，个个喜笑颜开，但不好做声，只好用枪上膛、刀出鞘来作答。

雾气渐渐散了，狗咬狗的战火还在进行。

太阳出山了，枪声渐渐停息了下来。

这是哪两只狗呢？

原来东西两侧山路上冲上来的是隶属湘鄂两省的剿共部队。他们为了抢"活捉贺龙的头功"，出发进兵尖峰山一带，互相不露一点儿风声。双方从不同的方向向尖峰庙冲锋，山高雾大，对面看不清，枪声一响，双方都以为对面是贺龙的红军，都想冲上去把贺龙抓住，便猛攻猛打。哪晓得雾气一散，才发觉两边都是灰老鼠，哪里有贺龙的影子。他们慌忙找给各自带路的“和尚”，发现早就没影了，找到聋和尚，一问三不应，他们只好把聋和尚打一顿消气。

两个领队的白匪军官互相责骂，你要我赔人，我要你赔枪弹，两边扭扭扯扯，吵吵闹闹，带着满肚子的怨气溜下了山。当他们经过尖峰庙对面的小山垭时，正闯进红军的埋伏圈，贺龙一声令下，红军战士像猛虎下山，杀声震天。

那些“狗咬狗”的白匪军，早已精疲力竭，这时见真的红军来了，一个个魂飞魄散，很快就被全部打垮了，消灭了大部分敌人，缴获了不少战利品，红军像过节一样高兴。

在庆功会上，那两个化装成和尚的侦察员告诉大家，贺龙下山钓鱼是作掩护，其实是和山下侦察员的秘密联络，当掌握了两股不同派系的白匪军的活动规律后，就让侦察员化装成两个和尚，分别到两处白匪指挥部报告贺龙就在尖峰庙，趁天没亮摸上山峰就可生擒活捉。敌人听两个“和尚”说得有根有据，信以为真，就来了一出狗咬狗的闹戏。

战士们知道了事情的原委，一个个笑弯了腰，原来贺军长放长线，要钓的就是两股敌人的白匪军哩！

☆ 贺龙：中华人民共和国十大元帅之一。

智斗会长

轻风徐徐，襄江里渔火点点，奔流的江水里像撒了一把碎银子。

肖楚女从襄阳二师下学后，又来到渔船上向渔民们宣传革命道理。老渔民赵保江照例打发儿子水生去望风。

水生刚过十岁，口齿伶俐，聪明机智，是个好帮手。肖楚女和周围的渔民都很喜欢他。

这天晚上，肖楚女劝赵保江说：“你得送儿子上学堂！只要他们这一代不是睁眼瞎子，翻身的好日子就有指望了。”

赵保江把手一摊，说：“眼下吃了上顿没下顿，哪来的钱供孩子念书！”

众渔民说：“大伙儿来个大帮小凑，就没有翻不过去的火焰山。”

赵保江叹了一口气，说：“众兄弟的心意我领情！可是，即使我们凑足了学费，那学堂门是朝着富豪官绅开的，渔花子的小孩怎么能进的去呢？”

众渔民知道襄阳府小是城里的官宦和财主们出钱办的，招的都是有钱有势人家的子弟，渔花子的子弟就是交得够学费也很难进那学堂门。大家听到赵保江的话，齐向肖楚女投去求助的目光。

肖楚女说：“请赵大哥和大伙儿放心，我拼上这个先生不当，也要想法子让水生入学。

肖楚女说得大伙儿心里热乎乎的。

赵保江两眼潮湿地拉过水生，猛不丁地给肖楚女鞠了一躬，叮嘱说：“你可得为咱渔花子们争口气呀！“

转眼到了新学年，赵保江和众渔民一块送水生到襄阳府小报名去了。

这天，襄阳商会的会长假装斯文，在学堂里督学。他见众渔民领着个小渔花子进来，要报名念书，鼓起松泡眼，说："渔筏子上的人只配捕鱼捞虾，念的哪门子书？真是癞蛤蟆想吃天鹅肉！"

这话恰好被上前接水生的肖楚女听到了。他上前白了一眼商会会长，发话道："学府乃文雅之地，会长不要出言不逊！"接着，他拉过水生，说："他不是癞蛤蟆想吃天鹅肉，他是鲤鱼想跳龙门。"

商会会长见学识渊博的肖楚女出来打抱不平，心中吃惊：看来今天强行驱走小渔花子是不行了，得想个法子打发他回去。他转动了几下眼珠，嘿嘿地干笑了几声，对肖楚女说："按本学堂的规矩，督学有权对新入学的学童抽查考试。既然肖先生说他是鲤鱼要跳龙门，那就先过我这一关才行！"

肖楚女知道这位商会会长满肚子鬼主意，但不知道他葫芦里到底卖的是什么药。既然他当众搬出了校规，自己也只好相机行事了。

肖楚女望见水生那机灵样儿和众渔民不服气的神色，心里有了谱，忙上前说："这小孩是跳龙门的鲤鱼，还是吃河泥的水虾，就请督学当面考试吧！不过，得请全校的先生和众渔民们评判，才有个见证！"

商会会长素知肖楚女处处为穷人说话，早就像眼里扎进了刺儿，现在见他又为渔花子撑腰，心想如不挫挫他的锐气，他这个外来人就不会知道地头蛇的厉害！望着水生那破衣烂衫的样子，估计充其量也不过是条不惹眼的小鱼，绝对翻不了几尺浪！他干笑了几声，便说："这样公允，若这孩子过了我这一关，入学的事就算定了。"

"会长当众说的话可别反悔！"肖楚女边说边招来全校的教员。

商会会长见骑虎难下，故作若无其事的样子当众说："我就先易后难出题了！"

众渔民推出水生，用鼓励的眼光给他撑腰壮胆。

商会会长，咳了几声，清了清嗓子对水生说："我先出个谜语让你猜猜，猜准了让你入学，猜不准还是回去兜河风吧！"他说完，就出了一个谜："'有火没烟'是什么？"

水生在渔船上风里来雾里去的，早听父辈们用日、月、山、水打过比喻，听到这个谜，随口便答道："是太阳。"

商会会长一听水生猜对了，又说："一个谜不算，再猜'有烟没火'是什么？"

"是雾。"水生应声答道。

肖楚女见水生对答如流，上前说："会长已经考察了，这学童可以入学了嘛！"

商会会长装模作样地说："刚才算这孩子猜中了，现在我再考他一次，如果考得好，不但让他入学，还免交一年的学费。"

肖楚女听完这话，让在场的教员们作证。

水生也壮起胆子对商会会长说："你大人可别骗咱小孩子呀！"

众渔民见商会会长存心进行刁难，齐声说："要是会长当众说话不算数，我们决不答应！"

商会会长说："一言既出，当然算数。"他见一个渔民提着一串黄鳝、泥鳅和鲇鱼，随即出联道："鳝长鳅短鲢大口，一串无鳞。"

水生从没对过对子，听子商会会长摇头晃脑地念了一句话，左思右想不知怎么答才好，急得满头大汗。

肖楚女看水生被难住了，为他捏了一把汗。当肖楚女看到赵保江身背着鱼篓，急中生智地上前说："赵大哥，孩子热得冒汗，快过去给他擦一把！"

赵保江见自己儿子被商会会长考得面红耳赤，心疼地上前搂住水生。

水生见父亲鱼篓里没有鱼，只有螺蚌和乌龟，顿时领悟了，忙说："先别擦汗，我得应试呀！"

商会会长见水生呆愣的样子，连忙催促道："大人别打岔，让这孩子快对呀！"

水生说："你听着！"接着，他一字一顿地说："螺圆蚌扁龟缩头，满篓是壳。"

在场的老师们听后，细细品味：水生对得妙极了！情不自禁地连声夸道："奇才！奇才！"

商会会长听了，感到这小鬼头确实很机灵，但答应免一年学费的话像泼出去的水难以收回，便心生一计，说："刚才考的全是国语，下面我再出道算术题，若一口能答出来，就免这孩子一年的学费吧！"

众渔民见商会会长要赖，个个怒形于色。

肖楚女知道商会会长是膘肥墨水少，只不过像是腰里挂个死老鼠假充打猎的，便半讥半讽地说："会长早就有言在先，要先易后难。前两次考的内容都是他的拿手货，这回可要一锤定音啰！"

商会会长点点头，厚着脸皮问水生："你说襄江里有多少鱼？"

水生不答话，上前踮起脚一把揪住了商会会长的头发。

商会会长又羞又恼，连声斥责道："你怎么当众撒野！"

水生说："你头上有多少根头发，襄江里就有多少条鱼。我不抓过来数数能行吗？"

商会会长被扯得揪心连肝地疼，听了水生的回答，又难以挑刺儿，只好说："算你答出来了，快放手！"

肖楚女见水生如此聪明，当众制服了老奸巨猾的商会会长，便上前分开水生的手，对商会会长说："你是本学堂的督学，亲自出题考学童，眼见全部答题恰到好处，我看你就照着应允的条件同意他入学吧！"

在场的教员们也附和道："督学出题先易后难，学童答得步步深入。经评判得按先前答应的条件收这孩子入学才是正理！"

商会会长无计可施，只好同意水生入学，并免交一年的学费。

众渔民乐了，将手中的水产纷纷送到肖楚女和在场教员们的手里，以示感谢。

水生智胜商会会长免费进了襄阳府小，他在肖楚女的言传身教下，后来成为了进步学生的领袖。

☆ 肖楚女：中国共产党早期革命家。

智降神父

襄阳城内教堂的神父约翰自称是个中国通，三番五次到襄阳高等学府卖弄汉学。这天礼拜后，约翰踱步来到襄阳二师校长室，扬言要同二师校长专门辨析几个汉字。

一阵寒暄过后，约翰道："上次曾听校长讲自己的国家有辉煌的历史，可我只知道万能的上帝能拯救人类，不知中国谁能一口吞下一块土地？"

校长被约翰这信口胡问弄得丈二和尚摸不着头脑，沉默了老半天未作答对。

碰巧，肖楚女这时因事来到校长办公室，听到洋神父的问话，起先还以为是信口胡问，后来见约翰那对鼓起和蓝眼里露出鄙薄的神色，明白了这胡问中包藏着祸心。他略一沉思，上前对约翰说："这样一种在中国属顽童也不提的问题怎么会出自神父之口？"接着，肖楚女慷慨陈词说："我泱泱中华，不但历史辉煌，英雄辈出，在今天也像一头醒狮，一旦醒来怒吼，必使举世瞩目。"

约翰见一个戴眼镜的年轻黑汉半路杀了出来，心中很是恼怒，表面上装做温文尔雅的样子向二师校长探问："刚才答话的年轻人系贵校何许人也？"

"他是刚来我校的国文教员肖楚女先生。"校长答道。

"啊！"约翰一声惊叹，接着摇头晃脑地琢磨了一阵子，发议论道："这位年轻先生的名字倒有些名堂啰！肖楚女，肖者，冷落也，楚女，应了贵地一历史典故。楚灵王建了章华宫，挑选的都是楚地细腰美人，后来就将名字改为细腰宫。楚女多细腰，而肖先生之性别却与之风马牛不相及啊！"

校长见约翰当面戏谑属下的教员，面带愠怒地解释说："说来神父精通中华文史，可没有弄懂肖楚女先生名字的含义啊！他原名叫肖秋，取'秋风兮萧萧'之意，'兮'等于白话的'啊'，'萧萧'，是风的声音。我国唐代诗人杜甫在《登高》诗中所写的'无边落木萧萧下，不尽长江滚滚来'便作出了注脚。肖先生系古楚国所在地湖北人，所以取了'楚'字，而那'女'字实取自屈原《离骚》中'忽反顾以流涕兮，哀高丘之无女'，这'女'字系表示没有私心，对国、对民忠心耿耿的意思。"

约翰转了几下蓝眼珠，半揶揄地说："适才听校长解释肖先生大名的含义，得知这名字起得还有几分匠心，可刚才却未能答出我的问题，不能不使我感到遗憾！"

肖楚女见约翰咄咄逼人的架势，扬起双眉，拍着胸脯道："一口吞一块土地还不算什么英雄，今日请神父看我是如何一口吞下四块土地的。"

约翰见肖楚女激动起来，正中下怀。他装模作样地画十字后道："上帝规定，说谎吹牛的人是要下地狱的！不知肖先生怎么一口吞下四块土地？"

肖楚女用轻蔑的眼光盯着约翰道："这简直易如反掌！"他边说边抽出校长办公桌上的毛笔，三下五去二地在纸上写下一个"田"字，然后提在手中傲然地对约翰说："请看，这一口之中不就吞下'四块土地'嘛！"

校长向肖楚女投去赞许的目光。

约翰见肖楚女双目炯炯，气得血喷心炸，但仍不甘心罢休，他一阵冷笑过后，说："肖先生用汉字作答，使我对汉字产生了兴趣，不妨让我也写一字，当面求教。"

校长想看约翰到底要什么花招，和肖楚女交换了一下眼神，便推过笔墨纸砚。

约翰刷刷几笔，写下一个扭扭歪歪的大"囚"字，便得意扬扬地说："看我轻而易举就把中国人一口吞掉了吧！"

校长被这侮辱性的话语气得满脸通红。

肖楚女面对约翰的挑衅，热血上涌，厉声喝斥道："你休想！"他说着，抓起笔写下一个"口"字，然后在"口"中间写下粗壮的一竖笔，成为一个"中"字。

肖楚女写完这个"中"字，提到约翰的鼻子尖前怒斥道："这一竖笔就代表一位顶天立地的中国人！任何对中华野心勃勃的人都休想，也不可能一口吞掉我们一个中国人！"

约翰在博学多才的肖楚女面前碰了一鼻子灰，灰溜溜地夹着尾巴逃回了教堂。

校长看到肖楚女写下区区几个汉字就降伏了远涉重洋来到襄阳的魔鬼，满意地拍着他的肩头，感叹道："在你这样的年轻人的身上，我看到了中华民族的希望！"

☆ 肖楚女：中国共产党早期革命家。

智传情报

1933 年初夏的一天，被捕出狱不久的廖承志正在家里休养，突然看到宋庆龄走进客厅来了，不由得吃了一惊：孙夫人不打个招呼，怎么就独自一人到我们家里来啦？因为他知道，国民党特务对孙夫人监视很严，她平时很少外出；自己虽然已经出狱，可也时时处在特务的严密监视之下，孙夫人冒险来到家里，要是出了不测之事，那该如何是好呢？他感到十分焦虑。

廖承志的母亲何香凝也赶忙出来迎接宋庆龄。

宋庆龄平静地同何香凝打过招呼，向门外眨了眨眼睛。

何香凝明白其中的意思，转身去了门口。

客厅里只有廖承志和宋庆龄两个人。

"孙夫人！这个时候来我家十分危险啊！"

"是的！我今天不能在这里久待。"

"嗯。"廖承志答应着。

"我今天是代表最高方面来的。"

"最高方面？是老头子？"廖承志迷惑不解地问道。

"不是老头子，是共产国际！"宋庆龄神情严肃地吐出了两句话。

"啊！"廖承志惊讶得叫出声来。自出狱以来，他一直盼望着同党组织联系，可他万万没有想到，第一个来找他，而且是代表共产国际来找他的竟是孙夫人。

"冷静点儿。"宋庆龄看到廖承志那惊讶而激动的神色，连忙以叔婆的身份制止说："我只问两个问题。第一，你还能在上海坚持秘密工作吗？第二，你所知道的叛徒名单。"

“由于我的身份公开暴露，坚持秘密工作恐怕很困难，我自己打算进苏区。”廖承志回答说，“第二，关于出卖我们的叛徒名单，我马上写给你。”

“好，只有十分钟。”

“拿在你身上有危险。”

“我自有办法。”宋庆龄微笑着，打开小提包，摸出一根香烟，自己点了火，然后站起来踱出客厅。

廖承志在一张狭长的纸条上飞快地写下了叛徒的名单。

十分钟后，宋庆龄转回来了。

廖承志送上写好的名单，不放心地交代说：“叔婆，您老要十分当心啊！”

宋庆龄笑了笑。她坐下来打开小提包，取出一根香烟，把上截烟丝轻轻挑出来，将接过的纸条卷成小卷，塞进去，然后把香烟放进提包内。

宋庆龄从容地站了起来。

“要走啦？”廖承志问。

宋庆龄没有回答，用手指了指何香凝的背影。

廖承志明白宋庆龄是要同他妈妈告别，赶忙轻声叫道：“妈妈，叔婆要走了。”

“知道了。”何香凝上前挽着宋庆龄的手出了何香凝公馆的大门口。

这样，由于宋庆龄利用特殊身份智传了情报，不但查清了叛徒，而且让廖承志安全到达了苏区。

☆ 宋庆龄：中华人民共和国名誉主席。

智斗恶霸

1935年冬，李实被派回老家襄樊筹组地下党组织。在国共合作期间的国民党襄阳县第一次代表大会上，他还当选为县党部委员，并在襄阳开办乐群书店，大量发行进步书刊，传播革命思想，点燃了鄂西北革命斗争的烽火，大街小巷到处可以听到“打倒老财、打倒土豪劣绅”的口号，有的还被编成襄阳小曲和童谣、山歌传唱。

老财和土豪劣绅们一见脚下闹地震，胆战心惊，坐立不安。

有个与李实有世交的大恶霸，暗地里召集几个老财来家密谋对策。内中有一个献计说：“近些时候，穷苦力和泥腿子们不安分，都是李实鼓动的，‘擒贼先擒王’，只要把他除掉，这祸患就平息了。”

“当然干掉他就铲除了我们襄樊的祸根了，可是难以下手。他父亲是前清武举人，从小学了几路拳脚，硬来，几个人不是他的对手。怕万一手脚没做干净，这可是惹祸上身啊！”。

几个老财见大恶霸心有余悸，都赞成计取为上。

又有一个老财献计说：“李实多年在外，可备上襄樊风味的酒宴，请他过府谈资助办乐群书店的事，想办法把他灌醉，扶他到望江楼上去睡，半夜里偷偷地把他杀死，尸沉汉水，这样，人不知鬼不觉的，万无一失。”

"谁能请他来呢?"

"我!"大恶霸觉得这个计策还算巧妙,当即拍胸脯说:"我一凭沾亲二凭带故,况且又假意资助他,一定会请得来他的。"

这伙人密谋策划停当,暗自做着准备。

第二天,大恶霸置了襄樊独特风味的酒宴,请李实过府来消夜。他亲自去拜访李实,用革命词藻先恭维了一番,然后说:"你回老家多日,我不曾做东接风,今下人捕得汉水里的名产缩项鳊和青鳝,不敢独享,特地来请你晚上到家里去品尝。我们乃世交,好好叙谈叙谈,我还特请了当地几位有钱的主作陪,以筹款资助你办书店哩,一定要赏脸啊!"

李实早就听大恶霸家中的佣人讲了其中的隐情,知道是计,就答应届时去赴宴。

太阳落山后李实身上暗藏了一支驳壳枪,便去大恶霸家里赴宴。他一进门,看见酒席已经摆好,几个老财正在等候着,忙拱手笑道:"游子归故里,承蒙诸位抬爱,摆宴接风,感谢,感谢!"

大恶霸见李实如期而至,格外殷勤招待。

几个老财也笑容可掬地恭维道:"李先生家父行武成举人,本人习文造福桑梓,真乃老子英雄儿好汉啰!有幸相聚,三生无憾啊!"

在一片虚情假意的赞声中,老财们轮番向李实敬酒,你一杯我一杯,蓄意灌醉他。

李实早知这伙人的阴谋,虚以应付。当酒过五巡,他左推右挡说:"我本来不胜酒力,今天喝得太多了,已觉得受不了啦!"说着说着,就做出吐酒的样子。

大恶霸赶忙说:"既然醉了,就在我家望江楼上睡一觉,醒醒酒。"

于是,两个狗腿子在大恶霸的吩咐下,扶着李实上望江楼去睡觉。

老财们自以为得计,互相挤眉弄眼,得意扬扬地继续猜拳行令。

李实待狗腿子转身下楼梯后,就拿一张长凳塞进被窝里,打开临河的窗子,用内衣撕成条子系在窗棂上,隐藏在床背后,架着枪等着。

夜半时分,一阵蹑手蹑脚的声音传进李实住房内。

李实听到削门栓的"吱吜"声,从窗口映射的暗光看见扶他上楼的两个狗腿子拿着大砍刀,悄悄潜入房里。他屏住呼吸,看这两个狗腿子如何动作。

两个狗腿子摸到李实睡的床前,同时举刀往床上直砍,不想砍在长凳上,刀口陷在木头里。

这时,李实从床后对准两个狗腿子横扫几枪,两个狗腿子应声倒地。他麻利地攀上窗沿,沿事先系好的布索滑下江去。

大恶霸和几个老财听到枪声,叫声大事不好,忙指挥家丁抬来机枪对准李实的住房射个不停。

天亮后,大恶霸见没有动静,和老财们争先跑上望江楼看个究竟,只见满楼弹痕,而李实早已没了踪影。当看到系在临江窗口的布索和顺江而下的帆影,他们像断了脊梁的老狼瘫成一堆。

原来,李实知道了大恶霸的恶毒计划,早就让接运的人置船于此。事到应急时刻,他来了个金蝉脱壳,使大恶霸们竹篮打水一场空。

☆ 李实：中国共产党鄂西北革命根据据地负责人。

智惩汉奸

1938年夏天，陈少敏领导的抗日信阳挺进队经过数次战斗，使鬼子、汉奸闻风丧胆。迫于挺进队的声望，不少自动组成的武装，要求受编，但也有一小撮土匪、恶霸除了鱼肉乡邻之外，还投靠鬼子，充当汉奸，给抗日游击区造成了一定的损失和困难。

针对这种情况，陈少敏便亲自领导了专惩汉奸的手枪队，活跃在敌占区。

在鸡公山脚下，有个姓张的维持会长，仗着弟弟在鬼子宪兵队里当翻译官，平日里无恶不作，对敌后抗日游击根据地危害很大。手枪队放风宣布了这个家伙的罪状，决计要除掉他。

百姓们知道了，暗中奔走相告。

这个汉奸听到消息，表面上一副镇静的样子，扬言说："要我的脑袋，好比到老虎头上捋须。我倒要跟陈少敏决一雌雄哩！"然后，他做贼心虚，暗暗打点好金银细软，不骑马出山，雇了一顶轿子，由十个虎彪护兵随行，想溜进城里躲过风头。

这一天，四个轿夫抬着满身横肉的姓张的汉奸爬山走坡，来到山垭口的一座凉亭，轿夫头说："张会长，实在太累了，在亭子里歇会儿再走吧！"

姓张的汉奸睁开昏昏欲睡的双眼，察看了一下四面的环境；只见山势险阻，路窄林密，他心惊肉跳，用拐棍猛敲着轿杠说："妈的，这个鬼不生蛋的地方能歇脚吗？你们是不是私通挺进队，想让我被他们抓去？不行，快走！"

护兵们如梦初醒，拔出手枪，指着轿夫们说："还不快走，老子就枪毙你们！"

轿夫们相互传递了一个眼色，又抬起轿子爬上了陡坡。

护兵们端着枪，弓着背，紧紧地跟在轿子后面。

突然，前面的轿夫失脚踩空摔倒，后面的轿夫也跟着倒地，轿子一翻，滚下坡去。

姓张的汉奸被摔得鼻青脸肿，在山坡下连呼救命。

护兵们逼着轿夫们一同下坡去，把姓张的汉奸像拖癞皮狗一样从破轿中拉了出来。

姓张的汉奸一面用手捂住腰一边大骂："你们这几个抬轿的穷鬼是存心想谋害我，我要枪毙你们。"

护兵头目还用枪指着轿夫头说："你快背张会长退回亭子里歇息，其他三人将破轿抬到亭子里修好！"

姓张的汉奸见在这荒郊野外，真枪毙了轿夫们，就没有"脚力"了，待发罢淫威后，也只好让轿夫头背回亭子里。

忽然，一阵欢快的喷呐声，由远及近传来，一个娶亲队伍，抬着"花轿"从山垭口对面乐悠悠地走来。

姓张的汉奸像溺水之人抓到稻草，大声吩咐护兵头目："快，快拦过花轿借用。"

护兵头目指挥护兵一字儿排开，挡住花轿的去路。

一个头戴礼帽，身穿长衫的新郎官，见有十个持枪的汉子拦路，急忙上前点头哈腰，递上“三炮台”香烟说：“好汉，今天是我的大喜日子，请高抬贵手放行。”接着，又从衣袋里摸出一个红包递上说，“这点儿喜钱，请拿去买喜酒喝。”

护兵头目一手接过钱往怀里塞，一边摇头说：“我们张会长要借花轿一用。新娘子下地走路，你们不听，不要怪我们不客气。”他说完，就上前走近轿门想拖新娘下轿。

新朗官赶忙又塞上一个红包说：“请好汉不要亲自动手！等花轿抬到亭前，新人下轿，你们借去用就是了。”

护兵头目掂了掂沉甸甸的红包，又一把塞进怀里，咋呼道：“那就快将花轿抬过来！”

娶亲队忽啦一声，拥了过来，两个人夹住一个护兵，等到新郎官一声“落轿”，巧扮轿夫和吹鼓手的手枪队员，用枪抵住了护兵的前后心。

姓张的汉奸一见情况有变，顾不得浑身的伤痛，拔腿就想逃命。

这时，扮轿夫头的手枪队员飞步向前，从树林里抓住了姓张的汉奸，押到花轿前。

坐在花轿内的陈少敏掀帘下轿，用枪一指说：“张会长，你作恶多端，想溜之大吉，百姓们不答应，请上花轿吧！”

几个手枪队员把姓张的汉奸捆了个扎实，塞上嘴巴，将随身所带的金银细软一并丢进轿内，由原来四个轿夫抬起就走。

第二天，陈少敏亲自召开公判大会，宣判了“张会长”的死刑，就地枪决了。

百姓们知道了陈少敏装扮新娘，巧惩汉奸的事，奔走相告。那些投靠鬼子的土匪、恶霸听后更是惶惶不可终日，便轻易不敢妄动了。

☆ 陈少敏：中国共产党鄂豫皖革命根据地主要创始人。被誉为“征战女神”。

智败强敌

1928年仲夏，朱德总司令和毛泽东委员为了扩大革命根据地，率领井冈山的红军主力部队攻打湖南。

湖南和江西两省的敌军见井冈山兵力单薄，防守空虚，一面顽强抵抗红军主力的进攻，一面纠集了四个团的兵力，向井冈山革命根据地的北大门黄洋界哨口大举进犯，试图破门而入，一举踏平井冈山。

担任守卫黄洋界哨口任务的红军31团第一营。营长陈毅安年仅23岁，为了配合红军主力远征，他抽调了部分战士去筹粮筹款，此时兵力还不足一个营，面对比自己多十几倍的敌军，他临危不惧，发动井冈山全体军民，在黄洋界哨口摆开了数百米的竹钉阵；在工事前沿堆放了大量用来杀伤敌军的檑木、滚石。然后，他分兵把口，做好严阵以待的各种准备。

当天晚上，陈毅安来到守在工事正面的一个排指挥战斗。

战士们见敌众我寡，便询问这仗该怎么个打法。

陈毅安说：“自古以来‘兵不厌诈’，当年诸葛亮巧施空城计，打退敌人百万兵，我们何不来个空山计，让敌人摸不清虚实，让他们夹着尾巴逃回去！”

营长的想法和排长赖毅的想法不谋而合。赖毅听完后，对陈毅安说：“这空山计由你来扮孔明，像戏中那样临阵唱段京剧，我们再大张声势，保险能把敌人吓跑。”

陈毅安问：“唱段什么京剧呢？”赖毅和战士们都知道陈毅安嗓门亮，唱起京剧来有板有眼的，就说：“就唱你最拿手的‘西皮流水’吧！”

陈毅安想了想，顺口吟道：“我在黄洋界上观山景，忽见湘赣发来兵。”

有个战士接着续道：“你占了宁冈多侥幸，为何又犯我大小五井？”

这时，战士们来了兴致，你一句我一句的，凑着新词儿。

陈毅安听着听着，猛一拍大腿叫道：“好一段唱词。”他说着，便拉开腔调念着：

“我站在黄洋界上观山景，
忽听得山下人马乱纷纷，
举目抬头观看，
原来是湘赣发来的兵。
一来乘我主力去湘南，
二来欺我一营在永新。
你既占宁冈多侥幸，
为何又犯我大小五井？
你既来就该把山进，
为何在山下扎大营？
你莫左思右想心不定，
这里内无埋伏外无援兵，
只备下红米南瓜，
红米南瓜，
犒劳你们的俘虏兵。
来，来，来，
请你上山谈革命。”

陈毅安念罢，战士们都拍手叫好。大家要他唱一遍，他兴致勃勃地用“西皮流水”的京剧调唱完这段词。

战士们听完一阵阵地鼓掌。

陈毅安说：“说不定明天就要交火了，大家都在如何去摆‘空山计’上想想办法吧！”接着，他让战士们先休息，和排长去想进一步退敌的对策。

第二天，敌人疯狂地进攻了。

陈毅安率领战士们和前来支援的老百姓，用步枪、土枪、土炮、檑木、滚石等武器，同装备良好的敌军展开了激战，打退了敌人的多次冲锋。

排长赖毅见战士们也有伤亡，对陈毅安说：“敌军人多势众，久持硬拼，我们会吃亏的，你的‘空山计’该使出来了吧？”

陈毅安抬头望望天近黄昏，便对赖毅说：“你说得好！我们就给敌人来个虚实难分，不攻自退！”

“怎么办？”

“你速带一个班到山上军械所，把那缴获的一门迫击炮抬上黄洋界，把全部炮弹也搬上来。另外叫农会组织妇女儿童点上火把，在井冈山大小山头来回走动，到时候敌军就会夹着尾巴逃走的。”

赖毅听后，高兴地说：“营长的空山计开始实施了！我保证完成任务！”

夜幕降临了。

井冈山大小山头火把都点着了。

赖毅率领战士将仅有的一门迫击炮和三发炮弹搬上了黄洋界。

陈毅安命令架好了迫击炮，就亮开嗓门唱起了头天晚上编的那段京剧词。

来犯的敌人见井冈山上大小山头同时亮起了火把，又有人在前沿阵地上唱京剧，一时给搞懵了。两省的敌军头目不敢落枕，连夜慌忙汇合到指挥所商量对策。

正当敌人指挥官汇合之际，陈毅安下令开炮，一发迫击炮弹在灯火通亮的敌指挥所门前落地开花。

敌军看井冈山防守的架式和落下的迫击炮弹，以为是朱德和毛泽东率红军主力回来了，吓得仓惶撤退，连夜逃离了井冈山。

陈毅安指挥不足一营的兵力，打退了敌军四个团的进攻，守住了黄洋界，并巧施‘空山计’，吓退了敌军，保住了井冈山革命根据地。

毛泽东在从湖南返回井冈山的途中，得知黄洋界保卫战胜利的消息，欣然挥笔写下了著名的《西江月・井冈山》这首词：

“山下旌旗在望，
山头鼓角相闻。
敌军围困万千重，
我自岿然不动。
早已森严壁垒，
更加众志成城。
黄洋界上炮声隆，
报道敌军宵遁。”

☆ 陈毅安：井冈山革命根据地早期领导人之一。

智传音讯

1928 年 10 月，中共中央委员任弼时以中央特派员的身份到安徽巡视。这天，他和安徽团特委书记化装成商人，前往南陵县参加当地团的会议。

会址选在南陵县城西北的香油寺内。

不料，由于叛徒的告发，国民党南陵县党部立即派兵赶赴香油寺进行搜捕。会议被冲散后，任弼时和安徽团特委书记疏散到小乔墓旁。

匪兵盯住他俩，从香油寺追到小乔墓旁，以共党嫌疑犯进行了拘捕。他们被押解到南陵县党部，敌人进行了搜身和审讯，除了在他们身上搜出零星的钞票外，别无所得。但听到任弼时那外乡口音，又与一安徽人结伴，这与叛徒密报的某些线索很相似，就不由分说地将他们羁押。

随后，他们找来那告密的叛徒让他悄悄辨认，无奈地下党团活动都属单线联系，叛徒只觉得十分可疑，也不敢肯定。敌人不死心，又单独提审任弼时。

南陵县国民党党部书记疾言厉色地说："我们已经掌握了全部情况，你系共党要人，还不快从速招供！"

任弼时一听，想到敌人也太愚蠢了！假若真的知道了全部情况，还来提审自己？他便镇定自若地答道："我已经多次告诉过你们，我是湖南人，叫胡少甫(来南陵时的化名)，到南陵是做生意的。从小就爱看《三国演义》，听说南陵有座小乔墓，也不管真假，便由人指点来香油寺游玩，也不知犯了什么法，把我抓来，真是莫名其妙。这样，以后让我家老板知道了，怎么去交代？"

"你别在此花言巧语想蒙混！不给你点儿厉害看，你那赤脑壳会嘴硬的。"县党部书记一阵冷笑过后，对任弼时施以踩杠、坐老虎凳的酷刑。

任弼时在敌人的酷刑下，昏死过去被凉水冲醒后，仍理直气壮地说："你们就要把我杀了，我也没有什么可供的。"

同时，敌人为了弄清任弼时的真实身份，在另一处审讯室内审讯着安徽团特委书记。这位书记任敌人火烙鞭打，也一口咬定不认识任弼时，他俩是在香油寺被冲散后偶然在小乔墓相遇的。

这样，敌人找不出任弼时的任何破绽，无可奈何，只得将他作为共党嫌疑犯递解到安庆关押。

没过几天，有轮船去安庆，敌人就把任弼时等一干人犯绑在一起，派兵押送上船。在船上，有许多旅客上前围观。任弼时忽地瞥见人群中有一个人很面熟。他仔细一看，原来是他的一个同乡，常在江南一带贩运丝绸。

这位同乡见任弼时被五花大绑在人犯之中，挤上前想打个招呼。任弼时见状，赶紧机警地向那同乡使了个眼色，示意不要做声。

这时，围观的人越来越多，押送的匪兵连推带搡地吆喝："走开走开！押解的都是赤脑壳，有啥子好看！"

任弼时听着听着，灵机一动，立即挣扎着站起来，大声说："老总呀！你们当官的冤枉了我，你莫再冤枉好人呀！我不姓赤，我姓胡，叫胡少甫，是长沙陈岳云纸店的伙计！"

一个匪兵见任弼时连呼冤枉，不耐烦地打断道："叫嚷个啥？有嘴到省城申诉去！"

任弼时又向同乡使了个眼色，接过匪兵的话头，诉说道："我只身到安徽做生意，想不到吃了冤枉官司，这一去还不知道凶多吉少，可怜我住在上海的妻儿还不知音信，哪个好心的人能给捎个信，我再生不忘！”他弯腰鞠躬时巧妙地说出自己妻子陈琮英在上海的地址，暗示挤在人群前面的那同乡，将这些情况设法转告陈琮英。

任弼时智传音信后，那位同乡心领神会，便中途下船，赶赴上海，向陈琮英面告任弼时的目前处境。

陈琮英火速向党组织作了汇报，并根据党的指示，带着孩子赶赴长沙去做营救准备。

与此同时，中共中央积极采取措施，营救任弼时，特地在长沙请了进步律师来到安庆，设法将任弼时的案件从安庆警备司令部转到了安徽省高等法院。后来安徽省高等法院派人到长沙公署核对口供，陈琮英以长沙堂兄陈岳云纸店老板的身份对口供一一作了对质，敌人挑不出丝毫毛病，只得以共党嫌疑证据不足将任弼时释放了。

不久，任弼时接到党中央的指示，又风尘仆仆地踏上了新的征程。

☆ 任弼时：中国共产第一代领导集体“五大书记”之一。

智斗日寇

1937 年秋，在中华抗日声浪中，著名的“七君子”经营救出狱。

“七君子”中的史良走出苏州监狱的第二天，便接到上海市市长吴铁成的大红请柬，特别声言为她在大鸿远饭店设宴压惊。

史良望着回单，沉思片刻，毅然抓起笔写了个“知”字。

了解官场的人都知道吴铁成是副阴阳脸，逮捕“七君子”就是他从中使的坏。亲朋好友见史良刚出虎口，又要进狼窝，都担心摆的是“鸿门宴”，劝史良别去赴宴。

史良十分清楚吴铁成迫于社会压力，名为宴请自己，实际上是借此去装潢他自己的爱国的门面，还可能是软硬兼施的又一伎俩。她双眉一竖，对关心自己的人们说：“请诸位不必忧虑，快刀切肉总要碰及骨头的，我若不去，他们必定要耻笑我这把刀缺钢无刃了。”于是，史良当晚便带着侄女，叫了辆车，准时到了大鸿运饭店。

吴铁成一见，满脸堆笑，连忙施礼道：“史女士是举国闻名的爱国豪杰，敝人敬佩，特备薄酒，以表寸心。”

史良两眼一扫，瞥见吴铁成旁边站着一个留仁丹胡子、戴礼帽的日本人，暗忖这大概就是他的顾问黑木了。于是，她淡淡一笑，道：“市长大人与史某平时毫无往来，今日我前脚出狱回到上海，后脚就收到你的请柬，想必有大事磋商，所以专程赶来赴约。”

吴铁成嘿嘿一笑，说：“太好了，我深知史女士快人快语的脾气。现如今世事复杂，特以宴会形式相邀磋商一些事，所以今天没有邀其他名人相陪，只有我的私人顾问黑木阁下一并光临。”

黑木是个“中国通”，此时忙将礼帽一脱，鞠躬道：“见到史女士，实在很荣幸！”

史良不作答，连用正眼也不看一下黑木。

吴铁成见状，忙打圆场喊入座。他见服务生送来菜单，先请史良点菜。

史良想了想，便在“爆炒狗肉”和“涮羊肉”两道菜上指了一下。

入座后，吴铁成和黑木一唱一合，喋喋不休地说“七君子”入狱是误会，还堂而皇之地说出狱是当局申明大义。

听了两人言不由衷的话，史良指着刚送来的羊肉和狗肉发挥道：“这两道菜确实别有风味，我一见到它们，就想了中国那句‘挂羊头卖狗肉’的谚语，还有什么‘狗头军师’之类的称呼。当今，有些人嘴上整天挂着‘抗日’的牌号，背后却要镇压抗日民众，甚至用上日本军师了！”

黑木见史良借题发挥，指桑骂槐，顿时恼羞成怒。他气咻咻地把筷子一搁，满脸涨红地喊来日本随从，拿出一只预先准备好的木盒子递给史良说：“既然史女士不能理解我们宴请的意思，黑木只得奉赠这点儿礼物了。”

史良接过盒子，打开一看，见是一粒子弹，十分明白是怎么回事，但不露声色。她取出那粒子弹端详了一下，然后突然大笑起来：“谢谢，这玩意儿我一定转赠给我国前线的抗日勇士们，他们正用得着！”

黑木脸上红一阵，白一阵，急与吴铁成交换着眼神。

史良此时与她侄女悄悄耳语了一阵子。不一会儿，她侄女拎了两只小蒲包进来。

史良笑道：“谢谢二位今天的盛情！我家里还有不少客人等着，只得先行一步了。本着我中华那‘有来无往非礼也’的古训，今日也略备小礼，各回赠一包。”她说完，将两只小蒲包往桌子一放，带着侄女告退而去。

吴铁成忙叫随从解开蒲包看个究竟，原来里面是只羊头，给黑木的蒲包里是只狗头。

黑木想起史良先前那番话，又见眼前这回赠的“礼物”，暴跳如雷，对吴铁成气急败坏地吼道：“你的大大的草包，我早知道她是个软硬不吃的家伙！今天应验了吧！”

吴铁成见偷鸡不成反蚀一把米，气得吹胡子瞪眼睛又毫无办法，瘫在椅子上一言不发。

☆ 史良：著名的爱国人士，被誉为“七君子”之一。

智斗大员

第一次国内战争期间，国民党大员何应钦被委派到江西，主持南昌行营军务，他的下属副官处仗着是行营大员的亲信，强行占用了一座名牌医院的二层楼房。

副官处的一些军官们，经常明目张胆地无理纠缠、调戏和凌辱医院的女医护人员。医院院长十分愤怒，却不敢公开得罪这伙持抢的色狼。他见医院被闹得鸡犬不宁、人心惶惶，只得求助于被中外誉为“火镖律师”的吴迈前来排忧解难。

吴迈为了拿到确凿的证据，佯装到这家医院求诊。他在走廊上恰遇两名副官在调戏一位女护士，便躲在一旁，用照相机拍下现场，当即义愤填膺地去南昌行营见何应钦。

何应钦从卫兵手中接过名片，一看是“火镖律师”吴迈求见，料到没好事，便借故拒之不见。

吴迈看何应钦不予见面，想了想，便顺手掏出一张名片，在背面写了几个字，再次让卫兵送与何应钦。

何应钦见卫兵二次拿着吴迈的名片进来，心里十分不高兴，厉声吩咐道："不见此人！"

卫兵报告说："来人在名片背面还捎有话哩！"

何应钦接过名片一看，背面写着"平民见公仆，告知机密事"十个字。他深知吴迈性情刚直，嫉恶如仇，今日不请找上门来，想必不会有什么好事，正想将名片退回时，又对着所写的十个字出了一会儿神，转念一想，假若真的有什么机密之事，如果拒之不见，耽误了军务，张扬出去，如何担当得起？想到这里，他便让卫兵传吴迈进来。

吴迈来到何应钦的办公室后，何应钦不冷不热地问道："大律师一再要见我何敬之（何应钦字敬之），不知有何公干？"

吴迈不答话，故作神秘地环顾着左右。

何应钦见状，以为吴迈确有机密大事相告，忙斥退左右，换了副笑脸问道："此时只有你我，大律师有何机密事相告？"

吴迈压低声音说："我今天一早到一座医院求诊，发现有穿着国军服装的共军潜入，特来告密，请速派人前去拘捕！"

何应钦听后，感到十分奇怪：虽说江西乃共军老巢，但军事布防十分严密，南昌城内哪会有共军出现？莫不是吴迈编造的戏言？他想到这里，不由得正色对吴迈说："大律师所言确实吗？"

吴迈见此，故作生气的样子说："我已将重大实情密报何先生了，信不信由你，告辞了！"

何应钦见吴迈言重色正，又专程而来，不像戏言，便急忙派了一排宪兵，前去吴迈所说的医院拘捕化装共军。

不一会儿，宪兵押着几个副官处的军官来到何应钦的行营内。

何应钦一看，押来的哪是化装的共军？全是自己的部下，气得火冒三丈，大声斥责吴迈道："你身为搞法律的，难道不知谎报军情该当何罪吗？"

吴迈斩钉截铁地说："何先生，我有确凿证据证实这被押人中有化了装的共军！"

被押的军官们像红了眼的疯狗，当面质问谁是化了装的共军。

何应钦视副官处为心腹，对个个都了如指掌，听了吴迈的话，没好气地说："自古军中无戏言！吴律师今天不找出化了装的共军，就得反坐！"

吴迈神色自若地道："我见国军报上经常长篇累牍地刊载有关共军奸淫共妻、灭绝人伦的报道，也多次聆听何先生用激烈的言辞抨击共军这类行径。本人适才在医院求诊之际，目睹这内中两个人竟在光天化日之下对医院女护士公然进行调戏。本人常阅国军报纸，称何将军治军严谨，秋毫无犯，想属下决不敢以身示法。我想这两人竟敢如此胆大妄为，除共军所为还能有谁？"

何应钦听罢吴迈这番正话反说的嘲讽，面红耳赤，不得不假悻悻地训斥着吴迈指出的那两个军官。

吴迈看何应钦此举只不过是为了遮掩耳目进行搪塞，根本没有深究惩处之意，便正色道:“何先生,我看这两位军官必是你的亲信,吾素闻将军大号‘敬之’,今见将军轻描淡写地处理此事,若声张出去,民众对将军何‘敬’之有啊?”

何应钦反唇相讥道:“我如何惩处属下,难道还要吴大律师指手画脚吗?”

吴迈哈哈一笑道:“我完全是出于好心,维护何先生在国军报上的声誉,可别好心当做驴肝肺!你若姑息养奸,我这里有现场照片,天下之大,总还有伸张正义的地方!”他边说边拍了拍口袋。

何应钦知道一旦证据落到这位大律师手中,必然会闹得满城风雨,连忙换了副笑脸对吴迈说:“请问吴大律师,您看今日之事如何处置?”

“平民虽不敢妄谈军法,可是将军想洁身自爱的话,何不将这两个无耻之徒绳之以法?”

何应钦为了给自己搬梯子下台,上前啪啪给了那两个调戏女护士的军官两记耳光,传令道:“把这两个不争气的家伙送军法处处置!”

事后,吴迈又撰文说何应钦不循私情,执法如山,亲自惩处了在那座名牌医院调戏女护士的副官。这反面文章正面做,弄得何应钦像哑巴吃黄连有苦说不出。他不得已假戏真做,命令副官处撤出了强占的医院楼房,使医院恢复了平静。

☆ 吴迈:近代爱国大律师。